W0240608

Paulus Hochgatterer

Das Matratzenhaus

Roman

Büchergilde Gutenberg

Lizenzausgabe für die Büchergilde Gutenberg,
Frankfurt am Main, Zürich, Wien
Mit freundlicher Genehmigung des Deuticke Verlags, Wien
Alle Rechte vorbehalten
© Deuticke im Paul Zsolnay Verlag Wien 2010
Satz: Eva Kaltenbrunner-Dorfinger, Wien
Druck und Bindung: CPI – Ebner & Spiegel, Ulm
Printed in Germany 2010
ISBN 978-3-7632-6348-6

www.buechergilde.de

Revenge, revenge! Timotheus cries,
See the Furies arise!
See the snakes that they rear,
How they hiss in their hair,
And the sparkles that flash from their eyes!

John Dryden

Wie es gewesen sein muss

Der Wind ist da. Die Pelikane schnellen hoch wie an Gummibändern, blöken auf, stoßen mit angewinkelten Schwingen steil nach unten und durchschlagen die Wasseroberfläche. Wenn sie nach einer Weile an anderer Stelle wieder auftauchen, recken sie ihre Schnäbel, schütteln die Kehlsäcke und befördern, was drin ist, in den Schlund. Dann machen sie sich zu einem neuen Start bereit. Der Schwarm, vielleicht zweihundert Tiere, fällt in der Luft weit auseinander, so, als würde er sich ganz auflösen, um sich Augenblicke später zu einer dunklen Wolke zu verdichten. Das wiederholt sich hunderte Male. Bei ablandiger Luft halten sich die Vögel regelmäßig über dem Strandabschnitt auf, der sich zwischen den Verladedocks des Hafens und der langen grauen Halle der Schienenfabrik hinzieht.

Die Frau mag die Tiere nicht. Sie sind laut, und wenn man ihnen nahe kommt, stinken sie. Sie rückt mit einer kurzen kreisenden Bewegung der Schulter den gelben Stoffsack auf ihrem Rücken zurecht, fasst im Gehen seitlich nach unten, hebt das Mädchen, das die ganze Zeit neben ihr hergelaufen ist, hoch und setzt es sich auf die linke Hüfte. Die Kleine hält kurz inne, dann beginnt sie glucksend zu lachen und mit den Armen zu rudern. Sie zeigt auf ein Distelgebüsch, durch das ein Neuntöterpärchen hüpft, auf einen Bretterverschlag mit aufgemalten Gesichtern und auf einen alten Mann, der in einem Plastikstuhl sitzt und schläft. Die Frau spricht immer wieder einige Sätze, mittellaut und mit einer gewissen Eindringlichkeit, so, als erzähle sie kurze ernste Geschichten. Das Mädchen brabbelt dazwischen. Manchmal scheint es aufmerksam zu sein, manchmal nicht. Bevor die Frau beginnt, in einer steilen Schräge den Abhang zur Straße hochzuklettern, schließt sie den Arm fest um den Leib des Kindes, weist mit dem Kopf gegen den Himmel und sagt etwas, das »Jetzt musst du ruhig halten« bedeuten mag. Das Mädchen legt die Arme vor den Körper und den Kopf gegen die Brust der Frau.

Der Wind treibt ockergelbe Staubwirbel über die Fahrbahn. Die Autos scheren in einiger Entfernung nach rechts aus, um an einer Herde von Ziegen vorbeizufahren. Ein LKW, der mit Gemüsekisten beladen ist, hupt laut. Die Ziegen kümmert das gar nicht. Der Mann, der die Tiere begleitet, trägt eine Augenklappe. Er hat zwei lange Bambusstöcke auf seiner Schulter liegen.

Das Mädchen greift nach oben, an den Ausschnittrand der Bluse der Frau, und beginnt ihn zwischen den Fingern zu drehen. Die Frau schüttelt sich unwillig. Als das Mädchen keine Anstalten macht, aufzuhören, stellt sie es auf den Boden. Die beiden gehen eine Weile hinter der Ziegenherde her, dann biegen sie in eine breite Straße ein, die von Plakatwänden gesäumt ist. Das Mädchen weist mit ausgestrecktem Arm auf eine Mobiltelefon-Reklame; die Frau sagt etwas und lacht. Das Mädchen ist verlegen, bückt sich, hebt eine Getränkekapsel auf und wirft sie wieder von sich. Die Frau blickt dem davonspringenden orangefarbenen Ding nach. Dabei nimmt sie aus dem Augenwinkel wahr, dass sich über die Hügel hinter der Stadt eine mächtige Wolkenwalze schiebt. Sie fasst das Mädchen an der Hand und beschleunigt ihren Schritt.

Nach der Zufahrt zu den Wellblechhallen einer Spedition, unmittelbar im Anschluss an eine Reihe frisch gestrichener Wohnhäuser, gelangen die beiden auf den rechteckigen Vorplatz eines fahnengeschmückten Gebäudes. Auf den unteren Stufen der Freitreppe, die im Bogen zum Eingang emporführt, hockt eine Traube von Menschen. Vor ihnen geht mit ausladenden Gesten ein Mann auf und ab. Seitlich, senkrecht zur Treppe, hat er nebeneinander drei Korbbehälter hingestellt, einen länglichen, quaderförmigen und zwei runde. Das Mädchen jubelt auf, löst sich von der Frau und will auf die Menschen zulaufen. Die Frau packt das Kind an der Schulter und hält es zurück. Das Mädchen protestiert laut und versucht sich dem Griff zu entwinden. Es beruhigt sich erst, als die Frau es hochhebt und mit ihm an die Gruppe herantritt. Der Mann, klein, mager, mit einem abnorm großen Kopf, erblickt das Mädchen und hebt einen Finger. Das Mädchen versucht sein Gesicht am Hals der Frau zu verbergen; die Frau spricht beschwichtigend auf das Kind ein und zeigt abwechselnd auf den Mann und die drei Körbe. Der Mann hebt den Deckel eines der runden Körbe hoch, langt hinein und holt eine vielleicht dreißig Zentimeter lange Schlange heraus. Er fasst das Tier mit Daumen und Zeigefinger unmittelbar hinter dem kleinen, dreieckigen Kopf und zeigt es der Menge. Die Schlange ist blassgrün und hat an den Seiten jeweils zwei Reihen leuchtend gelber Punkte. Der Mann steigt einige Stufen die Treppe hoch, legt den Kopf in den Nacken und beginnt sich die Schlange langsam in sein rechtes Nasenloch zu schieben. Die Leute kreischen auf; manche wenden ihre Gesichter ab. Als schließlich nur noch die Schwanzspitze zu sehen ist, öffnet der Mann den Mund, langt mit dem linken Zeigefinger, vorbei an seinen schwarzbraunen Zahnreihen, nach hinten und zieht die Schlange mit einer schwungvollen Bewegung wieder hervor. Unter dem Gejohle der Menge verbeugt er sich.

Das Mädchen umfasst mit der einen Hand erneut den Blusenausschnitt der Frau. Zeige-, Mittel- und Ringfinger der anderen Hand schiebt es sich langsam in den Mund, immer weiter. Die Frau schaut über die Dächer der Stadt hinweg in die Ferne und scheint den Wind zu prüfen. Erst als das Mädchen heftig zu würgen beginnt, blickt sie es an. Sie sagt nichts, ergreift die Hand des Mädchens und zieht sie ihm aus dem Mund. Es ist noch Zeit. Es wird Regen geben, doch sie sind beinahe am Ziel.

Der Mann mit dem großen Kopf winkt die Frau und das Mädchen zu sich. Das Mädchen schließt die Augen, als der Mann es auffordert, in die Korbtonne zu schauen. Die Frau lächelt und sagt etwas, das vielleicht »Hab keine Angst« bedeutet. Der Mann beugt sich zu dem Mädchen hinab und flüstert ihm etwas ins Ohr. Dann greift er in die Seitentasche seiner Jacke und drückt ihm ein kleines rundliches Ding in die Hand. Das Mädchen steckt es sich rasch in den Mund. Die Frau schüttelt den Kopf, tut aber sonst nichts. Ein Bonbon, denkt sie vielleicht.

Sie gehen, schneller als zuvor, erst eine Platanenzeile entlang, dann auf einem fest ausgetretenen Weg eine flache Anhöhe empor. Die Frau blickt sich mehrmals um. Die Wolkenberge stehen hoch über der Stadt. Im Osten ragen wie riesige Säulenstümpfe die Schlote des Kraftwerks auf. Die Pelikane sind verschwunden. Das Mädchen läuft um die Tamariskenbüsche, die seitlich des Weges wachsen, herum und stößt kleine helle Laute aus. Als vor ihnen ein zinnoberfarbenes Haus mit Bogenfenstern auftaucht, tritt das Mädchen an die Seite der Frau und ergreift ihre Hand.

Der Diener, der das Tor öffnet, führt die beiden durch eine spärlich möblierte Halle in einen Glasanbau mit breiten Türen zum Garten. Drei Menschen, zwei Männer in Anzügen und eine Frau mit rosafarbener Handtasche, stehen dort und unterhalten sich in einer fremden Sprache. Als sie die Frau und das Mädchen erblicken, verstummen sie. Der eine Mann – er ist klein und dick – geht auf sie zu und legt dem Mädchen die Hand auf den Kopf. Das Mädchen duckt sich. Der andere Mann zieht einen Briefumschlag aus der Innentasche seiner Jacke und reicht ihn der Frau. Sie lässt das Mädchen los, tritt an ein rundes Tischchen mit Mosaikplatte, auf dem eine Vase und ein paar Gläser stehen, und öffnet den Briefumschlag. Sie legt das Geld, das sich drin befindet, vor sich hin, zählt es, indem sie Schein auf Schein neu aufstapelt, steckt es zurück und nimmt den Umschlag an sich. Sie lässt den gelben Stoffsack von der Schulter gleiten, hält mit abgespreizten Armen einen Augenblick lang inne und verlässt, ohne sich noch einmal umzublicken, mit hastigen Schritten den Raum.

Das Mädchen steht einfach da und schaut. In einer Entfernung von zwei, drei Metern liegt der Stoffsack auf dem Boden. Keiner sagt etwas.

Draußen läuft die Frau durch den Wind. Vielleicht lacht sie. Vielleicht schreit sie auch. Die ersten Tropfen schlagen schwer in den Staub.

Eins

Sie steht in der Tür, blickt in die Klasse und weiß, dass es wieder einmal schwierig werden wird. Alle paar Wochen ist das so.

Langsam stellt sie ihre Tasche ab. Es liegt nicht an mir, denkt sie, vor zwei Minuten hat es geläutet, die Kinder sind in Aufruhr und mittendrin sitzt ein kranker Mensch auf dem Tisch und spricht vom Himmel. Es liegt definitiv nicht an mir.

Sie bemüht sich, ruhig zu bleiben, und lässt ihre Augen über die Wand gleiten, links herum: die Tafel; der Schrank mit dem Bastelmaterial; die blühenden Bäume, einundzwanzig Stück, von jedem Kind einer, manche gezeichnet, manche aus Zeitschriften geschnitten; die große Österreichkarte mit dem roten Hasen, den Lena unten rechts draufgemalt hat; Philipps Fußabdrücke an der Wand, der linke in einer Höhe von eins zwanzig; die Rolltafel mit der Schulschrift – die muss sein, hat die Direktorin gesagt; die Fenster, in ihnen die Dächer der Stadt und im rechten, ganz am Rand, ein winziges Stück vom See.

Bauer sieht sie, lacht, winkt ihr zu und denkt nicht daran, aufzuhören. Es scheint ihm gut zu gehen – immerhin. Jetzt singt er, völlig unvermittelt und laut. Sie versucht zu erkennen, was es ist. *On the water* versteht sie, sonst nichts. Julia und Sophie singen mit, ebenfalls laut.

Sie klatscht in die Hände. »Schluss, meine Lieben«, ruft sie, »jetzt bin ich dran!« »Hallo, Stella!«, sagt Bauer, »nimmst du an meinem Unterricht teil?« »Ich bin evangelisch«, antwortet sie, obwohl es nicht stimmt. »Du lügst!«, ruft Bauer. »Darf ich jetzt wieder?«, fragt sie, »bitte.«

»Nur wenn du mir sagst, wie Gott aussieht.«

»Ein alter Mann mit weißem Bart.«

»Richtig. Und was trägt er bei sich?«

»Ein Buch und einen Blitz.«

»Falsch! Eine Gitarre natürlich!«

Sie sieht einen zornigen alten Mann vor sich, der eine Gitarre gegen eine Schultafel schmettert, und wundert sich über sich selbst, da zupft sie Manuel am Ärmel. Er hält ihr ein Zeichenblatt hin. »Wir haben Gott gezeichnet«, sagt er stolz. Angesichts der Graphomotorikschwäche des Buben ist vor allem die Gitarre gut gelöst – ein Kringel mit parallelen Strichen seitlich weg: eins bis sechs. Im Rechnen läuft es bei ihm tadellos.

Bauer springt vom Tisch, tanzt in Wechselschritten auf sie zu und küsst sie auf die Wange. Die Kinder lachen. »Meine Lieblingslehrerin!«, ruft er. »Ist schon gut«, sagt sie, »packst du jetzt bitte deine Sachen?!«

»Besitzt Gott deines Erachtens einen Gehstock?« Er umkreist sie und fragt, ob Gott Unterhemden trage oder eine Lesebrille, ob er vegetarisch esse, Pfeife rauche und eher ein Auto- oder ein Motorradtyp sei. »Motorrad«, sagt sie, »und er hat Probleme mit seiner Lendenwirbelsäule.« Er hält inne, und bevor er einhaken kann, sagt sie, dass bei Gottes letzter Gesundenuntersuchung der Prostatabefund nicht ganz in Ordnung gewesen sei, und außerdem sei sein Psychiater total unzufrieden mit der Zuverlässigkeit seiner Medikamenteneinnahme.

»Du bist eine fiese, feministische Volksschullehrerin«,

sagt Bauer und sie fürchtet, dass Manuel, der mit offenem Mund neben ihr steht, im nächsten Augenblick wissen möchte, was denn das sei, feministisch und Prostatabefund.

Während Bauer seine Schuhe sucht, dirigiert sie die Kinder an ihre Plätze. Einer fehlt. »Was ist mit Felix?«, fragt sie. Bauer blickt sich verwirrt um. »Er ist nach Hause gegangen«, sagt Julia.

»War ihm nicht gut?«

»Doch, er hat ganz gesund ausgesehen.«

Sie sucht den Blick Bauers. »Erklärst du mir das bitte. Felix ist was?! Nach Hause gegangen?!«

»Was hast du?«, sagt Bauer, »er wohnt zwei Straßen weiter.«

Meine Klasse, denkt sie, es ist meine Klasse, und mit einem Anflug von Verwunderung registriert sie ihren Besitzanspruch, außerdem, dass die grenzenlose Nachsicht mit ihren Mitmenschen, die die sichere Basis ihres Charakters ist und sie ohne Zweifel für ihren Beruf prädisponiert wie kaum jemand anderen, innerhalb einer einzigen Sekunde völlig zusammenbricht.

»Sag das bitte noch einmal! Du hast ihn nach Hause gehen lassen?! Allein?«

»Er tut das öfter. Bis jetzt ist er jedes Mal nach einer Viertelstunde wiedergekommen. Er ist abgemeldet.«

»Er ist abgemeldet?!« Jetzt brüllt sie tatsächlich. Das entspreche ganz dem Bild, das sie von dieser professionellen Katholiken-Fraktion habe – verlogen, träge und, wenn es drauf ankomme, verantwortungslos bis in die Knochen. »Ein sechsjähriges Kind wird vom Religionsunterricht abgemeldet und der Herr Pater findet nichts dabei, es allein auf die Straße zu schicken. Zwischendurch, einfach so!« Bauer macht einen spitzen Mund, zieht den Kopf ein und nimmt seine Jacke vom Haken. Die Kinder ducken sich ebenfalls. Etwas geht mit mir durch, denkt sie, das passiert selten. Der dicke rothaarige Leonhard tritt auf sie zu. »Ich gehe hinüber und schaue, ob er vielleicht eingeschlafen ist«, sagt er. Sie fasst seine Hand und antwortet nicht. »Wie lange ist er schon weg?«, fragt sie. Bauer blickt auf die Uhr. »Vierzig Minuten«, sagt er.

»Und dir ist das nicht aufgefallen?«

»Nein«, sagt er, »wenn ich in einer gewissen Verfassung bin, fällt mir so manches nicht auf. Das weißt du.«

Ja, das weiß ich, denkt sie. Sie geht nach links hinten zu Felix' Platz. Als sie sich bückt, um in das Fach seines Tisches zu schauen, merkt sie, dass sie Leonhard immer noch an der Hand hält. »Er hat alles dagelassen«, sagt sie. »Seine Trinkflasche hat er mitgenommen«, sagt Leonhard, »er hat eine neue silberne Trinkflasche mit einem schwarzen Drachen drauf.« Sie zieht ein großes Heft mit rotem Schutzumschlag aus dem Fach. Englisch. *A hat. A cat. A bat.* Eine Fledermaus zu zeichnen, sei schwierig, hat sie den Kindern gesagt, schwieriger als eine Katze. Sie fährt mit der Kuppe ihres Zeigefingers die Worte nach, auch die Zeichnungen. Was für ein schrecklicher Hut, denkt sie – wie ein Maulwurfshügel. Trotzdem beruhigt es sie, in dieses Heft zu schauen. »Er kann nicht zeichnen«, sagt Leonhard, »Kindergartenkinder können es besser.«

Bauer steht vor der Tafel, schlaksig, bleich, unruhig in den Beinen. LDR, denkt sie, long distance runner – so nennen ihn manche. Die Kollegen behaupten, er laufe jede freie Minute: rund um den See, die Ache entlang, hinauf in die Berge, manchmal mehrere Stunden am Stück. Dabei höre er

Musik. Jetzt summt er. »Du hast Nerven«, sagt sie. Er schüttelt langsam den Kopf. »Ich weiß«, sagt sie, »entschuldige.« Sie legt das Heft zurück. Das Fach rechts daneben ist leer. Es hat einem Mädchen gehört, das ein paar Wochen nach Schulbeginn wieder ausgetreten ist. In der ersten Klasse kommt das vor. Susi – eine stille Dünne mit wirrem schwarzem Haar und altmodischem Namen. Felix mochte sie. »Was tun wir jetzt?«, fragt Bauer. Hinter ihm steht ein Satz an der Tafel: *Der Hase hat lange Ohren.* Sie hat ihn vor gut einer Stunde hingeschrieben. »Du bleibst jedenfalls da und schaust auf die Klasse. Ich gehe rüber und hole Felix. Leonhard wird mich begleiten.«

Sie laufen den Gang entlang, durchqueren die Pausenhalle und steigen die Stufen zum Haupttor hinab. Sie muss Acht geben, um nicht zu stolpern. Ich habe Angst, denkt sie. Draußen scheint die Sonne. Das ist durch die bogenförmige Oberlichte gut zu sehen. Sie weiß, dass sie draußen auf der Straße für einen Moment geblendet sein wird, und sie spürt schon diesen leichten Geruch nach Flieder. Vielleicht werden sie Friederike begegnen, die am Dienstag immer zwei Stunden später beginnt, vielleicht auch dem handzahmen Perlhuhn des Schrotthändlers, der schräg gegenüber sein Büro hat.

In dem Augenblick, als sie den Arm in Richtung Schnalle hebt, wird sie nach außen weggezogen. Im weißen Rechteck der Türöffnung steht eine kleine dunkle Figur. Leonhard ist der Erste, der etwas sagt. »Wo warst du so lange?«

Zwei

Der schwarze Cayenne, der seit eineinhalb Kilometern an ihm dranklebt und jetzt zum dritten Mal die Scheinwerfer aufblendet, schert nach links aus, zieht mit einem Aufheulen an ihm vorbei und unmittelbar danach mit unverminderter Geschwindigkeit an dem hellgrün gestrichenen Zeitungskiosk, hinter dem sie immer stehen. Er selbst sieht zwanzig Sekunden später eine Handbreit über einer Radarpistole das ausgesprochen zufriedene Gesicht eines Polizisten und weiß, dass es den anderen zirka dreihundert Euro kosten wird, vielleicht auch mehr, unter Umständen sogar einen Kniefall auf dem Kommissariat: In meinem Beruf geht es ohne Führerschein wirklich nicht, Herr Inspektor, Sie sehen das sicher ein.

Raffael Horn steuerte den Volvo bergan, erst durch das Kiefernwäldchen, dann die weite freie Fläche entlang, die in diesem Frühling halb ein Rapsfeld war, halb eine Wiese. Er fuhr betont langsam, da der Anhänger in den engen Kurven mächtig schlingerte und bei jeder Unebenheit vom Boden abhob. Währenddessen ließ er die Szene noch ein paarmal ablaufen wie einen kurzen Film: Lissoni steigt aufs Gas, überholt und fährt ins Radar. Schadenfreude war eines der wenigen Dinge, die das Leben erträglich machten, ganz eindeutig. Man musste entweder ein wenig psychopathisch oder gut analysiert sein, um das zugeben zu können und sich gleichzeitig nicht schlecht zu fühlen.

Lissoni war als Chef der Unfallchirurgie seit sechs Monaten im Amt und hatte von Anfang an demonstriert, dass er nicht die Absicht hatte, Kollegen, die ihre Disziplinen ohne Bohrmaschinen, Knochensägen und Transfusionspumpen ausübten, ernst zu nehmen. Horn war seit fünf Monaten und zwei Wochen sein Feind. Das lag nicht am Porsche. Er denke nicht daran, jemanden aus seiner Abteilung in die Kinderschutzgruppe zu entsenden, hatte Lissoni von oben herab kundgetan – wenn ein Kind unter Misshandlungsverdacht an die Unfall komme, werde angezeigt und aus, da brauche es kein Gerede, egal, was bisher üblich gewesen sei. Lissoni war blond und solariumsbraun; er trug weiße Ralph-Lauren-Polo-Shirts und einen fetten Siegelring. Auf Klischees war Verlass.

Der Vorplatz des Hauses war leer. Horn legte den Rückwärtsgang ein, indem er mehrmals auf die Kupplung trat. Das funktionierte seit einiger Zeit nur noch so. In der Werkstätte hatte man lapidar gesagt: Zwölf Jahre Bergstraßen, was wollen Sie? Er mochte den Volvo trotzdem, und nachdem er Irene zu ihrem Fünfundvierziger den kleinen Offroad-Suzuki geschenkt hatte, waren auch die Mäkeleien von ihrer Seite verstummt. Er manövrierte den Anhänger nahe an die Vorgartenbegrenzung heran, stieg aus und löste die Abdeckplane. Der Harzgeruch der Rindenmulchladung quoll ihm entgegen. Er atmete tief ein. Wie ein Mentholbonbon. Es ist Frühling, dachte er, die Luft ist frisch und ich habe einen Gegner besiegt.

Er holte Rechen, Schaufel und Scheibtruhe aus dem Schuppen, räumte ein paar abgebrochene Zweige vom Rasen und begann den Mulch abzuladen. Er verteilte ihn unter der Johannisbeerhecke, unter den Rhododendren, zwischen den Loniceren, Rosen und Hortensien. Auch die beiden Glyzinen, die Irene so liebte und er gar nicht, kriegten was ab. Ich werde zum Gärtner, dachte er, ich verkomme zum Landmenschen. Ich schaufle Rindenmulch in eine Scheibtruhe, und es macht mir Spaß. Wenn mir das vor fünfzehn Jahren jemand gesagt hätte, hätte ich ihn für verrückt erklärt. Er dachte an echte Landmenschen, an Lisbeth Schalk zum Beispiel, und an die Wiesenblumensträuße, die sie regelmäßig auf die Station schleppte, manche in Rosa, manche in Gelb, manche bunt durcheinander. Raimund nannte sie eine Elbenprinzessin, und wenn man ehrlich war, gab es für eine Psychologin schlimmere Bezeichnungen. »Ich habe aber keine spitzen Ohren«, sagte sie; Raimund darauf: »Doch, haben Sie«, und sie langte tatsächlich prüfend nach oben. Lisbeth Schalk wirkte, als käme sie direkt aus einem Heimatfilm. Ihre Testbefunde waren nicht so umwerfend wie ihre Blumensträuße, aber das war eine andere Geschichte.

Horn stampfte die Rindenspäne rings um den Nussbaum, den er im Herbst gepflanzt hatte, fest. Fertig. Ihm war warm. Er krempelte die Ärmel seines Hemdes hoch. Etwa ein Drittel der Ladung war übrig geblieben. Er löste die Kupplung und schob den Anhänger über den Rasen an die Rückwand des Schuppens. Den größten Teil des Mulches kippte er heraus, für den letzten Rest nahm er die Schaufel. Er formte einen gleichmäßigen Kegel. Irene würde die Sache trotzdem nicht passen. Ein Garten mit einem Rindenmulchhaufen war kein perfekter Garten.

»Du wirst Blasen an den Händen bekommen.« Tobias lehnte an der Scheunenecke und grinste süffisant. »Eine Gefahr, der du dich in den letzten Jahren nicht ausgesetzt hast«, antwortete Horn, »woher kommst du überhaupt?«

»Ich gehe in die Schule, wenn ich dich erinnern darf – siebente Klasse.«

Horn warf die Schaufel auf die Ladefläche. »Hilf mir«, sagte er. Gemeinsam beförderten sie den Anhänger in die Garage. Tobias seufzte mehrmals gequält auf. Vätern adoleszenter Söhne sollte man ein gewisses Züchtigungsrecht einräumen, dachte Horn – ab und zu ein kleiner Hieb mit dem Weidenstöcklein, das wäre schon was. Er schloss das Garagentor. Ein großer Perlmuttfalter taumelte auf sie zu und setzte sich für eine Sekunde auf Tobias' Brust. »Ein Perlmuttfalter«, sagte Horn. Tobias zuckte mit den Schultern. Irgendetwas habe ich übersehen, dachte Horn, während sie über den Kies aufs Haus zugingen. Er kam nicht drauf.

»Hast du Hunger?«

Tobias schüttelte den Kopf.

»Bist du krank?«

»Nur weil ich keinen Hunger habe? Der Dauerhunger hört auch irgendwann einmal auf. Wie alles im Leben.«

Horn durchforstete die Brotlade. Zwei harte Semmeln und eine Packung Toastbrot, die an dem einen Ende kleine blaugrüne Schimmelpunkte angesetzt hatte. »Ist eh besser, dass du keinen Hunger hast«, sagte er. »Wusste ich's doch«, sagte Tobias.

»Wusstest du was?«

»Dass ich in diesem Haus nicht ordentlich ernährt werde.«

»Verschwinde!«, sagte Horn.

»Rausgeworfen werde ich auch.«

»Verschwinde!«

Horn füllte den Wasserbehälter der Espressomaschine und legte ein Tab ein. Er hörte, wie Tobias davonschlurfte.

Er geht mir auf die Nerven, dachte er, und ich möchte nichts von ihm wissen, nichts von Französisch oder Latein oder Physik. Ich frage ihn absichtlich nicht, und ich weiß, dass das schlecht ist. Er drückte auf den Knopf, die Espressomaschine brummte, und am Ende spuckte sie heftig. Er rührte einen Löffel Zucker in den Kaffee und überlegte eine Weile. Dann ging er vors Haus, setzte sich auf die Bank und schaute auf die Stadt hinunter. Keine Zeitung, kein Buch, nichts als eine Tasse Kaffee, dachte er – wie ein alter Mann; nur die Katze fehlt. Er blickte sich um. Keine Spur von ihr. Oben auf einer der Fichten des Waldrandes saß bewegungslos ein Habicht.

Er dachte an die Auseinandersetzung, die er am Vormittag mit Krenn, dem kaufmännischen Direktor des Krankenhauses, gehabt hatte. Es war um den Dienstpostenplan gegangen, speziell um die Frage einer dritten Facharztstelle für sein Departement, und Krenn hatte am Ende gesagt, man müsse leider auch berücksichtigen, dass rein PR-mäßig die psychiatrischen Patienten keinen Realgewinn für das Haus bedeuteten. Daraufhin war er, Horn, aufgestanden, hatte gesagt: »Das Problem ist, dass der Mensch insgesamt keinen Realgewinn bedeutet, auch Sie nicht, Herr Direktor«, und hatte die Tür hinter sich zugeknallt. Krenn war neben seinem Job stellvertretender Landesparteisekretär der Wirtschaftspartei, ging zweimal pro Jahr mit dem Bürgermeister auf die Jagd und neigte zur Zwanghaftigkeit. Soll er mich doch hinauswerfen, dachte Horn. Er stellte sich vor, wie er es Irene erzählen würde: »Du, erschrick bitte nicht, aber sie haben mich heute gekündigt«, und wie sie ihn aus zusammengekniffenen Augen anschauen und fragen würde: »Und was wird jetzt aus meinem Bedürfnis nach Luxus?«

Die Luft über der Stadt war trüb und unruhig. Die Türme der Stiftskirche schienen zu schwanken, ebenso die Stahlschlote des Holzwerks, und mehrmals hatte er den Eindruck, als schwappe das Wasser des Sees über die Uferpromenade. Vielleicht liegt es auch nur an meinen Augen, dachte er, vielleicht habe ich längst einen grauen Star und weiß es nur noch nicht. Christina, seine Stationsschwester, legte ihm zumindest einmal pro Monat nahe, zum Augenarzt zu gehen. Er konnte diese Art von Mütterlichkeit nicht ausstehen und sagte in der Regel nichts darauf.

Irene hob beim zweiten Versuch ab. »Nimmst du auf dem Heimweg bitte Brot mit«, sagte er, »Tobias verhungert.«
»Rein technisch wird das nicht gehen«, sagte sie.

»Spielend wird das gehen. Du musst ihn dir nur vorstellen.«

»Ich meine den Einkauf, nicht sein Verhungern. Ich habe jetzt noch zwei Schüler und danach Orchesterprobe. Vergessen?«

Sie hatte es ihm gesagt, er erinnerte sich genau. Sie waren beim Frühstück gesessen und sie hatte ihm erzählt: Karsamstag, Abendkonzert, Mozart, Requiem, und Bruckner, Te Deum, er hatte gesagt: »So ein deprimierendes Programm«, und sie hatte geantwortet, der Herr Psychiater habe vom emotionalen Gehalt von Musik offenbar keine Ahnung.

»Was heißt *vergessen*?«, sagte er, »du hast mit keinem Wort eine Probe erwähnt.«

»Wir sind beim Frühstück gesessen. Du hast etwas völlig Unqualifiziertes über die Naivität Anton Bruckners gesagt und ich habe mich aufgeregt. Immer noch Gedächtnisausfall?«

Horn sagte, sie phantasiere, er habe am Abend die Angehörigengruppe zu leiten und vor kurzem zwei steinharte Semmeln und schimmeliges Toastbrot in Händen gehalten, und sie antwortete, dann werde er wohl oder übel höchstpersönlich auf dem Weg ins Spital bei der Bäckerei Prinz haltmachen müssen. »Das heißt, ich muss zehn Minuten früher weg«, sagte er.

»Du Armer.«

»Wann kommst du?«

»Das hängt vom Tenor ab.«

»Aha, vom Tenor.« So danke sie es ihm also, dass er unter Aufbietung all seiner Kräfte ihren Garten vor der Überwucherung durch heimtückisches Unkraut bewahrt habe, sagte er, er werde sich auch einen Tenor suchen, von dem er es abhängig machen könne, wann am Abend er nach Hause komme. Solle er doch, antwortete Irene Horn, er, der Mister Bi. Außerdem wisse ein jeder, dass mit den Cellistinnen erotisch niemand mithalten könne, schon gar nicht ein Tenor, und daher halte sie die Idee von vornherein für ziemlich blöd.

Die Katze saß draußen auf dem Fensterblech und maunzte empört. »Mimi, sie hat recht«, sagte er, »ich werde mir einen Sopran mit abstehenden Ohren suchen und keinen Tenor.« Er öffnete das Fenster. Die Katze strich seinen Unterarm entlang und schnurrte laut. Als er sie in den Nacken kniff, fuhr sie fauchend herum und hackte ihn in den Handrücken.

Irgendetwas war seltsam. Eine Menge Rindenmulch blieb übrig, das Brot vergammelte in der Lade, er selbst beschäftigte sich mit Kündigungsphantasien, vergaß Irenes Termine und sah Kirchtürme schwanken; der Sohn verhielt sich herablassend und distanziert, und jetzt attackierte ihn auch noch sein Haustier. Irene hätte vermutlich gesagt, er gebe all dem zu viel Bedeutung, und er hätte darauf gesagt, das sei sein Beruf, den Dingen Bedeutung zu geben.

Horn spülte die Kaffeetasse ab. Die Katze spielte mit dem Wasserstrahl und tat so, als habe sie nie etwas gegen ihn gehabt. »Du falsches Luder«, sagte er halblaut. Sie schnurrte und schaute an ihm vorbei. Sie schielt, dachte er. Es war ihm noch nie aufgefallen. Er überlegte, ob er das Auto oder wieder einmal das Fahrrad nehmen solle, und beschloss dann doch, zu Fuß zu gehen. Der Vorderreifen seines Crossbikes verlor auf undurchschaubare Weise Luft, manchmal beinahe alles auf einmal und manchmal über eine längere Strecke hinweg gar nichts, und in den Volvo wollte er nicht gleich wieder steigen.

Er überquerte den Hinterhof und klopfte an die Tür zu Tobias' Zimmer. Da er keine Reaktion erhielt, öffnete er. Tobias lag seitlich auf dem Bett und schnarchte. Unter seinem Mundwinkel hatte sich ein Speichelfleck gebildet. Horn blickte ihn eine Weile an. Er hat meine Gestalt, dachte er, er hat Irenes Sommersprossen, er ist renitent und er stinkt. Ich versuche in mir die Zuneigung zu meinem Sohn zu finden und scheitere. Die Katze sprang aufs Bett und rollte sich hinter Tobias' Kniekehlen zusammen. Du hast mit alledem kein Problem, dachte Horn.

Der Fußweg, der die Straßenkehren abschnitt und in gerader Linie auf die Stadt zuführte, wurde im Frühjahr regelmäßig von Lattich und Gesträuch überwuchert. Erst wenn die Leute sich zu sehr aufregten, ging Martin Schwarz, der Bauer, der ein Stück oberhalb wohnte, mit dem Motortrimmer und schnitt den Pfad frei. Horn blieb mehrmals in jungen Brombeerranken hängen, fluchte und merkte nebenbei, dass sich in ihm eine Melodie breitgemacht hatte, eine kurze Passage aus dem Bruckner-Te-Deum. *Sanguine, sanguine*, mehr Text fiel ihm nicht ein. Ein paar Takte konnte er weitersummen. Verzückt in den Himmel blickende Klosterschwestern kamen ihm in den Sinn, dann Padre Pio samt seinen mullumwickelten Händen, und am Schluss sah er Sabrina vor sich, die rothaarige Sechzehnjährige, die an seiner Station aufgenommen war und sich während der letzten Woche täglich irgendeine Stelle ihres Körpers dermaßen aufsäbelte, dass sie genäht werden musste. Es gebe nichts Schöneres, hatte sie gesagt, als den Moment nach dem Schnitt, wenn der Körper gewissermaßen in einem kurzen Überlegen innehalte, die Kluft rein und weiß vor einem liege und erst nach einer Sekunde das Blut zu quellen beginne. Sie halte daher auch gar nichts von Brandwunden, obwohl sie selbst Raucherin sei. »Da stinkst du angekokelt und blutest keine Spur«, hatte sie gesagt. Über die spannungsreduzierenden Alternativen, die ihr angeboten wurden, lachte sie nur oder tippte sich an die Stirn. In eine Chilischote beißen oder mit Fäusten gegen einen Sandsack hauen, das könnten sie alle miteinander tun, sie selbst sei nicht so deppert. »Wer wird dich später noch wollen, wenn du über und über voller Narben bist?«, hatte Sania, die junge Sozialpädagogin, gefragt, und Sabrina hatte geantwortet: »Wer hat mich bis jetzt gewollt?«

Irene mochte diese Geschichten nicht. »Meine Lebensform ist die Idylle«, sagte sie, »für Angst und Schrecken bist du zuständig.« So war es: Sanguine, sanguine. Er befasste sich mit früh gestörten Selbstverletzerinnen und sie saß in stuckverzierten Sälen und spielte ihre melancholischen Soli, mit geschlossenen Augen und der Zungenspitze zwischen den Lippen. »Du bist die konsequenteste Verleugnerin, die ich kenne«, sagte er ab und zu, und sie sagte dann, wenn er Musik als eine Form der Verleugnung ansehe, dann könne sie gut dazu stehen. »Ob Michael das auch so sieht?«, fragte er, und ihr stiegen die Tränen in die Augen. Zwischen den beiden gab es etwas Irreparables, daran hatte auch der Auszug Michaels nichts geändert. Sie sprachen kaum miteinander, und wenn sie einander begegneten, lief es jedes Mal gleich ab: Irene begann innerhalb kürzester Zeit zu mäkeln und Michael bekam einen roten Kopf und sagte gar nichts mehr.

Es war noch genügend Zeit, daher verließ er die Bundesstraße und nahm die Abzweigung zur biologischen Beobachtungsstation. An der Rückseite des dunkelbraunen Holzgebäudes wandte er sich nach links und ging den Abflussbereich des Sees und das erste Stück der Ache entlang in Richtung Osten. Im Schilf waren Blässhühner und Haubentaucher unterwegs. In einem der schmalen Stichkanäle lag ein gelbes Schlauchboot. Ein Mann mit Schirmkappe saß drin, vollführte bizarre Verrenkungen und fotografierte. Horn verspürte den Impuls, sich anzupirschen und den Mann ins Wasser zu kippen, doch in diesem Moment trabten zwei Joggerinnen daher, beide in Rosa, eine mehr in Lachs, die andere mehr in Pink, und die ganze Sache war vorbei. Es gibt noch Hoffnung, dachte Horn – junge Frauen, die durch den Frühling laufen, bringen meine Bösartigkeit zum Verschwinden.

An den Schilfgürtel schloss sich eine Hochmoorzone an, in der man früher Torf gestochen hatte. Jetzt blühten dort

Wollgras, Weideröschen und Schwertlilien. Auf Schildern ersuchte die Further Naturschutzbehörde, Rücksicht auf Ringelnattern und Bodenbrüter zu nehmen und die gekennzeichneten Wege nicht zu verlassen. Einmal möchte ich eine Rohrdommel sehen, dachte Horn, ein Wildschwein in freier Natur und eine Rohrdommel. Bei manchen Lebenszielen wusste man nicht, woher sie kamen.

Das Krankenhaus lag auf einem felsigen Hügel direkt über dem Fluss. Vor zwei Jahren hatte man im Zuge des Ausbaus eine glasgedeckte Treppe zum Uferweg errichtet, die ohne Zweifel eine Menge Geld gekostet hatte und für kranke Menschen eindeutig zu steil war.

Vom Absatz in der Mitte der Treppe überblickte man erstmals den See. Die Luft war nach wie vor dunstig, so dass man im Westen die Häuser von Mooshaim kaum ausnehmen konnte. Horn schlüpfte aus seiner Jacke. Es war schwül wie im Sommer. Jakob Fuhrmann, ein untersetzter, glatzköpfiger OP-Gehilfe, kam ihm entgegen. »Irgendjemand brüllt auf Ihrer Station«, sagte er. »Danke«, sagte Horn und ärgerte sich im nächsten Augenblick darüber. Fuhrmann war Betriebsrat und verstand sich als eine Art Anstaltspolizist. Horn blickte sich kurz um. Der Mann stieg bedächtig die Treppe hinunter, Stufe für Stufe. Ich gebe ihm einen Stoß, dachte Horn, mit dem Handballen genau zwischen die Schulterblätter. Er stellte sich vor, wie Fuhrmann die Arme zur Seite riss, wild schwankte und sich sein massiger Körper immer weiter nach vorne neigte, wie er schließlich fiel und am Ende mit einem obszönen Geräusch aufschlug. Nichts ist psychohygienisch so sinnvoll wie eine ordentliche aggressive Phantasie, hatte Aichhorn, sein früherer Supervisor, gesagt. Dann hatte ihn der Krebs gefressen.

Als er auf den Knopf drückte, um den Lift zu rufen, überlegte Horn immer noch, ob er gleich auf die Station schauen solle oder nicht. Am ehesten war es Schwind gewesen, der gebrüllt hatte, der schizophrene Staplerfahrer, den in seinen schlimmen Phasen vor allem die Gewissheit peinigte, er werde jeden Augenblick zu seiner Hinrichtung geholt; vielleicht auch Fehring, der Junkie, der sich seit mehreren Tagen in einem komplizierten Multisubstanzentzug befand. Beide wurden ab und zu laut, wenn es ihnen schlecht ging. Egal. Die Angehörigenrunde startete sowieso immer mit Verspätung.

Die Tür zu P2 war verschlossen. Das verhieß nichts Gutes. Horn kramte seinen Schlüssel hervor und lauschte. Gebrüll war vorerst nicht zu hören. Im Gruppenraum saßen einige Leute beim Nachtmahl. Daniel Fehring hatte seinen Teller von sich geschoben und starrte in den tonlos laufenden Fernseher. »Schmeckt es Ihnen nicht?«, fragte Horn. »Ich hab keinen Hunger«, antwortete Fehring. »Essen erleichtert den Entzug, das wissen Sie«, sagte Horn.

»Junkies essen wenig.« Fehring gähnte.

»Sind Sie müde? Das ist ein gutes Zeichen.«

Fehring sah elend aus, grau im Gesicht und eingefallen. Außerdem hatte er Lidödeme, das war neu. Er kam ein- bis zweimal pro Jahr zum körperlichen Drogenentzug, immer wenn seine Freundin drohte, ihn zu verlassen. Danach dauerte es meistens nur ein paar Tage, und er war wieder drauf wie immer.

Horn ging den Gang entlang zum Stützpunkt. Karin, die Jüngste der Schwestern, eine drahtige Hellblonde, saß am Computer und hämmerte in die Tastatur. Sie wirkte angespannt. »Was ist los?«, fragte er. »Sabrina«, sagte sie.

»Sabrina? Das Übliche?«

»Ja, das Übliche. Und sie hat es ins Netz gestellt.«

»Was heißt, sie hat es ins Netz gestellt?«

Das Mädchen habe sich mit einer Rasierklinge die Unterarme aufgeschnitten, sich von ihrer Zimmerkollegin dabei fotografieren lassen und die ganze Aktion über den Patientencomputer ins Internet gestellt. Dazu habe sie schriftliche Kommentare abgegeben: So wichtig nehme man an der Psychiatrie in Furth die Patienten, das Elend der Menschen sei den Ärzten sowieso egal, und so fort. Die Zimmerkollegin habe fürs Knipsen abkassiert und es dann doch verraten, was Sabrina gar nicht recht gewesen sei.

»Daraufhin hat sie gebrüllt«, sagte Horn.

»Wieso gebrüllt? Sie hat nicht gebrüllt.«

Man habe von außerhalb jemanden brüllen gehört. Er erzählte von seiner Begegnung mit Fuhrmann. Karin grinste plötzlich. »Es war Raimund«, sagte sie, »er hat gebrüllt.« Raimund habe sich über die Publikation des Blutbades von Anfang an ziemlich geärgert, und als er dann noch gesehen habe, dass er in Sabrinas Kommentaren namentlich genannt wurde, habe er ein wenig die Kontrolle verloren.

»Was schreibt sie über ihn?«

»Dass er ein Streber mit Pferdeschwanz ist.«

Horn musste ebenfalls grinsen. Karin hob den Kopf. »Ja, ich weiß, das stimmt auch«, sagte sie, »aber sie hat noch etwas geschrieben.«

»Und zwar?«

Sie stand auf, trat vor den Rollcontainer mit den Krankengeschichten und zog die Hängemappe mit Sabrinas Akte heraus. »Sie finden es unter *Laufende Dokumentation*«, sagte sie.

Es waren insgesamt sieben Seiten Internetausdruck, jeweils Foto plus Kommentar. Ein gezeichnetes rotes Herz, in dessen Mitte eine Rasierklinge liegt. *Hier drin begreifen sie gar nichts.* Ein Mädchen, das auf dem weißen Fliesenboden eines Badezimmers hockt, versunken wie jemand, der sich einen Schuss Heroin setzt, und sich in den Unterarm schneidet. *Man kann sich hier umbringen und es ist allen scheißegal.* Zweimal die Schnitte in Nahaufnahme. *Das Zentrum der Existenz. A kind of heaven.* Zwei Sätze, die mit Blut an die Wand geschrieben wurden, *Ich sterbe* und *Fucking Furth*. Das Mädchen, das auf dem Rücken in einer Blutlache liegt, die Augen geschlossen, die Arme zur Seite gestreckt. *Wichsvorlage für Raimund, den Streber mit dem Pferdeschwanz, der immer einen Steifen kriegt, wenn ich mich schneide.*

Sanguine, sanguine, fiel Horn ein und Irene, die bei Bruckner mit Sicherheit nicht an das Blut dachte, das einem Mädchen von den Unterarmen tropfte. Er steckte die Mappe zurück und stand auf. »Kann ich mit Raimund reden?«, fragte er.

»Christina hat ihn nach Hause geschickt. Er war total von der Rolle«, antwortete Karin.

»Und Sabrina?«

»Liegt im Tiefschlaf. Hrachovec hat sie versenkt.«

Männersolidarität, dachte Horn. Sie demütigte ihren Bezugspfleger und der Dienstarzt füllte sie mit Medikamenten ab. Er selbst hätte vermutlich nicht anders gehandelt. Manchmal war die Darstellung von Handlungsmacht das Einzige, das einem blieb, auch wenn es nach außen hin nicht so hübsch aussah.

Er beschloss, Hrachovec nicht anzurufen, und verließ die Station. Im Vorbeigehen sah er, dass Fehring auf seinem

Sessel eingeschlafen war. Der Fernseher lief nach wie vor ohne Ton. Am äußersten Rand seines Bewusstseins streifte ihn etwas Unangenehmes. Er bekam es nicht zu fassen.

Vier Personen waren da. Frau Kirschner und das Ehepaar Reintaler saßen im Wartebereich an einem Tisch und tratschten, Kurt Frühwald saß ein Stück abseits, und der grauhaarige Mann, der vor zwei Wochen zum ersten Mal teilgenommen hatte, lehnte an der Wand und tupfte mit einem Stift auf seinem Palmtop herum. Horn hatte sich den Namen des Mannes nicht gemerkt, aber das passierte ihm in letzter Zeit öfter.

Eine Ansammlung seltsamer Menschen, dachte er, Mütter, Väter, Ehemänner; alle wie direkt aus Fotografien, die Gesichter flach, die Schultern ein wenig zu tief. Warum bin ich hier?, dachte er. Warum sitze ich nicht und schaue dem Habicht zu? Oder freue mich an den Rhododendronblüten? Oder stelle mir vor, wie meine Frau Cello spielt, mit glühenden Ohren und der Zungenspitze zwischen den Lippen?

Das Licht im Gruppenraum flackerte ganz leicht. Horn ärgerte sich. Er hatte vergessen, den Hauselektriker darauf hinzuweisen. In ein paar Minuten würde jemand sagen: *Das Licht flackert aber immer noch*, es war unvermeidlich. Es lag jedenfalls nicht an einer einzelnen Leuchte, sondern betraf alle, das war gut zu erkennen. Jemand zapft uns an, dachte er, ich werde sagen, dass jemand Strom aus dem Krankenhaus abzweigt, und man kommt nicht drauf, wer und wo. Er beschloss, zu warten.

Mehr Männer als Frauen, sagte er zur Eröffnung – das habe es in einer Angehörigenrunde noch nie gegeben; üblicherweise seien die Männer nicht so engagiert. Maria

Reintaler lachte auf. Abgesehen davon, dass *engagiert* wohl nur ein Witz sein könne, stehe es auch hier in Wahrheit unentschieden, sei doch ihr Mann ausschließlich Staffage. Er gehe nur mit, da er mit sich allein zu Hause nichts anzufangen wisse. Sophie Kirschner lachte jetzt ebenfalls und Max Reintaler sagte: »Stimmt.« Er war einer jener Männer, die, wenn überhaupt, vorwiegend in Einwortsätzen sprachen: Ja. Nein. Mahlzeit. Hauab. Stimmt. Er führte einen kleinen Elektroinstallationsbetrieb, hatte ein gewisses Spezialistentum für Photovoltaik entwickelt und konnte sicher sein, dass seine Kunden von dem, was er machte, nicht die geringste Ahnung hatten. Seine Frau hatte ihm das Büro geführt, bis vor einem Jahr bei ihrer Mutter eine besonders rasch verlaufende Form der Demenz begonnen und sie sich nur noch ihrer Pflege gewidmet hatte. Horn fragte in die Runde, ob die anderen Herren sich auch als Staffage fühlten. Maria Reintaler sagte, das sei ihr egal, auf ihren Mann treffe das ohne Zweifel zu, hier und noch mehr zu Hause, sie sei so was von fertig, das könne sich keiner vorstellen, und ihren Herrn Gemahl berühre das gar nicht. Sie erwarte sich von der Gruppe, dass man ihrem Mann einmal gehörig die Leviten lese; es gehe nicht, dass sie mit der gesamten Last der Pflege total allein bleibe, nicht zu reden vom Haushalt und dem, was sie an Buchhaltung für die Firma nach wie vor erledige. Max Reintaler trug eine hellbraune Cordhose, ein kariertes Hemd und um den Hals eine mittelstarke Goldkette. Er blickte starr geradeaus und Horn war sicher, dass er an Kondensatoren, Kabelquerschnitte oder Solarpaneele dachte und ihm das, was seine Frau soeben sagte, durchs Hirn wehte wie ein Mailüftchen. Irgendwie verstehe ich ihn, dachte Horn, sie macht einen wahnsinnig. Außerdem hatte sie mit ihrem Lamento die letzten beiden Runden dominiert und das wollte er nicht noch einmal zulassen. »Wie ist Ihre Mutter pflegegeldmäßig eigentlich eingestuft?«, fragte er. Maria Reintaler zog die Brauen hoch und schnappte nach Luft. »Warum?«, fragte sie, »was hat das damit zu tun?« In manchen Momenten spürte Raffael Horn Verlogenheit und Scheinheiligkeit in seinem Inneren emporquellen wie eine weiche, süße Masse. Er war dann nicht in der Lage, etwas dagegen zu tun. Er habe bloß überlegt, ob sie für ihre Mutter möglicherweise zu wenig Pflegegeld beziehe und daher am Zukauf einer professionellen Unterstützung gehindert werde, sagte er, auf dem Sektor der mobilen Krankenpflege werde allerhand angeboten, gerade im psychiatrischen Bereich. Nein, das wolle sie nicht, ereiferte sich Maria Reintaler, niemand kenne ihre Mutter so gut wie sie, und überhaupt reagiere diese auf fremde Personen zunehmend panisch. Sie hatte sich kerzengerade aufgerichtet und zerstach die Luft mit ihrem Zeigefinger, während sie sprach.

»Ihnen geht es doch nur ums Geld!« Kurt Frühwald sagte es ganz ruhig, beinahe beiläufig.

»Wie bitte?!« Ihre Stimme kippte.

»Stufe sieben, habe ich recht?«, sagte Frühwald, »das Maximum plus den Zuschlag für erhöhten medizinischen Aufwand.«

»Na und, das steht ihr auch zu!«

»Bestreitet ja keiner.«

»Eben. Was wollen Sie dann?«

»Gerechtigkeit«, sagte Kurt Frühwald, »manchmal will ich eine Spur von Gerechtigkeit, mehr nicht.«

»Gerechtigkeit?! – Niemand kann etwas dafür, dass das mit Ihrer Frau passiert ist!« Jeden Moment springt sie auf und geht ihm an die Gurgel, dachte Horn. Maria Reintaler saß mit hochrotem Kopf da, die Hände beidseits um die Sitzfläche ihres Sessels gekrallt. Kurt Frühwald wirkte vollkommen gelassen. Er lächelt, dachte Horn, er lächelt tatsächlich. Frühwald war ein mittelgroßer, glatzköpfiger Mann, der mehrmals pro Woche quer über den See und retour schwamm, vom Bootssteg der Beobachtungsstation aus hinüber zu jener Stelle, an der der Fürstenaubach in einen Wasserfall mündete, in Summe mehr als drei Kilometer. Er brauche das nicht für sein Ego, sagte er, wenn ihn jemand darauf ansprach, sondern für seine Frau; sie wiege fünfundsiebzig Kilogramm, sei stark wie nur was und vollkommen unberechenbar. Frühwalds Frau hatte vor elf Jahren eine schwere Schädelverletzung erlitten und war danach sowohl gehunfähig als auch in ihrer Persönlichkeit völlig verändert gewesen. Ihr Mann hatte sie zum ehestmöglichen Zeitpunkt aus dem Spital geholt, ihr das Rollstuhlfahren beigebracht und sie in der Folge weitgehend allein versorgt. Er hatte sich zuerst karenzieren lassen, dann seine Stelle als Bankangestellter aufgegeben und sich als Versicherungsmakler selbständig gemacht. Das verschaffte ihm die Flexibilität, die er für die Betreuung seiner Frau brauchte. Den Sohn, der damals fünf, und die Zwillingstöchter, die zweieinhalb gewesen waren, hatte er unmittelbar nach dem Unfall zur Mutter seiner Frau gegeben. Dort lebten sie immer noch.

»*Niemand* stimmt nicht«, sagte Frühwald.

»Was heißt das?«, fragte Horn, obwohl er die Antwort kannte.

»Der Balg, hinter dem meine Frau hergelaufen ist, kann sehr wohl etwas dafür.«

»Nicht schon wieder«, ächzte Frau Kirschner. »Tut mir leid«, sagte Frühwald, »daran wird sich nichts ändern.«

»Es war doch nur ein Kind!«

»Na und?«

Margot Frühwald hatte mit den Kindern ihrer Gruppe auf dem Rasenstreifen hinter dem Kindergarten *Wir sind die Tiere des Dschungels* gespielt und alles war völlig normal verlaufen, bis mit Moritz Leikamp seine Rolle als Leopard durchgegangen war. Der Fünfjährige hatte Nina Rohrer, die eine Gazelle war, als eindeutig sein Opfer identifiziert und sich mit ausgefahrenen Krallen auf sie gestürzt. Nina war geflohen, Moritz hatte sie verfolgt, und Margot Frühwald war zur Abwendung gröberen Unheils hinter ihm hergelaufen. Dabei hatte sie den Rand des aufblasbaren Planschbeckens übersehen, war hängen geblieben, gestolpert und mit dem Kopf gegen die Kante eines Blumentroges aus Waschbeton geknallt. Sie war danach mehrere Wochen im Koma gelegen und letztlich hatte ihr nur die zeitgerechte Applikation einer Hirndrucksonde das Leben gerettet. »Wo liegt eigentlich das Lähmungsniveau Ihrer Frau?«, fragte der grauhaarige Mann unvermittelt. Frühwald wandte sich ihm jäh zu. »Das was?«, fragte er.

»Das Niveau. Halswirbelsäule, Brustwirbelsäule, C fünf, C sieben, Th irgendwas. Sie wissen schon.«

»Es gibt kein Niveau«, sagte Frühwald, »meine Frau hat keine Querschnittslähmung.« Es habe sich bei ihr um ein Epiduralhämatom gehandelt, eine Blutung zwischen Schädelknochen und Gehirn, die dermaßen auf die Großhirnrinde gedrückt habe, dass ein Teil davon zugrunde gegangen sei. »... des Gyrus praecentralis«, sagte der Mann. Woher er das wisse, fragte Frühwald, Derartiges sage man nicht einfach so – wenn er selber Arzt sei, solle er nicht geheimnisvoll herumreden, sondern es zugeben. Nein, er sei kein Arzt, sagte der Mann, aber er interessiere sich notgedrungen für medizinische Sachfragen, vor allem für das Zentralnervensystem. Ich mag ihn nicht, dachte Horn, auch wenn er *notgedrungen* sagt; ich mag nicht, wie er auf seinem Palm herumtippt, und ich mag nicht, wie er *Gyrus praecentralis* sagt, *medizinische Sachfragen* und *Zentralnervensystem* – mit der Arroganz des Halbgebildeten und mit einem leichten norddeutschen Akzent.

Was denn das heiße, *notgedrungen*, ob das mit seiner Teilnahme an der Angehörigengruppe zu tun habe, fragte Frühwald ein wenig verunsichert. Er habe eine geisteskranke Frau und eine schwierige Tochter. Der Mann blickte in die Runde. Alle schwiegen. Warum sagt er *geisteskrank*, dachte Horn, er möchte Aufmerksamkeit, und ich mag ihn immer noch nicht. Das tue ihm leid, sagte Frühwald schließlich. »Keine Ursache«, sagte der Mann, »Ihre Frau ist gelähmt und meine hat eine paranoide Schizophrenie. So ist die Sache gerecht verteilt.«

»Wo wird sie behandelt?«, fragte Frühwald.

»In Graz«, sagte der Mann, »es ist uns jemand empfohlen worden.«

Sie haben sich gefunden, dachte Horn – die Männer, die an ihren Frauen leiden. Die Gruppe erfüllt ihre Funktion. Graz sei eine schöne Stadt, sagte Elfriede Kirschner, nette Menschen, der Schlossberg mit seiner schönen Aussicht und gute Ärzte. Das mit der schwierigen Tochter sei vermutlich auch kein Wunder, handle es sich bei einer paranoiden Schizophrenie doch garantiert um eine furchtbare Belastung für die ganze Familie, besonders für Kinder.

Pflegetochter, sagte der Mann, genau genommen sei sie eine Pflegetochter, aus einer Provinz im Südwesten Indiens, was natürlich auch ein gewisses Problem darstelle. Ihre jüngere Schwester habe es zum Beispiel auf Dauer nicht ausgehalten – die Umstellung, die soziale Entwurzelung und die latente Fremdenfeindlichkeit, die es hierzulande immer noch gebe. Sie sei zunehmend verfallen, psychisch und auch körperlich, und als seine Frau krank geworden sei, habe man sie endgültig zurückschicken müssen. Die Ältere sei noch da und bestehe praktisch ausschließlich aus oppositionellem Verhalten. Sie spreche nichts mehr mit ihm und seiner Frau, besuche die Schule, wie es ihr passe, und sperre sich ganze Tage in ihrem Zimmer ein. Er komme zwar auch aus dieser Ora-et-labora-Gesellschaft wie die meisten anderen und das Ertragen misslicher Umstände sei ihm in Fleisch und Blut übergegangen, aber momentan wisse er nicht mehr, wie er sich verhalten solle. Jetzt wird er ein wenig spürbar, dachte Horn, dort, wo er machtlos ist, kann er seine Arroganz ablegen.

»Wie alt ist sie?«, fragte Elfriede Kirschner.

»Dreizehn«, sagte der Mann, »plus zwei Monate.«

In der Folge sprachen sie ein wenig über die Nöte Pubertierender im Allgemeinen, mehr über jene ihrer Eltern und am ausführlichsten darüber, wie es gewesen war, als man sich selbst mit dreizehn tagelang ins Zimmer zurückgezogen und nicht einmal mehr mittels obszöner Gesten mit der Erwachsenenwelt kommuniziert hatte. Kurt Frühwald erzählte von der mächtigen Position seines Großvaters und Maria Reintaler, wie unerträglich konservativ ihre Mutter in gewissen Details gewesen war, zum Beispiel in der Frisurenfrage. Zwischendurch sagte Elfriede Kirschner plötzlich, es sei ihr peinlich, aber sie habe den Namen des Mannes vergessen, des Herrn Pflegevaters, das sei hoffentlich nicht auch schon das Zeichen einer beginnenden Demenz. »Possner«, sagte der Mann, »Armin Possner«, seine Frau heiße Erika und seine Tochter Fanni, falls man sich das auch merken wolle. Die Stimmung hatte sich überhaupt entspannt, Horn war mit dem Grad an Austausch und gegenseitiger Entlastung, den die Gruppe geleistet hatte, zufrieden, und am Ende drückte er sein Erstaunen darüber aus, dass sich niemand über das Flackern des Lichtes beschwert hatte. »Wir sind diskret und kultiviert«, sagte Max Reintaler. Die anderen lachten.

Zwei Anrufe in Abwesenheit wurden angezeigt, als Horn sein Handy wieder aufdrehte. Tobias und eine unbekannte Nummer. Tobias rief sonst nie an. Horn war schlagartig alarmiert. *Epiduralhämatom* fiel ihm ein und *Gyrus praecentralis*.

»Ist was mit Irene?«, fragte er.

»Wie kommst du darauf?« Tobias sprach undeutlich.

»Warum nuschelst du? Hast du schon wieder geschlafen?«

»Red nicht so blöd. Es betrifft Mimi.« Horn überlief es erneut heiß.

»Was ist mit Mimi? Hat sie jemand überfahren?«

»Gott, du hast wirklich einen Hang zur Katastrophe. Sie schaut komisch und manchmal bewegt sie sich, als wäre sie bekifft.«

»Bekifft?«

Sie knicke immer wieder ein, erzählte Tobias, und zwar ausschließlich mit dem rechten Hinterbein, er habe das beobachtet. Vor allem falle es auf, wenn sie Hindernisse überwinde. Die Sache mit den Augen sei noch eigenartiger. Er blicke sie an und wisse, dass etwas nicht in Ordnung sei, könne aber nicht sagen, was. »Sie schielt«, sagte Horn.

»Wie kommst du darauf?«

»Ich hatte diesen Eindruck. Außerdem ist sie gereizt.«

»Stimmt. Und was sagt uns das?«

»Woher soll ich das wissen?«

»Du bist Arzt. Spezialist für alles, was plemplem ist oder betrunken.«

Zwischen Katze und Mensch gebe es physiologisch wesentliche Unterschiede, sagte Horn, da brauche es schon den Tierarzt. Da die Sache nicht lebensgefährlich klinge, solle er jedenfalls auf ihn warten. Tobias knurrte und legte auf, einfach so. Trottel, dachte Horn.

Den Rückweg nahm er über die Gaiswinkler Straße und die Achenallee. Der Himmel über der Stadt war übersät mit orangefarbenen Schäfchenwolken. Die Kammwand im Südwesten hatte einen leuchtend weißen Saum. In den Gärten der Siedlungshäuser wurden Sitzgarnituren aufgebaut und die ersten Windlichter entzündet. Ich sehne mich nach Irene, dachte Horn, nach ihrer Stimme, nach den Geräuschen, die sie macht, wenn sie sich durchs Haus bewegt. Ich will, dass sie da ist, wenn ich jetzt heimkomme. Ich möchte ein Glas Wein mit ihr trinken und meine Nase in ihr Haar stecken. Sie ist meine Frau. Tenöre in ihrer Nähe machen mich nervös.

Knapp nach der Abzweigung von der Bundesstraße läutete sein Telefon. »Hat sie dich gebissen? Oder knickt sie schon wieder ein?«, fragte er. Die Stimme am anderen Ende war nicht jene von Tobias. Niemand habe sie gebissen, sagte die Frau, glücklicherweise, und auch mit Einknicken sei sie in letzter Zeit nicht konfrontiert gewesen. Ihr Name sei Eleonore Bitterle, sie sei Polizistin und er doch ein Psychiater, der sich mit Kindern auskenne. Wenn man das behaupte, werde schon was dran sein, sagte er. »Was fällt Ihnen zu folgender Situation ein«, fragte sie, »ein Kind wird geschlagen, ins Gesicht, auf den Rücken, auf die Arme, man fragt, wer es war, und es sagt: *Etwas Schwarzes*?« Horn schwieg. »Haben Sie eine Idee dazu?«, fragte sie nach einer Weile. »Etwas Schwarzes schlägt ein Kind«, sagte er. Mehr fiel ihm nicht ein. Der Bub sei knapp sieben Jahre alt und solle am nächsten Tag befragt werden. Ob es ihm möglich sei, aufs Kommissariat zu kommen. »Am frühen Nachmittag«, sagte er, »um drei.«

Die Sonne war endgültig verschwunden. Der Boden war kaum mehr auszunehmen, daher verzichtete Raffael Horn auf die Abkürzungen. Wer schlug ein siebenjähriges Kind? Blöde Frage, dachte er. Dann kam ihm Tobias in den Sinn, wie er schlafend auf dem Bett gelegen war, den Speichelfleck vor dem Mund, und wie er ihn angerufen hatte, weil er sich Sorgen um Mimi machte. Tobias war müde gewesen, fiel ihm ein, und zugleich spöttischer als sonst. Erneut streifte ihn etwas. Es hing damit zusammen, was sein Sohn über die Katze gesagt hatte. Plötzlich wusste er es. Er beschleunigte seinen Schritt.

Drei

Seit Jahren brauchte er keinen Wecker mehr. Egal, wann er am Abend ins Bett gegangen war, sah er am Morgen der Dämmerung zu, wie sie ins Schlafzimmer kroch, durch das Schlüsselloch, durch den Spalt unter der Tür, durch die Poren des Rollos vor dem Fenster. Er wusste, dass der Wunsch, noch einmal einzuschlafen, unsinnig war, daher hatte er ihn sich abgewöhnt. Er lag auf dem Rücken, drückte die Knie nach unten und dachte über verschiedene Dinge nach, über die Stimmung in seinem Team, über die Entwicklung der Drogenszene in Furth und über die Frage, ob man den jungen Weghaupt tatsächlich vom Gerüst gestoßen hatte oder nicht. Außerdem hatte sich Charlotte angekündigt, seine Tochter. Sie war seit eineinhalb Jahren nicht mehr da gewesen und hatte ihre Absicht, zu kommen, nicht begründet. Wahrscheinlich brauchte sie Geld wie alle Sechzehnjährigen.

Kovacs streckte seinen Arm nach rechts und tastete über die leere Betthälfte. Marlene war nicht da. Manchmal wusste man Dinge und musste sich trotzdem vergewissern. Kinder taten das und keiner fand etwas dabei. Sie schläft zumindest jede zweite Nacht bei mir, dachte er, sie kocht für mich, sie plant unsere Urlaube und wenn sie weg ist, brauche ich Beschwörungsrituale, um es zu ertragen; weit habe ich es gebracht. Ludwig Kovacs hatte geschworen, sich auf keine Beziehung mehr einzulassen, nachdem ihn seine Frau zugunsten eines geschniegelten Oberösterreichers verlassen hatte. Er hatte zu trinken begonnen, vor allem Bier, nur noch minderwertiges Zeug gegessen und sich am Ende täglich die Seele aus dem Leib gekotzt. Ein walrossgesichtiger Internist hatte ihm einen Schlauch in den Schlund geschoben, »Gastritis« gesagt und ihm dringend nahegelegt, sich erstens einen Psychotherapeuten zu suchen und zweitens sein Leben zu ändern. Er war zu Szarah und Lefti gegangen, hatte Rote-Linsen-Suppe und Joghurt mit frischem Koriander gegessen und war getränkemäßig auf Pfefferminztee umgestiegen. Psychotherapie konnte ihm gestohlen bleiben. Nach einem Dreivierteljahr war ihm anlässlich einer Einbruchssache Marlene Hanke, die Inhaberin des einzigen Secondhandladens in Furth, über den Weg gelaufen. Sie war zwar nach dem Ende ihrer eigenen Ehe extrem misstrauisch gewesen, hatte sich aber schließlich auf eine Art Geschäftsbeziehung zum Zweck gegenseitiger sexueller Zufriedenstellung eingelassen. Die Sache hatte ganz gut geklappt, ein- bis zweimal pro Woche Geschlechtsverkehr, mit den üblichen Aufs und Abs. Ohne dass er es gemerkt hatte, war sie ihm nebenbei ans Herz gewachsen, und plötzlich hatte er sich nicht mehr vor allem nach ihren Brüsten und der Glätte ihrer Schneidezähne gesehnt, sondern genauso nach den Speckpolstern an ihren Hüften, nach der Art, in der sie die Fäuste ballte, wenn sie wütend war, und nach ihrem herrlich blechernen Lachen. Oder danach, wie sie sich im Bett zur Seite dreht und mir auffordernd den Rücken zukehrt, wenn sie merkt, dass ich nachts mit offenen Augen daliege, dachte Kovacs, und wie ich mich dann in einer besseren Art von Schlaflosigkeit an sie schmiegen kann. Genau das fehlte ihm jetzt. Ich rufe sie an, dachte er und kam sich zugleich vor wie ein kleines Kind, das auf der Stelle seine Mutter bei sich haben will. Er schlug die Decke zurück. Wenn er in seinem Leben etwas nicht mehr brauchte, war das eine Mutter.

Am Brunnenbecken vor den Häuserblöcken der Walzwerksiedlung schlief im Sitzen ein dunkelhaariger junger Mann. Kovacs weckte ihn nicht. Es war ausreichend warm. Vermutlich war es jemand aus dem Umkreis Sharif Erdoyans, des Sheriffs, zugedröhnt wie nur was, und wenn man sie befragte, wussten sie alle nichts. Vielleicht *Cinn*, dachte Kovacs, die neue Biodroge. Irgendjemand aus der Gruppe sollte sich damit beschäftigen, am ehesten Sabine Wieck, die brauchte sowieso Profil. Außerdem waren die beiden anderen hoffnungslos überlastet, George Demski mit der internationalen Kinderpornographie-Sache, wegen der er ständig durch die Gegend flog, und Eleonore Bitterle, die immer noch jedes Kleinzeug an sich riss und im Zweifel zu einer Angelegenheit der Further Kriminalpolizei machte.

Die Straßen waren leer. Kovacs fuhr das Nordufer entlang nach Westen. Ab der Stadtgrenze trat er aufs Gas. An einem Donnerstag um halb vier Uhr früh schnarchten die Kollegen vom Verkehr, keine Frage. Auf der Ortseinfahrt von Waiern überholte er ein Moped, das in Schlangenlinien dahinzuckelte. Der Fahrer trug einen schwarzen Halbvisierhelm. Der Kleidung nach war es ein älterer Mann. Kovacs stellte seinen Wagen auf dem Parkplatz der Schiffsanlegestelle ab. Eine Frühlingsnacht, die von zweifelhaften Gestalten bevölkert wird, dachte er, von einem jungen Türken unter Suchtmitteleinfluss, einem betrunkenen alten Mann und einem ungewaschenen Kriminalkommissar. Er blickte zum Himmel. Die alten Vertrauten: Deneb im Schwan, Atair im Adler und, beinahe im Zenit, Wega in der Leier. Schlafgestörte wie er konnten das Sommerdreieck schon im April sehen.

Die Jollen waren über einen Karrenweg zu erreichen, der durch einen schütter bewachsenen Austreifen zu einer kleinen Bucht führte. Ketten hielten sie an einer niedrigen Betonmauer fest. Kovacs öffnete das Vorhängeschloss, holte sein Boot heran, warf Rutenetui, Kescher und Angelbox hinein und sprang nach. In dem Augenblick, in dem er die Riemen ausgelegt hatte und zum ersten Mal zog, begann er sich wohl zu fühlen.

Es war windstill und der See lag glatt vor ihm wie ein Spiegel. Er ruderte zur Mitte hinaus, in Richtung der Lichter von Sankt Christoph. Im Osten konnte man die Dämmerung schon ahnen, ansonsten war es noch Nacht. Er knipste die Stirnlampe an, klappte die Kunststoffbox auf und kramte einen weißen Gummifisch mit goldenen Sprenkeln hervor. Er steckte die kürzere der beiden Ruten zusammen, schraubte die Multirolle fest und knotete den Köder an die Leine. Dann löste er die Rollenarretierung und warf aus. Alles war wie immer: das kurze scharfe Glucksen, mit dem der Bleikopf des Gummifisches die Wasseroberfläche durchschlug. Danach die Vorstellung, wie das Ding abtauchte, zielstrebig und energisch, in einer langen Schräge. Er zählte bis neun, dann legte er den Arretierungshebel um und begann bedächtig zu rudern. Andere zählten bis zehn oder dreizehn oder zwanzig; er hatte von Kindheit an eine Dreier-Magie in sich getragen; drei, neun, siebenundzwanzig, das waren seine Zahlen. Er bewegte das Boot erst nach Westen, etwa die Längsachse des Sees entlang, und hielt dann in einem weiten Bogen wieder auf das Nordufer zu. Die Räuber, Hechte, Zander und Saiblinge, waren am ehesten dort zu erwarten. Immer wieder prüfte er mit der Fingerkuppe die Spannung der Schnur. Alle paar hundert Meter holte er den Köder ein und warf neu aus.

»Warum gehen Frauen nicht angeln?«, hatte er Marlene gefragt und sie hatte geantwortet, offenbar hänge das mit einem spezifisch männlichen Störungskomplex zusammen, außerdem tue sich eine Frau einfach nicht so leicht damit, ein Lebewesen mit einem Prügel zu erschlagen. Die Jagd habe mit Aggression und Angeln mit Sexualität zu tun, hatte er einmal gelesen, und das war zirka genauso schlau wie, dass das ganze Leben mit Sexualität zu tun hatte. In Wahrheit froren Frauen leicht und sprachen ununterbrochen; beides konnte man beim Angeln nicht brauchen. Marlene sagte er das nicht, vor allem, weil sie zuletzt sogar einen sauteuren Filetierkurs bei einer dieser Haubenköchinnen besucht hatte, nur seinetwegen.

Es wurde kalt. Deswegen war ihm das Ganze vermutlich eingefallen. Der Himmel über Furth bekam einen zartgelben Stich, und in Ufernähe hatte sich eine handbreite Schicht Dunst auf das Wasser gelegt. Kein anderes Boot war zu sehen. Er warf in höherer Frequenz aus, parallel zur Uferlinie, und holte jeweils rasch wieder ein. Zwischendurch ruderte er kurze Strecken. Auf diese Weise blieb sein Kreislauf in Schwung.

Der Biss erfolgte, als er es nicht mehr erwartete, knapp vor Waiern, an einer Stelle, an der ein schmaler Aubach in den See mündete. Der Köder ging erst horizontal weg, dann steil nach unten. Der Zug war so heftig, dass Kovacs Mühe hatte, die Rollenbremse zu lockern, um einen Leinenriss zu verhindern. Ein Zander, dachte er, ein mächtiger Bursche. Er freute sich. Andere Möglichkeiten gab es nicht. Die Salmoniden des Sees, Saiblinge und Forellen, brachten es maximal auf einen halben Meter und entwickelten nie derartige Kräfte, Hechte konnten zwar wesentlich größer werden, waren im Kampf aber träge und kapitulierten rasch, und Karpfen gingen sowieso nie auf Gummifische.

Was er am Ende mit dem Kescher an Bord hob, war ein riesiger Döbel, silbrig glänzend, unterarmdick, vielleicht einen Dreiviertelmeter lang, die Augen im Durchmesser wie ein Daumennagel. Kovacs merkte, dass er trotzdem unzufrieden war. Gut – er hatte in seinem ganzen Leben noch nie einen derart kapitalen Weißfisch gefangen; auf der anderen Seite bestanden diese Viecher vor allem aus Millionen von Gräten. »Ein Friedfisch, der sich wie ein Räuber benimmt, hat den Tod verdient, das weißt du«, sagte er und drückte das Tier gegen den Boden des Bootes. Der Döbel gab ein schnarrendes Geräusch von sich. »Du sprichst?«, fragte Kovacs. Er streifte die Baumwollhandschuhe über, um einen besseren Griff zu haben, und holte den langstieligen Hakenlöser aus der Box. Der Gummiköder saß ziemlich tief, ließ sich dann aber doch halbwegs glatt aus dem Schlund ziehen. »Na also«, sagte Kovacs, hob das Tier mit dem Kescher auf und hievte es zurück in den See. Die aufgehende Sonne goss eine Andeutung von Rot über den Fisch, bevor er in der Tiefe verschwand.

Kovacs duschte heiß, schlüpfte in frische Kleider und goss eine Kanne Tee auf. Vor dem ersten Blick in die Zeitung rief er Marlene an. Ich fühle mich schlecht dabei, dachte er, aber es geht nicht anders. »Bist du schon im Geschäft?«, fragte er. Was sie denn seiner Meinung nach um halb sieben im Geschäft machen solle, fragte sie zurück, aber vielleicht habe er einen Vorschlag. Außerdem erlaube sie sich anzumerken, dass er die Festnetznummer gewählt habe, jene der Wohnung wohlgemerkt, und wenn er nicht gefinkelte Umleitungsschaltungen habe anbringen lassen, sei seine Frage daher doppelt merkwürdig. »Ich werde dement«, sagte er, »entschuldige bitte«, und sie sagte, von dement könne keine Rede sein, er zeige lediglich zunehmend die zentralen Eigenschaften eines Ehemannes, Anhänglichkeit und Bedarfsverblödung.

»Bedarfsverblödung? Du bist sauer.«

Sauer treffe es nicht ganz, sagte sie, sie stecke gerade mit dem linken Bein in der Strumpfhose, mit dem rechten noch nicht, falls er es genau wissen wolle, sei also nicht sauer, sondern befinde sich in einem einigermaßen labilen Zwischenzustand. »Ich habe einen Döbel gefangen«, sagte Kovacs.

»Einen was?«

»Einen Döbel.«

Sie schwieg für einige Sekunden. »Moment«, sagte sie dann, »nur damit ich mich auskenne. Verbrecher oder Fisch?«

»Fisch«, sagte er.

»Und? Du fängst doch dauernd Fische.«

»Nicht Döbel.«

Sei also ein Döbel so etwas wie der Weiße Thun oder der Blaue Marlin des Further Sees, oder könne man ihn nur unter Aufsspielsetzung des eigenen Lebens verzehren wie den Fugu, oder was bitte sei an diesem Fisch so besonders?

»Er ist ein Betrüger«, sagte Kovacs. »Ein was?«, fragte Marlene. »Ein Friedfisch, der eine halbe Räuberseele hat und manchmal die eigene Brut frisst.«

»Unsympathisch«, sagte sie, und er darauf, zur Strafe habe

die Natur dem Döbel auch so viele Gräten mitgegeben, dass er zum Verzehr völlig ungeeignet sei; diesbezüglich habe sie also nichts zu befürchten. »Beruhigend«, sagte sie; wenn sie zusammenfasse, habe er sie angerufen, um ihr von einem Fisch zu erzählen, den er gefangen habe, wegen dessen problematischer Persönlichkeit und der Gräten jedoch nicht essen werde.

»Genau«, sagte er. »Hast du ihn getötet?«, fragte sie.

»Nein.«

»Nein? Das heißt, er schwimmt nach wie vor herum, spiegelt den anderen falsche Dinge vor und frisst die eigenen Kinder.«

»So ist es.«

»Super, Herr Kommissar!«

Und er ist trotzdem ein eindrucksvoller Fisch, dachte Kovacs. Er müsse ihr im Übrigen noch etwas sagen.

»Was?«

»Charlotte kommt.«

»Charlotte? Wann?«

»Morgen, fürchte ich.«

»Morgen?! Na wunderbar!« Dann gehe sie davon aus, dass bitte er sich für das Wochenende, das ihrer Erinnerung nach gemeinsam geplant gewesen sei, etwas einfallen lasse. Wobei sie ihn darauf aufmerksam mache, dass sie Charlotte bisher nur von Fotos kenne und man ja wisse, wie sich das mit den Töchtern geschiedener Väter und deren neuen Lebensgefährtinnen so verhalte. Kovacs spürte plötzlich einen kleinen Lachanfall in seinem Inneren hochsteigen, ohne zu wissen, woher er kam. »Du könntest ja fischen gehen«, sagte er, bevor er losprustete, »ich borge dir das Boot.« Sie legte auf.

Kovacs goss Tee ein. Während er sich ein Butterbrot schmierte, stellte er sich vor, wie Marlene ihre Strumpfhose fertig anzog, ihr Haar kämmte und ununterbrochen kleine, wütende Sätze von sich gab. Ich bin ein miserabler Vater, dachte er, und ich liebe diese Frau.

Er ging die Walzwerksiedlung entlang in Richtung Zentrum. Der Morgenverkehr hatte noch nicht eingesetzt. Ich fühle mich wie ein Streifenpolizist, dachte er, wie die operative Seite von Recht und Ordnung. Er lebte gern in diesem Viertel, auch wenn die integrative Grundidee des Walzwerk-Projektes nicht wirklich funktionierte. In den drei ehemaligen Werkshallen protzten Bobos zwischen fünfundzwanzig und vierzig, die zumeist irgendeinen vorwiegend sentimentalen Bezug zum Proletariat hatten, mit ihren Lofts und Dachgeschoßwohnungen, und in den ehemaligen Arbeiterquartieren lebten die Underdogs: Sozialhilfeempfänger, Migrantenfamilien und alleinerziehende Mütter mit ausnahmslos der gleichen Geschichte: Alkohol, Prügel, wenn du dich scheiden lässt, siehst du mich nie wieder, Alimentationsbevorschussung. Die einen ließen jede Woche eine neue Alarmanlage oder Überwachungskamera anbringen und die anderen kickten ihnen die Außenspiegel von den Autos. Kovacs selbst legte Wert darauf, nirgendwo dazuzugehören. Aufgrund seines Berufes genoss er bei allen Bewohnern der Siedlung Respekt, auch bei den Vertretern des türkischen Untergrunds, die eben deshalb einen gewissen Abstand hielten, und da er seine Wohnung in Halle B knapp nach Eröffnung des Projekts gekauft hatte, als die Preise noch moderat und die Schnösel mit ihren freistehenden Philippe-Starck-Badewannen und Vietnam-Urlauben noch weit weg gewesen waren, war er ganz eindeutig auch keiner von denen.

Der junge Mann, der vor ein paar Stunden am Brunnenbecken geschlafen hatte, war verschwunden und lag jetzt vermutlich im Bett. Was war *Cinn*? Eine Art Bio-Crack? Oder bloß gemahlene Zimtrinde, wie manche behaupteten? Cinn von Cinnamon? Die Suchtmittelszene machte Kovacs Sorgen. Der Sheriff behauptete zwar, die Sache im Griff zu haben, wirkte jedoch seit einiger Zeit nervös. Jemand anderer spannte seine Fäden in den Markt, und keiner hatte eine Ahnung, wer es war. Es hatte in Privatwohnungen begonnen, mit Kokain, das besonders sauber und zwanzig Prozent billiger war als üblich. Veranstaltungen waren gefolgt, Raves und die größeren Geburtstagsfeste und Partys. Neben dem Kokain waren dort verschiedene Ecstasy-Varianten aufgetaucht, kreisrunde Klassiker, grün mit Clownkopfprägung oder lila Rhomben mit winzigen Elefanten vorne drauf. Die Leute von Check-It waren von der Qualität oder vielmehr von der chemischen Darstellbarkeit der Wirksubstanzen, wie sie es nannten, begeistert gewesen, und der Sheriff hatte aufgerüstet. Es gab kein Fest mehr, bei dem nicht seine Leute den Saaldienst stellten, er hatte Augen und Ohren überall, und dennoch war der fremde Stoff da, jedes Mal, wie aus dem Nichts. Keyser Soze stecke dahinter, hieß es manchmal, der blutige Rächer aus den *Üblichen Verdächtigen*. Der Sheriff fand das gar nicht lustig.

Der Schranken senkte sich, knapp bevor Ludwig Kovacs den Bahnübergang erreichte. Ein schlechtes Omen, dachte er und schämte sich zugleich für seine Neigung zum Aberglauben. Er stieg über den Balken und überquerte die Geleise. Eine Frau mit grauer Igelfrisur blickte ihn aus ihrem Fiat böse an. Er nickte ihr freundlich zu. Trampel, dachte er, ich bin die Polizei. Als er das Stift passierte, begegnete er einer Gruppe von Benediktinermönchen. Einen von ihnen erkannte er; Joseph Bauer. Man sagte, der Mann sei völlig durchgeknallt. Unter anderem höre er Musik über seinen iPod, während er die Messe zelebriere. Das diene dazu, seine akustischen Halluzinationen abzuwehren. Vor zwei Jahren hatte Bauer jedenfalls bei der Aufklärung des Mordes an einem alten Mann entscheidend mitgewirkt. Damals hatte er auf Kovacs gar keinen verrückten Eindruck gemacht, ganz im Gegenteil. Lediglich beim Begräbnis des Opfers war er ein wenig seltsam gewesen.

Kovacs ging quer über den dreieckigen Rathausplatz und durch die kurze Kastanienallee, die von ihm wegführte. Danach bog er in Richtung See ab. Vor dem Supermarkt wurden Kartons mit Kirschtomaten und Salatköpfen entladen. In der *Piccola Cucina* hatte es am Vortag Branzino auf Rosmarinkartoffeln und Ravioli mit Lammfleischfülle gegeben; das war an der Tafel neben dem Eingang zu lesen. Hunger. Er überlegte, ob er dran war, Frühstück mitzubringen. Nein, war er nicht.

Es roch nach Kaffee, als er die Tür zum Kommissariat aufschloss. »Willst du auch einen?« Die Stimme von Eleonore Bitterle. »Ja, bitte.« Er betrat sein Büro, schlüpfte aus der Jacke und nahm seinen Notizblock vom Schreibtisch. Immer gleich, dachte er, jeden Tag, wie ein zwanghafter alter Mann. Er setzte sich halb aufs Fensterbrett und begann nachzudenken. Die Zeit vor der Morgenbesprechung nützte er in der Regel, um sich zu ordnen und zu entscheiden, was wichtig war und was nicht. In den Neubauten von Furth Nord waren zwei Wohnungen aufgebrochen und ausgeräumt worden, mitten am Vormittag. Das Übliche war verschwunden: Schmuck, Uhren, ein Laptop, ein wenig Bargeld; als einziges Ungewöhnliches eine Sammlung von Modellautos aus den Fünfzigerjahren. Die Einbrecher hatten die Türen geöffnet, ohne einen Kratzer zu hinterlassen. Auf dem Bahnhof hatte ein Mann zum zweiten Mal Schülerinnen gefragt, ob sie nackt fotografiert werden wollten. Es dauere eine halbe Stunde und er zahle fünfzig Euro. Die Mädchen waren ruhig geblieben, hatten zu ihren Handys gegriffen, und der Mann war davongelaufen. Eher klein, dicklich, mittleres Alter und eine grün gerahmte Brille – die Mädchen hatten eine genaue Beschreibung geliefert. Schließlich die Sache mit Florian Weghaupt. Der junge Maurergeselle war bei Fassadenisolierungsarbeiten am Bürogebäude der Neptun-Versicherung aus einer Höhe von sechzehn Metern vom Baugerüst gestürzt, auf der Gehsteigkante aufgeschlagen und sofort tot gewesen. Eine Passantin hatte ausgesagt, er sei mit weit von sich gestreckten Armen über die Brüstung gekippt und habe dabei noch etwas gerufen; sie sei ganz sicher, dass sich vor dem Fall eine zweite Person unmittelbar bei ihm befunden habe. Das widersprach dem Bericht der beiden Arbeitskollegen Weghaupts, wonach die drei Männer auf unterschiedlichen Ebenen des Gerüstes mit Bandagierungs- und Verspachtelungsarbeiten beschäftigt gewesen seien; jeder habe seine eigene Etage zugeteilt gehabt; keiner habe sich in der Nähe des anderen befunden.

»Bitte sehr.« Eleonore Bitterle stellte ihm den Kaffee hin, schwarz mit einer Löffelspitze Zucker, »und lies heute ausnahmsweise deine E-Mails.« Kovacs blickte von seinem Notizblock auf. »Wie weit ist George mit der Weghaupt-

Sache?«, fragte er. »Keine Ahnung«, sagte sie, »George ist gestern Abend nach Berlin abgeflogen; das solltest du eigentlich wissen.« Stimmt, sollte ich, dachte Kovacs, ich werde wirklich dement. George Demski war seit knapp einem Jahr Mitglied einer internationalen Arbeitsgruppe zur Bekämpfung der Kinderpornographie. Man hatte ihn aufgrund einer Metaanalyse kriminalpsychologischer Arbeiten zum Thema Biographien missbrauchender Täter dorthin berufen. Der Artikel, den er in einer soziologischen Fachzeitschrift publiziert hatte, war Nebenprodukt des Fernstudiums, das Demski seit Jahren an einer belgischen Universität absolvierte. Wenn man ihn fragte, was er da eigentlich studiere, sagte er: »Alles«, und sobald man nachbohrte, wurde er unmutig. Demski war engagiert und fachlich brillant – das war die eine Seite; seine Alltagsarbeit blieb in letzter Zeit zunehmend liegen, das war die andere. »Ich werde ihn anrufen«, sagte Kovacs. »Viel Spaß«, antwortete Bitterle. Sie stand mit verschränkten Armen in der Tür, lang und hager, das graue Haar zu einem Knoten hochgesteckt. Sie litt am meisten unter Demskis Abwesenheit. Er war ihr Partner gewesen, ihr Alter Ego, vor allem in der Zeit, in der sie sich nach dem Tod ihres Mannes weitgehend aus dem Kontakt zu anderen Menschen zurückgezogen hatte. *Maigret und Mrs. Brain*, hatte man die beiden genannt, ihn nach seiner französischen Mutter und sie nach ihrem analytischen Verstand. Jetzt war er in Berlin und sie war einsam.

»Wie war das mit meinen E-Mails?«, fragte Kovacs.

»Lies sie bitte.«

»Warum?«

»O Gott!« Sie verdrehte die Augen. Es habe mit Stephan Szigeti zu tun, sagte sie.

»Mit dem Plastik-Typen?«, fragte er.

»Jawohl, mit ihm.« Istvan Szigeti war 1956 im Bauch seiner Mutter aus Ungarn nach Österreich gekommen, als intrauteriner Immigrant, wie er zu sagen pflegte, war in Wien geboren worden und aufgewachsen, hatte Petrochemie studiert und sich als Universitätsassistent einige Jahre lang mit mehrfach halogenierten Polymeren beschäftigt. Schließlich war er nach einem Konflikt mit seinem Institutsvorstand von der Uni abgegangen, hatte Wien verlassen und im Gewerbegebiet von Furth eine leerstehende Lagerhalle angemietet. Eine Weile war gar nichts passiert, dann hatte er auf einem uralten Sattelschlepper Maschinen herangekarrt, keiner wusste, woher, eine Handvoll Hilfsarbeiter angeworben und nach einigen Monaten begonnen, Benzinkanister herzustellen. Inzwischen beschäftigte die Firma einhundertachtzig Leute und erzeugte Kunststoffgebinde jeglicher Art und Größe, von winzigen Fläschchen für Augentropfen bis hin zu Öltanks. Eine Art Tellerwäscherkarriere, so hieß es, ein erfolgreicher Mann jedenfalls, und dass er sich seit Firmengründung nicht mehr Istvan nannte, sondern Stephan, mit ph, nahm ihm keiner übel.

Szigeti habe am frühen Abend des Vortages angerufen, erzählte Eleonore Bitterle. Er sei völlig außer sich gewesen. Sein Sohn sei geschlagen worden, in der Schule, ins Gesicht und auf den Rücken, man müsse sofort etwas tun. Von einem Schüler oder von einem Lehrer, habe sie gefragt, er habe gesagt, weder noch, sie habe gefragt, ob vielleicht vom Schulwart, da habe er zu brüllen begonnen. Man nehme ihn nicht ernst, der impertinente lasche Zynismus in diesem Land mache ihn fertig, er wolle sofort mit ihrem Vorgesetzten sprechen – das Übliche halt. Mit viel Geduld habe sie den Mann beruhigt und schließlich aus ihm herausbekommen, dass der Vorfall zwar im Rahmen des Unterrichtes stattgefunden habe, der Ort sich jedoch nicht eingrenzen lasse, vermutlich irgendwo zwischen der Klasse und dem Haus der Szigetis, und dass der Knabe selbst nichts gesagt habe, außer dass es etwas Schwarzes gewesen sei, das ihn geschlagen habe. Nein, verletzt sei er nicht, körperlich jedenfalls, er hocke in seinem Zimmer auf dem Boden, verstört und verstockt, und drücke auf seinem Gameboy herum. Sie habe gesagt, sie wisse nicht, ob das überhaupt ein Fall für die Kriminalpolizei sei, und er habe gesagt, er wisse das schon, er bestehe auf einer Befragung seines Sohnes und er erstatte in jedem Fall Anzeige gegen Unbekannt. Sie habe zur Sicherheit schon mit Raffael Horn gesprochen und ihn um fachliche Assistenz gebeten, damit es später nicht wieder heiße, die Polizei sei zu nichts anderem imstande, als Kinder zu retraumatisieren.

Eleonore Bitterle stand da, in Stoffhose mit Bügelfalte und weißer Langarmbluse, und war wieder einmal die Umsicht in Person. Rein theoretisch wäre sie ein Segen für jeden Mann, dachte Kovacs, rein praktisch ist sie ein Segen für mich. Er nippte an seinem Kaffee.

»Und was hat das alles mit meinen E-Mails zu tun?«

»Szigeti hat es schriftlich geschickt, in vier Varianten, eine ausführlicher als die andere; an mich, an dich und an Eyltz.«

»An Eyltz?«

»Dinge, die man an den Polizeichef schickt, werden unter Garantie eher behandelt als andere – da denkt er schon richtig. Vielleicht geht er auch auf die Jagd mit ihm.«

Nicht alle Männer gehen auf die Jagd, dachte Kovacs, manche gehen fischen. Er blickte kurz in Eleonore Bitterles grüne Augen und war im selben Moment absolut sicher, dass es sie nicht im mindesten interessierte, was er vor einer Stunde gefangen hatte, einen Döbel, eine Forelle oder einen Hai. Philipp Eyltz, der Polizeipräsident der Stadt, trug dunkelblaue Blazer mit Goldknöpfen, rahmengenähte Schuhe und einen Siegelring mit Familienwappen. Er brüstete sich regelmäßig mit der Sammlung handziselierter Jagdgewehre, die er zu Hause hängen hatte, wurde aber nur dann tatsächlich auf der Jagd gesehen, wenn sich zumindest ein Pressefotograf in Reichweite befand.

»Und was sagt Eyltz?«, fragte Kovacs. »Vorreihen«, sagte Bitterle. Natürlich. Da bekam einer dieser verwöhnten Promi-Fratzen, was er vermutlich längst verdient hatte, eine Ohrfeige nämlich, und schon wurde von oben hineininterveniert. Kovacs merkte, wie er zornig wurde. Sie fiel ihm abrupt ins Wort. »Überleg dir, was du sagst – ich bin absolut dagegen, dass Kinder geschlagen werden.« Kovacs atmete tief durch, lehnte sich zurück und hob beschwichtigend die Hände. »Außerdem ist der Knabe nicht einmal sieben«, sagte sie. Meine Tochter ist sechzehn, dachte er, und ich hatte in den letzten fünf Jahren vielleicht zweimal die Gelegenheit, ihr eine Ohrfeige zu geben, rein theoretisch.

Draußen wurde die Eingangstür aufgestoßen, dann war ein heftiges Wortgefecht zu hören. »Wen bringt Sabine heute mit?«, fragte Kovacs. Bitterle legte den Kopf in den Nacken, warf einen Blick auf den Gang hinaus und konnte gerade noch einen Schritt zurück tun, da stand in seiner ganzen Fülle Mauritz in der Tür. »Ich mache das nicht!«, brüllte er mit hochrotem Kopf, »ich denke nicht daran!« »Die Spurensicherung bockt«, sagte Kovacs, »was soll ich davon halten?« George Demski habe ihm eine Anweisung hinterlassen, schriftlich, was er an und für sich schon als Frechheit empfinde, erzählte Mauritz, »und dann noch das!« »Dann noch was?«, fragte Kovacs. »Weghaupt«, zischte Sabine Wieck hinter Mauritz hervor und zog eine Grimasse. Er kenne sich nicht aus, sagte Kovacs, Weghaupt sei gestürzt oder gestoßen worden, das sei die einzige Frage. Eben, ereiferte sich Mauritz, trotz einer eingehenden Erstaufnahme des Tatortes samt Fotos von allen Seiten habe nun Demski das Baugerüst sperren lassen und die Spurensicherung angewiesen, sich der Sache noch einmal anzunehmen. »Und?«, fragte Kovacs. »Ich mache das nicht«, brüllte Mauritz, »ich gehe da nicht hinauf!« »Ein Problem der Körpermasse?«, fragte Kovacs. Mauritz antwortete nicht.

»Oder der Koordination?« Sabine Wieck legte im Hintergrund die Hand vor ihre Augen. »Höhenangst?«, fragte Eleonore Bitterle nach einer Weile. »Jawohl, schaut nicht so blöd!« Er leide darunter von Kindheit an, sagte Mauritz, es sei auch schon viel besser geworden, aber Baugerüste und Kirchtürme schaffe er immer noch nicht, sie sollten bitteschön nicht so tun, als hätten sie noch nie davon gehört. »Der Hitchcock-Film, in dem James Stewart am Schluss auf den Turm klettert«, sagte Kovacs.

»Vertigo.«

»Unten auf dem Dach liegt eine Blondine.«

»Kim Novak.«

»Ist sie tot?«

»Natürlich ist sie tot.«

»Woher weißt du das alles?«

»Ich bin eine alleinstehende Frau, der manchmal fad ist«, sagte Eleonore Bitterle, »dann schaue ich alte Filme, die schlecht ausgehen.« Wenn einem der Mann, den man liebt, an Knochenkrebs stirbt, neigt man vermutlich dazu, alte Filme zu schauen, die schlecht ausgehen, dachte Kovacs. Ob es am Tatort irgendeinen Hinweis auf Fremdverschulden gegeben habe, fragte er. So gut wie nichts, antwortete Mauritz. *So gut wie* sei Kacke, sagte Kovacs, und Mauritz darauf, also, es habe keinen Hinweis gegeben, keine Spuren einer körperlichen Auseinandersetzung, nicht die Fußabdrücke einer zweiten Person. »Hat man genau geschaut?«, fragte Kovacs. Mauritz biss sich demonstrativ in die Fingerknöchel. »Ruhig bleiben«, sagte Kovacs, »ich weiß schon, du warst nicht dort.« Es gab Dinge, die musste man selbst machen, wenn man Sicherheit haben wollte. Außerdem hatte er definitiv keine Höhenangst. Er stand auf und schob seinen Schreibtischstuhl an die Wand. »Was tust du?«, fragte Mauritz. »Ich gehe«, sagte Kovacs.

»Sind wir so arg?«

»Ja.«

»Sei nicht blöd. Was tust du wirklich?«

»Ich steige aufs Gerüst. Irgendeiner muss es ja tun.«

»Aber du bist nicht die Spurensicherung.«

Kovacs sagte nichts. Ich bin der Chef einer Spurensicherung mit Höhenangst, dachte er, außerdem, dass Demski wohl wieder einmal seinem grenzenlosen Absicherungsbedürfnis gefolgt war, als er den Tatort hatte sperren lassen, und in Wahrheit alles war, wie es schien: gestolpert, ausgerutscht und fertig. An Mauritz hatte er unter Garantie nicht gedacht. Er schlüpfte in seine Jacke. Im Hinausgehen wandte er sich noch einmal an Bitterle. »Was hat Szigeti über seinen Sohn gesagt?«, fragte er, »wie hockt er auf dem Boden? Verstört und bockig?« »Verstockt«, sagte Bitterle, »nicht bockig. Verstört und verstockt.«

»Verstört und verstockt«, wiederholte Kovacs. Er dachte an Charlotte. Kinder waren furchtbar, egal, ob sie sechs waren oder sechzehn.

Vier

Ich habe eine Schwester. Ich habe gefragt, wie alt sie ist, und man hat mir gesagt, sie ist dreieinhalb. Angeblich kommt sie aus derselben Stadt wie ich. Ich habe gefragt, wie sie heißt, und sie haben gesagt: Susi. Ich habe es ausprobiert, aber sie hört noch nicht auf diesen Namen. Sie haben gesagt, es ist wie bei einer kleinen Katze: Sie muss sich erst daran gewöhnen. Ich habe in unserer Sprache gesagt: »Ich heiße Fanni.« Sie hat die Augen geschlossen und ein einziges Wort geantwortet: »Switi.« Sie ist dünn, winzig und hat struppiges Haar. Sie macht überhaupt ständig die Augen zu. Damit wird sie aufhören müssen. Das Einzige, was wirklich zählt, ist, die Augen offen zu halten. Ich habe das auch erst mit der Zeit begriffen.

Es regnet. Das scheint ihr zu gefallen. Sie steht auf der Treppe vor dem Haus, hält das Gesicht nach oben und lacht. Das Wasser rinnt ihr von den Ohrläppchen den Hals hinab, in zwei kleinen Bächen. »Ich zeige dir alles«, sage ich. Sie nimmt meine Hand.

Wir gehen die Fürstenaustraße entlang in Richtung See, vorbei an den großen Häusern in den abfallenden Gärten mit den dunklen Glashalbkugeln oberhalb der Klingelknöpfe. Das sind Kameras. »Hier wohnen reiche Menschen«, sage ich. Ich weiß nicht, ob meine Schwester weiß, was reich ist. »Wir sind reich«, sage ich. Wir haben am Gartentor auch eine Glashalbkugel oberhalb des Klingelknopfes. Links zweigt der Fußweg in die Klamm ab. Auf einem

Schild steht: *Begehen auf eigene Gefahr.* Darunter sind ein Baby in einem Kinderwagen, ein Mann in einem Rollstuhl und eine alte Frau mit einem Stock gezeichnet. Alle drei sind rot durchgestrichen. Das hat mir von Anfang an gefallen.

Switi tappt in alle Pfützen. Je höher es spritzt, umso lauter lacht sie. Es ist Sommer, daher macht das nichts. Wir gehen die lange Kurve entlang bis zur ersten Aussichtsplattform. Schräg vor uns liegt der blaugrüne Tümpel, aus dem der Bach in einem Schwall hinunterfällt, direkt in den See, könnte man meinen. Man hört das Rauschen. Um den Wasserfall zu sehen, müsste man noch weiter gehen. Das werde ich mir für ein anderes Mal aufheben. Ich deute zur Kammwand hinauf. »Hier ist es so«, sage ich, »oben sind die Berge und unten ist der See. Zu Hause ist es anders: Oben ist der Regen und unten ist der Schlamm.« Sie schaut mich groß an, beinahe, als hätte sie mich verstanden. »Eins ist gleich«, sage ich noch, »rundherum ist die Stadt. Hier ist sie kleiner; aber das merkt man nur manchmal.« Dann kehren wir um.

Oben auf der Kuppe, wo links der Felsen steht, der aussieht wie eine Eule, bleibe ich stehen. Wenn man Glück hat, kann man an dieser Stelle einen Zug durch den Berg fahren hören. Ich horche. Es fährt gerade keiner. Vor den Hotels sind die Sonnenschirme aufgespannt, weiß, hellgrün und orange. Ich lese ihr vor, wie die Hotels heißen: Wertzer, Fernkorn und Abendroth. »Mit teha«, sage ich, »aber das verstehst du erst, wenn du lesen kannst.« Die Zwergziegen im Gehege neben dem *Fernkorn* drängen sich an den Zaun, als wir vorübergehen. Sie scheint sie gar nicht zu bemerken. Sie blickt ständig auf den See hinaus.

Am Jachthafenbuffet frage ich sie, ob sie ein Eis möchte. Es dauert einige Zeit, bis sie mich versteht. Sie nickt und macht die Augen zu. Ich nehme Erdbeere und Schokolade, zwei Tüten. »Hast du Besuch?«, fragt Gino. »Nein«, sage ich, »es ist meine Schwester.« »Sie war noch nie da«, sagt er, »wie heißt sie?« »Switi«, sage ich. »Switi«, sagt Gino, »das passt zum Eis.« Ich frage nicht nach, warum *Switi* zum Eis passt. Gino kommt aus Reggio di Calabria und behauptet, sein Vater ist ein Mafiaboss, der halb Italien unter seiner Kontrolle hat. Ich glaube ihm kein Wort. Ich bin nicht einmal sicher, ob er wirklich aus Italien stammt. Das Eis schmeckt gut, darauf kommt es an.

Wir gehen auf dem Landungssteg bis nach vorn zu den Betonpfeilern mit den Eisenringen. Links von uns schwimmen Enten, drei große und fünf kleine. Eine von den großen hat ihren Fuß auf den Rücken gelegt; das sieht komisch aus. Switi deutet auf die Enten und macht schnarrende Geräusche. Vor uns fahren zwei Boote hin und her, eins mit einer Reihe blauer Punkte auf dem Segel, eins mit einem orangefarbenen Streifen. Sie werden mich suchen, denke ich, sie werden an die Türen der Nachbarn klopfen und sie werden herumtelefonieren. In ihren Gesichtern wird dabei eine Mischung aus Angst und Wut sein.

Auf dem Rückweg erzähle ich ihr die Geschichte von der Tochter eines Maharadschas, die aus dem Palast ihrer Eltern wegläuft, weil sie sich eingesperrt fühlt. Sie findet hundert Freunde, die sie vor ihrem grausamen Vater und ihrer verrückten Mutter beschützen. Wenn die Soldaten des Vaters ganz nahe sind, versteckt sie sich im Kehlsack eines Pelikans. Dort riecht es zwar fürchterlich nach Fisch, aber keiner entdeckt sie. Wenn der Pelikan hochsteigt und eine Runde fliegt, öffnet er den Schnabel ein wenig, und sie kann durch den Spalt auf die Stadt hinabschauen, auf die Häuser, auf den Strand, auf das Kraftwerk mit seinen Schloten und auf den Palast, in den sie nie mehr zurückkehren wird. Switi blickt mich immer wieder an. Ich bin sicher, sie versteht jedes Wort, obwohl ich in unserer Sprache nicht mehr so geübt bin. Dass ihr Schokoladeeis schmilzt und aufs T-Shirt tropft, ist uns beiden egal.

Im Vorbeigehen zeige ich ihr das Schild der Apotheke. Zwei Dromedare sind drauf zu sehen, ein großes und ein kleines. Ich habe keine Ahnung, warum eine Apotheke in Furth am See ausgerechnet *Dromedarenapotheke* heißt, aber manchmal verirren sich Dinge in eine Gegend, wo sie nicht hingehören. Dromedare haben einen Höcker, normale Kamele haben zwei – das hat mir diese Apotheke beigebracht. Es gibt in Furth auch noch die Apotheke in der Bahnhofsstraße, aber die heißt einfach *Bahnhofsapotheke* und ist kein bisschen lehrreich. Als plötzlich die Eingangstür aufgeht und jemand heraustritt, erschrecke ich. Es ist Frau Wirth, die Kindergartenleiterin, zu der alle, die sie einmal gehabt haben, *Tante Lea* sagen. Ich habe sie nie gehabt. Sie kennt mich trotzdem. »Ja, wen haben wir denn da?«, fragt sie. Im Fernsehen fragen so Leute, die Kinder verschleppen. »Meine Schwester«, sage ich. »Ich wusste nicht, dass du eine Schwester hast«, sagt sie, »wie heißt sie?« »Susi«, sage ich. »Hallo, Susi«, sagt sie, »schön, dass es noch Leute gibt, die ihre Tochter Susi nennen.« Sie fragt, ob Susi in den Kindergarten kommen wird, und ich sage, ich glaube, schon.

Ich überlege, welche Art von Medizin Frau Wirth aus der Apotheke geholt haben könnte, einen Asthmaspray, Nerventabletten oder eine Salbe gegen Krampfadern. Als wir beim Bezirksgericht um die Ecke biegen, frage ich Switi, ob sie nicht auch findet, dass Tante Lea eine Frisur hat wie ein

Fahrradhelm – irgendwie an den Kopf gepappt und eigentlich möchte man draufhauen.

Am Ende der Stiftsmauer reckt sie mir ihre Arme entgegen. Ich nehme sie hoch und trage sie ein Stück. Sehr weit schaffe ich es nicht; sie ist trotzdem zufrieden. Wir überqueren die Bahn und steigen den Hügel in Richtung Walzwerksiedlung hinauf. Ich erzähle ihr davon, wie mir Ümid die Wasserpfeife seines Bruders gezeigt hat und wie er behauptet hat, er habe sie auch schon einmal benützt, was natürlich komplett gelogen ist, und wie er gesagt hat, sein Bruder bringt ihn um, wenn er ihm draufkommt, und er muss mich leider auch umbringen, wenn ich auch nur ein Wort verrate. Ich kenne Ümids Bruder nicht einmal.

Knapp bevor in der Fürstenaustraße der Blick auf unser Haus frei wird, biegen wir nach links ab. »Ab jetzt ist es geheim«, sage ich, »Fluchtweg Nummer eins.« Ich habe eine Art Vogel mit meinen Fluchtwegen; überall brauche ich einen, zu Hause, in der Schule, sogar, wenn wir im Schwimmbad sind. Also: zuerst die Sackgasse, vorbei an der Blumenhandlung und an diesen Häusern, die alle vier vollkommen gleich ausschauen, bis an die gelb gestrichene Halle mit den rostigen Schiebetoren, den klein gefelderten Fenstern und dem Eingang, den keiner kennt außer mir. Rechts die Halle entlang bis an ihr Ende und dann nicht um die Ecke, sondern durch eine Lücke in den Holundersträuchern auf einen Pfad, der erst die untere Kante einer Böschung entlangführt, dann auf einem Brett über einen kleinen Bach und schließlich schräg ansteigend an die Hinterseite der Gärten. Jener von den Kubiks, dem Augenarzt und seiner Frau, der vom alten Findenegg mit seinen karierten Hemden und am Ende der, auf den es ankommt. Ich bleibe stehen, lege den Finger auf die Lippen und lausche. Nichts. Bei Schlechtwetter gehen sie selten in den Garten. Außerdem verstellt vom Haus her sowieso der Schuppen die Sicht. Ich ducke mich trotzdem. Im vierten Feld des Zaunes lässt sich das Rautengitter seitlich aushängen und so weit aufbiegen, dass jemand wie ich leicht durchschlüpfen kann, Switi erst recht.

Unter einem der Zwetschkenbäume sitzt ein Vogel in der Wiese, wie ich ihn noch nie gesehen habe, groß, hellbraun, mit weißen und schwarzen Streifen auf den Flügeln. Als wir vorbeigehen, reckt er den Schnabel hoch und stellt auf dem Kopf die Federn auf. Ich klatsche in die Hände. Er macht zwei Sprünge zur Seite, bis zu dem überwachsenen Betonviereck mit dem Eisenring, fliegt aber nicht fort. Switi ist das egal. Sie setzt sich ins nasse Gras, schließt die Augen und legt den Kopf auf die Knie. Ich hebe sie hoch und trage sie zur Hintertür. Ich öffne vorsichtig und lausche noch einmal. Wieder nichts. Ich nehme sie an der Hand und gehe mit ihr ins Zimmer. »Du bleibst da«, sage ich. Sie nickt. Ich schleiche ins Badezimmer und hole das große Handtuch mit Lisa Simpson und dem Saxophon drauf, um sie abzutrocknen. Als ich zurückkomme, liegt sie vor ihrem Bett auf dem Boden und schläft. Ich setze mich in meinen Sitzsack und schaue ihr beim Atmen zu. »Später zeige ich dir das Haus«, sage ich, »zuerst nur das Erdgeschoß; oben noch nicht.«

Fünf

»Du rettest mich«, sagt er halblaut. Sie hat die Augen geschlossen und stellt sich vor, wie er durch ihr Dachflächenfenster schaut, direkt hinein in die Baumkronen, und wie dahinter genau in diesem Moment die Sonne aufgeht.

Sie spürt, dass ihre Unterlippe leicht flattert, während sie ausatmet. »Sprichst du mit mir oder mit deinem Gott?«, fragt sie.

»Ich wollte dich nicht wecken«, sagt er.

»Hast du auch nicht. Wie spät ist es?«

»Zehn vor sechs.«

»Da habe ich zum Retten noch ein wenig Zeit.« Sie öffnet die Arme und dreht sich zu ihm. Er zupft ihr eine Haarsträhne aus dem Mundwinkel. »Du nimmst mich nicht ernst«, sagt er. »Tu ich doch«, sagt sie. Teufel, Hexen, Dämonen und ein Kübel voller Angst, jedes Mal das Gleiche, denkt sie – natürlich weiß ich, dass ich dich rette, und natürlich nehme ich dich ernst. Sie zieht ihn zu sich runter und atmet heiß in seine Schlüsselbeingrube. »Irgendwie ist der Frühling ein Betrüger«, sagt er, »er gibt einem das Gefühl, dass alles gut ausgeht.« »Tut es doch auch«, sagt sie und tastet nach seiner Schulterblattspitze, »gerade einer wie du müsste das wissen.«

»Gerade einer wie ich weiß, dass das nicht so ist.«

»Nicht schon wieder. Hier, leg deine Hand in meinen Nacken.«

Sie spürt seine Fingerkuppen an den Dornfortsätzen ihrer

Halswirbel. »Es gibt keine Garantie«, sagt er. Stimmt, denkt sie. Sie stellt sich vor, wie sie sich aufschwingen über die Wolken, die in der Morgensonne rot gesäumt sind, und dahinfliegen, über die Stadt und den See, und wie weit und breit nichts Schreckliches vorhanden ist. »Ich schlafe noch zwei Minuten«, sagt sie und rückt im Wegdämmern ganz nahe an ihn ran. Er sagt ab und zu, dass die Vertreibung des Wahnsinns total einfach sei, er müsse sie nur von oben bis unten spüren, möglichst viele Quadratzentimeter Körperkontakt, und sie mag das, selbst wenn es möglicherweise nichts als eine seiner psychotischen Ideen ist.

Er löffelt Hüttenkäse zum Frühstück, wie immer. Er behauptet, dass er auf diese Weise die Medikamente am besten verträgt. Sie sitzt da, nippt ab und zu an ihrem Kaffee und schaut ihm zu. Er erzeugt ein gutes Gefühl in mir, denkt sie, so einfach ist das. Wenn er dasitzt, im Morgenlicht, blass und ein wenig krumm, und diese weißen Kügelchen in sich hineinschaufelt, erzeugt er ein gutes Gefühl in mir; wenn er anruft und nichts anderes sagt als *Du …*, tut er es, und er tut es sogar, wenn er seine Hand in ihren Nacken legt. Das Verrückte fühlt sich manchmal am besten an, denkt sie, das, bei dem sich die Leute an den Kopf fassen oder dir den Vogel zeigen.

»Woran denkst du?«, fragt er. »Das willst du nicht wissen, glaub mir«, antwortet sie.

»Warum nicht?«

»Du wirst vielleicht wütend.«

Er nimmt eine Portion Hüttenkäse auf den Löffel und zielt in ihre Richtung. »Gut, gut«, sagt sie und hebt beschwichtigend die Hände, »ich habe gedacht, dass sich komischerweise das Verrückte manchmal am allerbesten anfühlt.« Er lässt den Löffel sinken und blickt sie mit großen Augen an. »Siehst du«, sagt sie, »gleich wirst du wütend.« »Blödsinn«, sagt er. Das sei der Irrtum, dem die Leute unterlägen – dass sich das Verrückte immer ganz fürchterlich anfühlen müsse. Im Gegenteil, sagt er, alles andere fühle sich fürchterlich an, die Menschen ringsherum, vor allem die sogenannten Nächsten, die eigene Geschichte, alles, was man großspurig die Welt nenne oder die Realität. »Dann baust du dich innerlich um, und alles wird erträglich«, sagt er.

Sie nickt. Oder du legst dich mit einem Benediktinerpater ins Bett, der zertifiziertermaßen einen höhergradigen Hau hat, denkt sie.

Sie erinnert sich, wie alles begonnen hat, letzten September, wie sie mit ihrer Kollegin Ursula Leeb im Lehrerzimmer steht und sich verschiedene Dinge erklären lässt und total aufmerksam ist, weil sie sich noch nicht auskennt, und wie fünf vor acht dieser Mönch hereinstürmt und laut *Dies irae* singt und erklärt, Schulanfang sei zwangsläufig ein Tag des Zornes. Sie erinnert sich, wie Ursula meint, man brauche sich nicht zu fürchten, er habe so seine Phasen, und wie er drei, vier Runden dreht, dabei abwechselnd singt und die Kollegen begrüßt. Bei ihr hält er an, blickt ihr für eine Sekunde in die Augen und sagt: »Eine Neue.« Er geht weiter und sie ist erleichtert wie nach einer ärztlichen Untersuchung, die sich als harmloser herausstellt als befürchtet. Als sie sich kurze Zeit später auf den Weg in ihre Klasse macht, steht er auf dem Gang und wartet. »Ich bin für alle da, die Hilfe brauchen«, sagt er. Sie ist noch imstande, zu fragen, wie er denn auf die Idee komme, dass sie Hilfe brauche. Er sagt, das sei keine Kunst, zuvor sei ihr der Pulloverärmel hochgerutscht, dadurch sei er darauf gekommen. Sie starrt auf ihre Unterarme und spürt jetzt, wie ihr das Blut ins Gesicht schießt. Kurze Zeit später erzählt sie ihm die ganze Geschichte.

»Wer weiß eigentlich inzwischen von uns?«, fragt sie.
»Mein Psychiater«, sagt er.

»Und sonst?«

»Keine Ahnung. Ich glaube, niemand.«

»Wie soll das gehen? Der Abt, zum Beispiel? Oder deine Kollegen. Jedes Mal, wenn du bei mir bist, fehlst du am Morgen beim Chorgebet.«

»Ich habe auch gefehlt, als ich noch nicht bei dir war.«

Sie glaubt ihm aufs Wort und sie glaubt ihm auch, dass ihm die anderen Patres seine Beziehung zu ihr nicht neiden. Jeder habe so seine Kontakte, hat er erzählt, manche eher zu Frauen, manche zu Männern. Einige haben Kinder. Der Orden zahlt, was sonst. Er holt sich mit einem Stück Weißbrot den letzten Rest Hüttenkäse aus der Dose. Sie denkt, dass er in diesen Momenten völlig ruhig und geordnet wirkt. Irgendwann wird sie ihn fragen, ob er selbst gern ein Kind hätte, ein eigenes.

Der Bus ist halbleer. Sie sind früher dran als sonst. Es ist ihr egal, dass sie die Leute zusammen sehen. Junge Lehrerin verführt Benediktinerpater, denkt sie; dabei stimmt es gar nicht. Sie setzen sich in eine der hinteren Reihen. Er kramt in seiner Tasche und summt dabei. Sie packt ihn am Oberarm. »Das hast du doch vor ein paar Tagen gesungen, als wir uns in der Klasse in die Wolle geraten sind, kannst du dich erinnern?« Er schaut verwirrt.

»Als Felix weg war.«

»Stimmt.« Er zieht den iPod hervor, drückt ihr die Stöpsel in die Ohren, sucht ein wenig herum und dreht dann auf.

Spirit on the water, darkness on the face of the deep, I keep thinking about you baby, I can't hardly sleep.

»Wer ist das?«, fragt sie. »Gott«, sagt er, »His Holy Bobness.«

»Entschuldige, war eine blöde Frage.«

»*Modern Times*«, sagt er, »sein vorletztes Album.«

Gottes vorletztes Album, denkt sie, er spinnt auf hohem Niveau. Er stupst sie in die Seite. »Warum grinst du?«

»Jetzt hast du mich beim Zuhören gestört«, beschwert sie sich, »da war irgendwas mit *pain*.« Er zieht ihr abrupt die Stöpsel aus den Ohren und verstaut den iPod in der Tasche. Sie weiß, dass es keinen Sinn hat, nachzufragen, was er denn plötzlich habe. Er kippt von Kanten, denkt sie, er stürzt in Abgründe und er friert ein, von einer Sekunde auf die andere. Davor rettet ihn niemand.

Sie fahren über die Severinbrücke, danach in einer nach Westen gerichteten Schleife über die Waldzeller Straße, den Rohrweg und die Seestraße zurück zum Rathausplatz. Er blickt die ganze Zeit aus dem Fenster und schweigt. Unmittelbar nach dem Aussteigen hält sie ihn am Jackenärmel zurück. »Wie heißen die Mönche mit dem Schweigegelübde?«, fragt sie. Er dreht sich zu ihr. »Trappisten und Kartäuser«, sagt er halblaut. Dann beginnt er zu lachen. Er tut mir gut, denkt sie, er tut mir so gut.

Sie stehen auf dem weiten Platz vor dem Stift. Oben auf der Begrenzungsmauer zum ersten Garten dreht sich eine Taube im Kreis. »Ich höre es mir ein andermal an«, wehrt sie ab, als er die Tasche noch einmal aufklappt. Er schüttelt den

Kopf. Nein, nicht den iPod, er habe vergessen, ihr etwas zu zeigen, eine Zeichnung aus der letzten Stunde mit ihrer Klasse.

Eine einzelne dunkle Welle mit einer Kugel drauf, denkt sie, als sie das Blatt betrachtet, eine Art Gauß'sche Normalverteilungskurve, vielleicht auch jemand in einem Umhang, der die Arme schräg zur Seite streckt. Die Aufgabe sei es gewesen, sagt er, etwas zu zeichnen, das mit Ostern zu tun habe, schließlich komme Ostern demnächst. Die meisten hätten Hasen oder Eier abgeliefert, ganz seiner Erwartung entsprechend, nur Britta nicht. Britta?, fragt sie, und er sagt, ja, Britta, so heiße doch dieses dünne blonde Mädchen, das seinen Platz ganz links in der ersten Reihe habe und am allerliebsten von seinen Meerschweinchen erzähle. Sie sei erst eine Weile bewegungslos dagesessen, nach vorn gebeugt und starr, und als er zu ihr gesagt habe: Vielleicht ein Huhn?, habe sie wortlos den Kopf geschüttelt. Am Ende habe sie plötzlich nach einer dicken Wachsmalkreide gegriffen und ruckzuck das hier gezeichnet, geschwind und mit viel Kraft.

Sie zieht die Stirne kraus. »Ein Meerschweinchen ist das nicht«, sagt sie nach einer Weile. Nein, antwortet er, er habe Britta auch gefragt, was diese Kurve denn darstelle, und sie habe gesagt: Eine Glocke, eine schwarze Glocke, ganz ohne Zögern, und im selben Moment sei ihm klar gewesen, dass es tatsächlich nichts anderes sein könne. Eine Osterglocke dürfe auch einmal schwarz sein. »Sie hat sicher nicht *Glocke* gesagt«, sagt sie, »sondern *Dlocke, dwarze Dlocke. Glocke* kann sie nicht, obwohl sie zweimal pro Woche zur Logopädin geht.« »Du bist so etwas von genau«, sagt er, »manchmal ist mir das unheimlich.« Es stimme natürlich, die Kleine habe nicht *Glocke* gesagt, sondern *Dlocke* oder vielleicht *Slocke*, wie es halt ihr Sprachfehler zulasse, aber erstens liege auf der Hand, dass es sich um eine Glocke handle, und zweitens sei das nicht so wichtig.

»Sondern?«, fragt sie.

Sie habe es von Felix gehört, da sei er ganz sicher, sagt er, ansonsten ergebe, was sie noch gesagt habe, keinen Sinn. »Was ergibt keinen Sinn?«, fragt sie, »was hat sie noch gesagt?« Dass sie auf den Rücken geschlagen worden sei, sagt er, auf die Schultern und auf den Kopf. Die schwarze Glocke habe dazu einen Stock benutzt.

Sechs

Es sind die Kleinigkeiten, dachte Horn, es sind die Dinge, von denen man meinen sollte, dass sie gar nichts bedeuten. Namen, die du vergisst, neue Pullover, die du nicht ausreichend würdigst, das Schritttempo, das du zu wenig anpasst. Manchmal nur Eigenschaftswörter, die du weglässt: *wunderbar, umsichtig, ergreifend*. Oder eben die Semmeln, die einzukaufen ich wieder einmal vergessen habe, dachte er. Ich sinke nicht sofort zerknirscht aufs Knie und schon ist die Sache gelaufen. Am Ende brüllt sie mich an und ich werfe ihr all die Dinge vor, die ich ihr immer schon vorwerfen wollte.

Er war zehn Minuten früher weggefahren als sonst, zornbebend und ohne Frühstück. Übrigens könne er sich seine Idee, im Sommer nach Schottland zu fahren, er wisse schon, wohin, schieben, hatte sie ihm noch nachgerufen – Islay und Skye und die Highlands, das sei sowieso nichts anderes als eine verkappte Sauftour, also bitteschön ohne sie. Gut, ohne dich, hatte er geantwortet und die Autotür hinter sich zugeknallt. Seither ging ihm die Vorstellung nicht aus dem Kopf, wie Irene auf einer dieser Malediveninseln erst zwischen Mantas und Igelfischen tauchte und danach in ihrem klimatisierten Bungalow auf einem blütengeschmückten Bett Sex hatte, beides mit einem dunkelhaarigen, etwas zu klein geratenen Tenor, der eine italienische Großmutter besaß und Speck an den Hüften. Gut, wenn sie es so wollte!

Er blickte sich um. Der Besprechungsraum füllte sich

langsam. Hrachovec saß rechts von ihm und schmierte Marillenmarmelade auf ein Croissant. Er wirkte ausgeglichen, aber das tat er immer, seit er die Assistentenstelle bekommen hatte. Natalie Bernert, die Ergotherapeutin, reckte ihren endlos langen Hals über den Tisch und tratschte mit Renate Mutz, der Sozialarbeiterin. Das taten die beiden auch immer. Lisbeth Schalk trug eine neue, dottergelbe Jacke von Moncler und brauchte zwei Sekunden länger als sonst, um sich hinzusetzen. Günther und Vessy wirkten müde, aber das stand ihnen nach einem Nachtdienst auch zu. Am Schluss kam Leonie Wittmann durch die Tür, Ringe um die Augen, die Hände zu Fäusten geballt. Sie ließ sich neben Horn in den Sessel fallen. Zwei wütende Frauen an einem Morgen, wie soll ich das aushalten, dachte er.

Bis knapp vor drei Uhr früh sei im Wesentlichen alles ruhig verlaufen, berichtete Günther, Sabrina habe infolge ihrer Zusatzmedikation durchgeschlafen, Fehring sei von sich aus ins Bett gegangen und auch den anderen sei offenbar der Sinn nicht nach Eskapade gestanden. Bis dann in der allerschönsten Ruhe dieser Marcus eingeritten sei. »Welcher Marcus?«, fragte Horn. Ein junger Mann, erzählte Hrachovec, einundzwanzig, Fachhochschüler für Holzbau, aus unauffälliger Familie. Keiner wisse, warum er mitten in der Nacht ein Stück Bergsteigerseil an den Deckenhaken des Wohnzimmerlusters geknüpft, seinen Hals in eine wenig professionell gefertigte Schlinge gesteckt und dann den Stuhl unter sich weggetreten habe. Er sei vermutlich eine Weile da gehangen, einige Sekunden zumindest, im Hirn jedenfalls zunehmend hypoxisch, bis schließlich der Haken die Last nicht mehr habe halten können und der junge Mann mitsamt dem Kristallluster abgestürzt sei. »Wer hat es gehört?«, fragte Horn. »Zuerst die Mutter«, sagte Vessy, »so etwas hören immer zuerst die Mütter.«

»Und?«

»Sie ist ins Zimmer gekommen und hat gelacht«, sagte Vessy und bekam einen roten Kopf. »Dann hat sie ihn gefragt, ob er sich wehgetan hat«, ergänzte Hrachovec. Er biss von seinem Croissant ab. »Sie hat was?«, fragte Horn. »Gelacht«, sagte Günther. Die Frau, die seiner Ansicht nach übrigens einen Totalschuss habe, habe erzählt, das Ganze sei ihr vorgekommen wie in einem Monty-Python-Film – der Selbstmörder, gegen den sich alles verschwört, sogar der Deckenhaken –, es sei dermaßen lustig gewesen, man müsse das schon verstehen. Außerdem habe er gesagt, es tue ihm nichts weh, und dass Marcus keinen Augenblick bewusstlos gewesen sei, habe sie gleich gesehen. »Marcus mit C«, sagte Vessy. »Marcus mit was?«, fragte Horn. »Mit C, wie Cäsar«, sagte Günther, »bitte nicht mit K!« Vessy brummte etwas auf Russisch, und Hrachovec, der runtergeschluckt hatte, erzählte, glücklicherweise sei wenig später der Nachbar aus der Wohnung unterhalb in der Tür gestanden. Er habe nach der Ursache des Lärms gefragt und bei dieser Gelegenheit den jungen Mann auf dem Boden hocken gesehen, neben dem Kristallluster und dem Strick, und trotz der Proteste der Frau auf der Stelle Rettung und Polizei verständigt.

An der Abteilung sei es von Anfang an schwierig gewesen. Die Frau habe eingeräumt, dass ihr Sohn manchmal seltsame Momente habe, wofür vermutlich die Mischungen aus Alkohol und Energydrinks verantwortlich seien, die er sich immer wieder zuführe, aber bitte, man möge sich doch nicht lächerlich machen, keiner wolle hier sterben, am wenigsten ihr Sohn, daher könne es sich auch nur um einen

Irrtum handeln, wenn man von einer stationären Aufnahme spreche. Marcus selbst habe in einer Art Tick immer wieder die Augen zur Decke gedreht, auf die Frage, ob er freiwillig an der Abteilung bleibe, den Kopf geschüttelt und am Ende einen einzigen Satz gesprochen: »Ich bin eine Witzfigur.«

Horn wandte sich nach rechts. »Und dann bist du hereingefahren.«

Wohl oder übel, antwortete Leonie Wittmann, um zehn vor vier habe das Telefon geläutet, genau an dem Punkt, an dem sich üblicherweise entscheide, ob der Nachtschlaf erholsam sei oder nicht. Egal, Rufbereitschaft sei Rufbereitschaft, unabhängig davon, was die Uhr zeige. Im Auto habe sich ihre Wut auf diese verleugnende Witzfigurenmutter jedenfalls sukzessive dermaßen gesteigert, dass sie dann vor Ort nur noch die Wahl gehabt habe, ihr entweder tatsächlich eine zu knallen oder die Sache unter maximaler Aggressionsabwehr durchzuziehen, kühl und dem Buchstaben des Gesetzes nach. »Sie hat genau einen Satz gesprochen, unsere Frau Oberarzt«, sagte Günther und grinste. Horn betrachtete Leonie Wittmann aus dem Augenwinkel. Wenn sich dieser Hauch von Ironie auf ihr Gesicht legt, ist sie richtig schön, dachte er, trotz des strohigen Haares und trotz ihres Raubtiergebisses. Alle schwiegen erwartungsvoll. »Na, glaubt ihr, ich kann mich erinnern?«, knurrte sie schließlich. Ein Satz, dachte Horn – er hat sicher mit *Bitte, nehmen Sie zur Kenntnis* begonnen. »Wie bitte?«, fragte Leonie Wittmann. Ich spreche wieder einmal vor mich hin, ohne es zu merken, dachte Horn. »Ich wollte nur einen Vorschlag machen«, sagte er.

»Welchen Vorschlag?«

»Welchen Satz du gesagt haben könntest.«

»Und?«

»Ich wette, er hat mit *Bitte, nehmen Sie zur Kenntnis* begonnen.«

»Kann sein. Und weiter?«

»Keine Ahnung.«

»Bitte, nehmen Sie zur Kenntnis, dass Ihre Einflussmöglichkeiten an diesem Punkt enden, Ihr Sohn nach den Bestimmungen des Unterbringungsgesetzes behandelt wird und die entscheidungsbefugte Einrichtung ab sofort das Bezirksgericht Furth ist. Bis morgen, auf Wiedersehen, es ist vier Uhr früh«, sagte Günther. Leonie Wittmann bedankte sich mit einem Kopfnicken. »Genau das habe ich gesagt.« Die Frau sei hinausbegleitet und der Sohn versorgt worden, sagte sie, sie selbst sei gleich dageblieben, heimfahren habe sich nicht mehr ausgezahlt.

»Und was steckt hinter der Geschichte?«, fragte Horn. »Eine lange Verzweiflung«, sagte sie, »wie immer. Wer hängt sich schon mit zwanzig an die Zimmerdecke? – Jemand, den das Leben zu einem frühen Tod verurteilt hat. Er spürt es und irgendwann hört er auf, sich zur Wehr zu setzen.« Horn sagte nichts. Er stellte sich vor, wie Leonie Wittmann in ein Zimmer kam, in dem ein junger Mann von der Decke hing, wie sie völlig unaufgeregt an ihn herantrat, ihn an den Hüften umfasste, hochhob und so lange hielt, bis ein anderer ihm die Schlinge vom Kopf streifte. Er stellte sich vor, wie sie ihn vorne an ihrem Körper herabgleiten ließ, bis ihre Arme unter seinen Achseln lagen, wie sein Kopf mit halboffenen Augen auf ihre Schulter sank und wie sonnenklar war, dass man da nichts mehr machen konnte. Deswegen wollte ich sie haben, dachte Horn, weil sie so etwas kann: Menschen aus der Schlinge heben.

Horn hatte es keine Sekunde bereut, dass er diese kleine Frau, die bereits im Vorstellungsgespräch auf eine bemerkenswert kratzbürstige Art darauf bedacht gewesen war, nichts aus ihrem Privatleben preiszugeben, zur Anstellung empfohlen hatte. Jetzt war ein Dreivierteljahr vergangen und sie wussten nach wie vor ganz wenig über Leonie Wittmann – dass sie ihre Ausbildung teils an einer forensischen Fachklinik in Hamburg, teils an einer Jugendpsychiatrie in Wil in der Ostschweiz gemacht hatte, dass sie geschieden war und einen Graupapagei namens Schopenhauer besaß, der angeblich ganze Absätze aus *Die Welt als Wille und Vorstellung* zitieren konnte. Manche behaupteten, sie sei Psychoanalytikerin, und andere sprachen von einer Tochter, die in Wien Bildhauerei studiere und große Plastiken aus Verpackungsmüll herstelle. Zu beidem hatte es noch keine verlässliche Überprüfung gegeben. Außerdem stelle ich mir keinen Mann zu ihr vor, dachte Horn.

»Was tut er jetzt?«, fragte er. Leonie Wittmann war verwirrt: »Was tut wer?«

»Dieser Marcus. Was tut er?«

»Er schläft«, sagte Hrachovec, »ich habe ihm eine Infusion mit ein paar Ampullen Diazepam gegeben. Zack – er ist sofort umgekippt.« Hrachovec wischte sich die Reste seines Croissants vom Hemd. Zack, dachte Horn – es gibt eine Zeit in der Psychiatrieausbildung, da brauchst du diese Gewissheit, die Dinge im Griff zu haben, die sich am unmittelbarsten dadurch vermittelt, dass du die Menschen schlafen legst. Eine Spritze, eine kleine Infusion, oder, wenn's unkompliziert läuft, ein paar bittere Tropfen, und schon schnarchen sie dir unter den Händen weg. Wenn Hrachovec Nachtdienst hatte, schlief am nächsten Morgen die halbe Station.

Lisbeth Schalk und manche Schwestern mokierten sich darüber. Horn hatte beschlossen, es zu übergehen. Als Psychiater war man auch Narkosearzt, ganz einfach. Hrachovec war inzwischen ein ganz ordentlicher psychiatrischer Narkosearzt; er dokumentierte gut, dosierte richtig, und wenn die Leute dann erwachten, war in der Regel das Ärgste vorüber. Reden muss er noch lernen, dachte Horn manchmal, aber das ist am schwierigsten.

»Allfälliges«, sagte er und beendete die Morgenbesprechung, indem er zuerst eine Verlautbarung der Direktion verlas, die auf Diebstähle innerhalb des Krankenhauses hinwies und die Mitarbeiter aufforderte, ihre Diensträume nach Verlassen abzuschließen, danach die Ankündigung einer wissenschaftlichen Tagung zu neuen Methoden in der Behandlung von Essstörungen. Keiner wollte hin, aber das lag weniger am Thema, sondern eher daran, dass die Sache in Innsbruck stattfand. Nach Innsbruck wollte nie jemand fahren; nach Salzburg ja, nach Graz auch, ins Ausland sowieso; sogar nach Linz fuhren die Leute. Möglicherweise hatte es mit den Bergen zu tun, die in Furth genau wie in Innsbruck vor der Haustür lagen. Nach Innsbruck fuhren die Wiener, die Hamburger und die Kollegen aus Ungarn. Sie alle fanden die Berge wunderbar. Vielleicht fahre ich selbst, dachte Horn. »Ich überlege es mir auch«, sagte Lisbeth Schalk und öffnete ihr Moncler-Jäckchen. Horn erschrak. Schon wieder, dachte er, und ich merke es nicht. Vor vier, fünf Jahren hatte ihn Irene erstmals darauf aufmerksam gemacht, dass er laut vor sich hin sprach. Wie ein Kind, hatte sie gesagt, oder wie ein alter Mann, und ihm war bald klar gewesen, dass es mit dem bevorstehenden Auszug Michaels zu tun hatte, den sie herbeisehnte und er ganz und gar nicht. Es ist immer dasselbe, dachte er, wenn mich etwas anspannt, werden meine Gedanken laut, ganz egal, ob ich weiß, was es ist, oder nicht. Um sich abzulenken, starrte er auf Lisbeth Schalks Top: ein Streifen Kornblumenblau mitten im Gelb. Er stellte sich vor, wie es wäre, mit ihr nach Innsbruck zu fahren und dort die Vorträge zu schwänzen. Zuerst würden sie Hand in Hand durch Wiesen streifen und dann würde er sie im Hotel knallen. Er hielt sich zwei Finger vor den Mund, zur Sicherheit.

Andrea Emler, die Sekretärin, hatte ein Foto ihrer Tochter im Erstkommunionkleid auf dem Schreibtisch stehen. Horn war verwirrt und fragte sich kurz, ob jetzt auch noch sein Gedächtnis aussetzte. Andrea lachte verlegen. Sie wisse, dass das Fest erst in sechs Wochen stattfinde und sie selbst ein wenig neurotisch sei, aber sie habe gefürchtet, später würden alle einigermaßen schönen Kleider ausverkauft sein, daher habe sie jetzt schon zugeschlagen. Ihrer Tochter sei das sehr recht gewesen, und man habe sie der Einfachheit halber auch gleich fotografiert. Das Mädchen sah aus wie die Mutter, klein, blond und gesund, im Gesicht Entschlossenheit und eine Spur von Misstrauen. In der rechten Hand hielt es die Taufkerze, in der linken ein Weidenkörbchen mit gelben und weißen Blumen. »Sehr hübsch«, sagte Horn. Er dachte an seine eigene Erstkommunion, damals in der sonnendurchfluteten Dorfkirche, und daran, dass alle sagten, Tobias sei ihm so ähnlich, groß, schlaksig und ein wenig disproportioniert, wohingegen Michael aussehe wie Irene. Trotzdem hatten die beiden seit Jahren ihr Problem und trotzdem fragte er sich manchmal, ob Tobias tatsächlich von ihm war oder nicht vielleicht doch zum Beispiel von einem Tenor. Andrea Emler lachte auf. Horn erschrak. Sie legte ihre Hand auf seinen Oberarm und deutete zum Türspalt, aus dem sich im selben Augenblick ein weißer Plüschhase zurückzog. »Es ist Herbert«, sagte sie, »er ist dermaßen kindisch.« Herbert war ein mächtiger, teddybärhafter Krankenpfleger, der früher einmal Koch gelernt hatte. Er steht auf sie wie ein Pubertierender und sie lacht wie ein zwölfjähriges Mädchen, dachte Horn, das sind die Dinge, die mich beruhigen.

Er ließ sich den Tagesplan zeigen. Visite, Therapeutenbesprechung, zwei ambulante Patienten. Unspektakulär und überschaubar. Irgendwas fehlte. Er kam nicht drauf.

Sie gingen bis ans Ende der Station. Bevor sie sich nach rechts zum ersten Krankenzimmer wandten, blieben sie an der großflächigen Gangverglasung stehen und blickten hinaus über den Fluss und die Stadt. »*Einer flog über das Kuckucksnest*«, sagte Raimund. »Wie bitte?«, fragte Christina, und er sagte, es sei ihm soeben vorgekommen, als spielten sie alle in diesem Film mit, eine Gruppe von Narren, die den Gang entlanggehen, und am Ende stehen sie stumm vor einer Panzerglasscheibe und starren in die Wolken. Christina blickte gegen den Plafond, Raimund sagte, sie könne ruhig die Augen verdrehen, es ändere nichts daran, dass in diesem Film die Stationsschwester die wirklich Böse sei, und Herbert tippte sich an die Stirn.

»Schaffen Sie das?«, fragte Horn, während er die Hand auf die Klinke legte. Raimund blickte ihn verständnislos an.

»Schaffe ich was?«

»Da drinnen wartet eine junge Dame darauf, dass Sie die Fassung verlieren.«

Raimund versuchte zu grinsen. Wenn er, Horn, die Sache mit dem Internet meine, könne er ganz beruhigt sein, so viel

Profi sei er schon. »Wollen Sie es ansprechen?«, fragte Horn. Raimund schüttelte den Kopf. »Reden ist Silber«, sagte er.

Sabrina saß mit angezogenen Knien auf dem Bett und hörte Musik. »Wo ist deine Zimmerkollegin?«, fragte Horn. Das Mädchen wandte sich wortlos ab. »Gut, dann nicht«, sagte Horn und schickte sich an, wieder rauszugehen.

»Ich habe sie einkaufen geschickt.« Sie zog sich einen der weißen Stöpsel aus dem Ohr.

»Einkaufen?«

»Rasierklingen und Schmerzmittel.«

Sie sieht aus wie die Tochter von Isabelle Huppert, dachte Horn, rothaarig mit wilden Sommersprossen. »Schmerzmittel?«, fragte er. »Ja, es tut nämlich weh, wenn man sich schneidet.« Von den Schwestern und Ärzten habe sie noch nie etwas Vernünftiges gegen die Schmerzen bekommen, außerdem gehe es ihr auf die Nerven, andauernd betteln zu müssen. »Was hörst du da?«, fragte Horn. »Meine Musik«, sagte sie, streckte sich auf dem Bett aus und schloss die Augen. Horn sah im Augenwinkel, wie Christina neben ihm die Fäuste ballte. »Gibt es schon Reaktionen auf deine Fotos?«, fragte er. Sabrina antwortete nicht. »Ein paar von ihnen sind unscharf«, sagte Raimund. Ein kurzes Zucken durchlief die Arme des Mädchens.

»Und die Komposition ist schlecht.«

Etwas geht mit ihm durch, dachte Horn, doch bevor er reagieren konnte, hatte Leonie Wittmann Raimund am Shirt gepackt und zerrte ihn aus dem Zimmer. Sabrina lag da und hatte keine Miene verzogen. Horn fragte, ob sie das Neuroleptikum vertrage, das ihr vor einigen Tagen verordnet worden war, ferner, ob sie nach wie vor keinen Besuch von ihren Eltern wolle. Er erhielt keine Antwort. »Du siehst aus wie die Tochter von Isabelle Huppert«, sagte er. Dann verließ er den Raum.

Leonie Wittmann lehnte an der Wand und klopfte mit den Fingerkuppen gegen ihre Stirn. »Was hast du mit Raimund gemacht?«, fragte Horn. »Rauchen geschickt«, sagte sie, »wir müssen aufpassen.«

»Aufpassen, worauf?«

Ihrem Eindruck nach sei das eine typische Schlüssel-Schloss-Konstellation; Raimund hasse Sabrina, parallel dazu sei er ihr völlig verfallen, und das Mädchen spüre das mit jeder Faser. »Wir müssen ihn von ihr fernhalten«, sagte sie, »er verliert innerhalb von Sekunden die Kontrolle.« Horn nickte und dachte an die Art, in der Raimund von sich als Profi gesprochen hatte, voller Wut und Gier zugleich. Es stimmt, was die Göre ins Netz gestellt hat, dachte er, es stimmt hundertprozentig. Und er dachte, dass es Dinge gab, die einen geil machten, auch wenn man es nicht wollte; für Raimund gab es sie, für Lisbeth Schalk, für ihn selbst und vielleicht sogar für Leonie Wittmann.

»Wer nimmt sie in Therapie?«, fragte Horn. »Ich«, sagte Leonie Wittmann und lächelte schief, »wer sonst?«

»Stimmt. Wer sonst? Aber trotzdem: warum du?«

»Mich lässt sie kalt. Darum.«

Montag, Dienstag, Donnerstag, Freitag, dachte Horn. Viermal die Woche nimmt sie fünfzig Minuten lang auf, was dieses zerstörte Wesen an Wut, Verzweiflung und Bösartigkeit ablädt, eine Art säureresistenter Müllcontainer. Am Mittwoch fährt sie dann durch die Waschstraße und ist wieder für einen Moment, was sie im Allgemeinen ist, blass, blond und sauber. Manchmal möchte ich sie umarmen, dachte Horn, ganz eng, um zu wissen, wie sie riecht, und manchmal möchte ich mit der flachen Hand von oben nach unten über ihren Rücken streichen und über ihren Po. Leonie Wittmann sah ihn an, ein wenig skeptisch wie immer, doch er hatte diesmal nicht vor sich hin gesprochen.

Der Sonnenschein änderte nichts daran, dass es Augenblicke gab, in denen Horn besonders genau wusste, warum er Junkies nicht mochte. Fehring saß neben der gepackten Tasche auf seinem Bett und strahlte. Diesmal habe er es geschafft, sagte er, er spüre das. Er fühle sich durch und durch wie ein neuer Mensch. Seine Freundin habe das schon am Vortag wahrgenommen. Es gehe plötzlich eine Kraft von ihm aus, die zuvor nicht da gewesen sei, habe sie gesagt, etwas ganz Starkes, eine Art göttliche Energie. Das Leben bestehe aus Episoden, guten und schlechten, und diesmal habe er eine schlechte hinter sich gelassen. Ich lasse einen Spiegel holen, damit er die göttliche Kraft sieht, die von ihm ausgeht, dachte Horn, von seinen Spinnenfingern, von seinem desolaten Gebiss und von diesen trüben Augen, die in ihren Höhlen herumzucken wie zwei Kaulquappen.

»Wir auch«, sagte Herbert unvermittelt von hinten, »wir lassen auch eine schlechte Episode hinter uns.«

Fehring stutzte und lächelte verlegen. »Was heißt das?«

»Sie wissen es genau«, sagte Herbert.

»Was weiß ich genau?«

»Sie haben hier Ihr Zeug verklopft. Das wissen Sie.«

Fehring sprang auf und starrte Herbert an. »Wer behauptet das?«

»Ihre Kunden. Mehrere.«

»Beweisen Sie es!«

Herbert deutete auf Fehrings Tasche. »Kann ich nicht. Der Bauchladen ist mit Sicherheit leer.« »Na eben«, zischte

Fehring, »nichts können Sie beweisen, Sie Nazi!« »Für Sie bin ich das gern. Auf Wiedersehen, Herr Fehring«, sagte Herbert und ging aus dem Zimmer. Horn fiel plötzlich ein, was Sabrina über Schmerzmittel gesagt hatte, und er fragte sich, wie viel er von dem, was an der Abteilung lief, tatsächlich mitbekam.

Fehring stand mit erhobenen Armen da. Man könne ihn gerne durchsuchen, sein Gepäck, seine Kleidung, er habe nichts bei sich, kein Stäubchen, und was der Pfleger behauptet habe, empöre ihn außerordentlich. Man wisse doch, dass er noch nie etwas importiert habe, und wenn er *nie* sage, meine er auch *nie*. »Werden Sie abgeholt?«, fragte Horn. Ja, sagte Fehring, seine Freundin müsse jeden Augenblick da sein. Horn streckte ihm die Hand hin. Ich möchte ihn nie wieder sehen, dachte er, und wenn ich *nie* sage, meine ich es auch.

Friedrich Helm, der Gerichtsdiener mit der manisch-depressiven Krankheit, erholte sich zusehends von seiner Lithium-Überdosierung und würde, wenn man den aktuellen Laborwerten glaubte, keine Nierenschädigung davontragen. Frau Hrstic und Frau Steininger beschuldigten einander des Zeitungsdiebstahls wie jeden Tag. Frau Hrstic nannte Frau Steininger dabei korrekterweise *Anna*, Letztere stritt es ab, so zu heißen. Beides war neu. Da Christina ihren strengen Stationsschwesternblick in die Runde warf, erzählte niemand einen Alzheimer-Witz. Die sozialphobische Erika Ressel, eine Floristin mit Hang zur Esoterik, berichtete, sie mache in ihrem Expositionsprogramm unglaubliche Fortschritte. Zuletzt sei sie mit Lisbeth Schalk sogar in der *Piccola Cucina* gesessen, inmitten von fremden Menschen, und habe eine Cassata gegessen. Eine Cassata?, fragte Horn und Frau Ressel sagte, ja, eine Cassata. Frau Magister Schalk habe übrigens ein Zitroneneis mit Prosecco und Minze genommen, zur Feier des ersten warmen Frühlingstags. Lisbeth Schalk lief rot an und zum Glück sagte in diesem Augenblick niemand etwas über Prosecco im Dienst, nicht einmal Herbert.

»Willst du diesen Marcus sehen, auch wenn er schläft?«, fragte Leonie Wittmannn an der Abschnittstür zum geschlossenen Bereich. Raffael Horn nickte. Es gebe kaum etwas Wohltuenderes als einen schlafenden Suizidanten, sagte er, und Hrachovec sagte, das finde er auch.

Der junge Mann lag auf dem Rücken im Bett, schmächtig, dunkelhaarig mit schütterem, weichem Bart. Die Strangmarke war als fingerbreiter violetter Streifen an der gesamten Vorderseite des Halses zu sehen. »Er sieht aus wie der junge Dustin Hoffmann«, sagte Raimund halblaut. Horn überlegte, aber es fiel ihm kein Film mit dem jungen Dustin Hoffmann ein. »*Die Reifeprüfung*«, sagte Raimund und grinste. Streber, dachte Horn, Hauptsache, er sieht nicht aus wie Tobias, dachte Horn, Hauptsache, jemand, der versucht, sich aufzuhängen, sieht nicht aus wie einer meiner beiden Söhne. »Wer ist die Frau?«, fragte Hrachovec. Horn begriff nicht gleich. »Welche Frau?« »Anne Bancroft«, sagte Raimund, »die Verführerin mit dem breiten Maul.« Leonie Wittmann warf ihm einen giftigen Blick zu. Er schien ihn nicht zu registrieren.

Über dem Stuhl hing eine schwarze Lederjacke mit Nietenbund, daneben lehnte ein Gitarrenkoffer. »Hat er den zur Aufnahme mitgebracht?«, fragte Horn. Nein, sagte Christina, den habe ein Freund von ihm zeitig in der Früh an die Station geliefert. Der Bursche sei plötzlich dagestanden, unfrisiert, in einer grellgrünen Trainingsjacke, habe den Koffer abgestellt und gesagt, das Ding habe seinen natürlichen Platz bei Marcus, aus Maus; er selbst sei übrigens der Drummer. »Der was?«, fragte Hrachovec. »Sie spielen in einer Band«, sagte Herbert. Er war dabei, den Koffer zu öffnen, und plagte sich mit den Verschlüssen. Nach einer Weile klappte der Deckel hoch und gab den Blick auf eine rotbraun glänzende Elektrogitarre frei. Herbert trat ehrfurchtsvoll einen Schritt zurück. Eine *Dark Fire*, sagte er, das neueste Modell von Gibson, erstens elektronisch ein ziemliches Zauberding, zweitens, was jeder sehen könne, einfach wunderschön. Raimund zupfte an einer der Saiten. »Und weshalb, bitte sehr, hat ein Beinaheselbstmörder eine Gitarre neben seinem Bett stehen?«, fragte er. »Weil sie alles ist, was er hat«, sagte Herbert und packte Raimund am Unterarm, »verstehst du – alles!« Er spielt selbst, dachte Horn, oder er hat gespielt, in einer Band, vielleicht mit einundzwanzig. Dieser mächtige, tolpatschige Mann, der Scherze mit Plüschhasen machte, war plötzlich von innerem Feuer durchglüht wie sonst nie. Horn dachte an die Art, in der Irene manchmal über ihr Cello sprach, herzlich und vertraut wie über nichts und niemanden sonst. Er fühlte sich dann immer fremd und unendlich fern, und es war, als sei ihr dunkles neapolitanisches Instrument alles, was sie besaß, als gebe es auf der Welt nichts anderes, nicht ihn, nicht Tobias und Michael sowieso nicht.

Zwei Stunden später hatte Herbert die Bezugsbetreuung des jungen Gitarristen übernommen, Leonie Wittmann hatte mit Raimund über Aggression als projektives Phänomen gesprochen, speziell über die Notwendigkeit, sich von Sabrina fernzuhalten, und Hrachovec hatte ruck, zuck den Entlassungsbrief für Fehring fertiggestellt, in dem dezidiert festgehalten wurde, der Patient habe zum wiederholten Male seinen Aufenthalt gegen ärztliches Anraten vorzeitig beendet. Raffael Horn war zuerst mit dem Therapeutenteam in die Cafeteria gegangen, hatte sich in der Folge von einem Finanzbeamten mit Bakteriophobie die Gemeinheiten der Menschen erklären lassen und danach die Dosis seines Anxiolytikums erhöht und saß jetzt Dorothea Müllner gegenüber, einer rundlichen pensionierten Damenwäscheverkäuferin, die im Rahmen ihres paraphrenen Syndroms immer wieder uniformierte Männer herbeihalluzinierte. Diesmal seien es zwei gewesen, erzählte sie, einer mit einem Backenbart wie Kaiser Franz Joseph und ein etwas jüngerer, der eine schwarze Augenklappe getragen habe. »Wie Mosche Dayan«, sagte Horn. Frau Müllner war überrascht. »Woher wissen Sie das?« Horn zuckte mit den Schultern. »Geraten«, sagte er, »Wotan hätte nicht gepasst.«

»Welcher Wotan?«

»Eben.«

Es waren historische Figuren, dachte er, ein Kaiser, ein israelischer Verteidigungsminister, vielleicht erklärte das etwas. Dorothea Müllners Mann hatte eine Werkskantine geleitet und war vor Jahren an einer Aortenblutung verstorben. Er war ein leidenschaftlicher Entomologe gewesen und hatte Tausende Käfer hinterlassen, alle in Glaskästen, alle fein säuberlich aufgespießt. Er hatte manchmal tagelang kein Wort gesprochen. Ansonsten wusste er nichts aus Dorothea Müllners Geschichte, überlegte Horn, nicht einmal, ob sie Kinder hat. In diesem Augenblick läutete das Telefon. Sie störe nicht gerne, entschuldigte sich Linda, die Ambulanzschwester, aber Kurt Frühwald habe schon zum dritten Mal angerufen. Er sei sehr aufgeregt und berichte von einem epileptischen Anfall seiner Frau und davon, dass sie plötzlich total wesensverändert sei, geradezu außer sich. Erstmals seit Jahren fühle er sich überfordert. Er bitte dringend um einen Rückruf. Und außerdem seien soeben ein paar Leute eingetroffen, die zu ihm wollten; er wisse angeblich davon. Vorhin hat etwas gefehlt, dachte Horn, er war nicht draufgekommen. Es seien zwei Frauen, eine spreche nur Ungarisch, die andere sei von der Polizei. Eine leichte Fläue legte sich in Horns Magen. Zugleich war er mit einem Mal sicher, dass Dorothea Müllners Vater Polizist gewesen war. Die beiden Frauen hätten übrigens ein Kind bei sich, sagte Linda. In diesem Moment überlief es ihn heiß.

Ein Kämpfer mit einer Drachenflasche, dachte Horn, als er den Buben sah – irritiert und wachsam. Außerdem dachte er, dass er selbst Termine vergaß und laut vor sich hin sprach und dass demnächst die Leute über ihn Alzheimer-Witze erzählen würden. Die junge Frau mit den kastanienbraunen Haaren streckte ihm freundlich die Hand entgegen. Sie heiße Sabine Wieck, sei von der Kriminalpolizei, und er brauche sich nicht zu entschuldigen, man könne sich vorstellen, dass er viel um die Ohren habe. Da er am Vortag nicht aufgetaucht sei, habe man gedacht, es sei besser, die Sache umzudrehen, und sie sei kurzerhand hergefahren. Seine Sekretärin habe ihr am Telefon gesagt, er befinde sich im Haus. Die Fahrt mit dem Streifenwagen habe dem Buben Spaß gemacht, und schließlich gehe es auch nicht um ein Kapitalverbrechen.

Etwas Schwarzes schlägt ein Kind, dachte Horn, darum geht es. Manche Dinge merke ich mir.

Ilona sei das Kindermädchen, sagte die Polizistin, sie sei

erst am Vorabend aus Budapest angereist, eine Konsequenz aus den Ereignissen. Ilona war klein, stämmig und vermutlich Mitte zwanzig. »Wie verständigen sich die beiden?«, fragte Horn. »Bis jetzt gar nicht«, sagte die Polizistin, aber da Felix zweisprachig aufwachse, werde Ungarisch wohl funktionieren.

»Magst du sie?«, fragte Horn. »Nein«, sagte der Bub.

Horn versuchte dem Kindermädchen mit Gesten begreiflich zu machen, dass es im Wartebereich der Ambulanz Platz nehmen solle. Die junge Frau lächelte. »You want me to wait here?«, sagte sie. Ich bin ein Trottel, dachte Horn.

Auf dem Weg zu seinem Zimmer sah er die Polizistin mehrmals von der Seite an. Er wurde immer sicherer, dass es nicht diejenige war, mit der er telefoniert hatte. An der Tür blieb er stehen. »Wer stellt die Fragen?« »Sie«, sagte sie, »hier ist Ihr Reich. Wenn mir am Ende etwas abgeht, kann ich es ja sagen.«

Er begann wie immer, wenn er es mit Kindern zu tun hatte. Er erzählte von den Aufgaben eines Psychiaters, davon, dass gewisse Dinge wirklich waren und andere nicht, und dass ein Mensch das üblicherweise auseinanderhalten konnte, ein Kind genauso wie ein Erwachsener. Er sprach über die Folgerichtigkeit des Denkens, darüber, dass Rechnen mit dem Körper zu tun hatte, zum Beispiel mit den Fingern, auch wenn die Lehrer das nicht so gernhatten, über Gefühle und über die Wichtigkeit, Freunde zu haben. Am Ende sprach er über Verletzungen, körperliche und seelische, über Angst und Bedrohung und darüber, wie es war, wenn einen die Traurigkeit gar nicht mehr verließ. Der Bub saß ihm gegenüber, schaute an seiner linken Schulter vorbei auf die Wand dahinter und schob die silberne Trinkflasche mit dem Drachen vor sich hin und her. Als Horn ihn fragte, ob er alles verstanden habe, nickte er. »Ich habe viele Freunde«, sagte er.

»Viele?«, fragte Horn, »wie heißen sie?«

Der Bub zuckte mit den Schultern.

»Die haben doch Namen.«

»Andreas.«

»Und sonst?«

Nichts. Ich hätte gern, dass es da zum Beispiel noch eine Iris gibt, dachte Horn, und einen Maximilian, und dass Andreas eine neue PlayStation besitzt und mit seinem Bruder manchmal *World of Warcraft* spielt, obwohl es die Eltern nicht so gerne sehen. Ich hätte gern, dass er mir all das erzählt, und zugleich sehe ich ihn dasitzen mit dem Starrsinn eines Siebenjährigen auf der Stirn und weiß, dass er nicht viel sagen wird.

»Was ist schwarz?«, fragte er. Für eine Sekunde stieg eine Spur von Verblüffung ins Gesicht des Buben. Nach einer Weile tippte er mit der Fingerkuppe auf den Drachen. »Der da.«

»Der da?«, fragte Horn.

»Ja.«

Mit einem Stachelschwanzdrachen als Begleiter wird jeder Siebenjährige unbesiegbar, dachte Horn. Er stellte sich vor, wie er es Leonie Wittmann erzählen und wie sie darauf lachen und kurz ihre großen Schneidezähne zeigen würde. Auf die Frage, was sonst noch schwarz sei, überlegte der Bub eine Weile und sagte dann: Batman, die Nacht und der Maybach. »Der was?«, fragte Horn.

»Der Maybach, er ist riesig, mit Kalbsleder, echtem Holz und zwei Fernsehern, einem vorn und einem hinten.«

»Mit Fernsehern?«

»Ja, der hintere kommt aus dem Boden, wenn man auf einen Knopf drückt.«

»Und was schaust du in diesem Fernseher?«

Nichts, sagte der Bub, gar nichts, obwohl man sogar DVDs schauen könne. Nichts? Der Maybach sei nur für die Firma. Nur für die Firma! Der Bub betonte jedes Wort. Ein Auto, dachte Horn, eine Marke, von der ich noch nie gehört habe. Und man könne drin essen und trinken, es gebe Ausklapptischchen, Flaschenhalter und eine kleine Besteckladе. In meinem Volvo gibt es vier Kurbeln für die Seitenscheiben, dachte Horn, und wenn man eine Zeitlang nicht lüftet, stinkt es nach Schweißfüßen.

»Etwas Schwarzes hat dich geschlagen, stimmt das?«, fragte er. »Ja«, sagte der Bub und blickte ihn direkt an.

»Und, hast du Angst gehabt?«

»Nein.«

»Nein? War er groß?«

»Ein bisschen.«

»Was soll das heißen: ein bisschen?«

»Nicht so groß wie Batman.«

»So groß wie ich?«

»Sag ich nicht.«

»Warum nicht?« Der Bub senkte den Blick und klopfte mit dem Boden seiner Trinkflasche gegen die Schreibtischplatte. Horn schaute in Richtung der Polizistin. Sie saß auf einem Stuhl neben dem Fenster und schrieb in ein Notizbuch, das auf ihren Oberschenkeln lag. Sie ist richtig in ihrem Beruf, dachte Horn, sie besitzt die nötige Aufmerksamkeit, und wenn es der Sache dient, kann sie jemand anderem das Kommando überlassen. Die meisten Leute wussten, dass sie richtig waren in ihrem Beruf; diese Polizistin wusste es, Hrachovec und Lisbeth Schalk wussten es, Leonie Wittmann wusste es vermutlich auch, und vor allem wusste es Irene, seine Frau. Er selbst wusste es nicht. Er sprach mit niemandem darüber.

»Jetzt fürchtest du dich vor ihm, oder?«, fragte Horn, »davor, dass er plötzlich wieder da ist und dich noch einmal auf den Kopf haut.« Der Bub hob die Augen. »Und auf die Schultern und auf den Rücken«, sagte er.

»Dorthin auch?«

»Ja, das gehört so?«

»Wer sagt das?«

Der Bub zog die Verschlusskapsel von der Trinkflasche.

»Wer sagt, dass es so gehört: auf den Kopf, auf die Schultern und auf den Rücken?«

Der Bub hob die Flasche zum Gesicht, schloss das rechte Auge und blickte mit dem linken in den Flaschenhals hinein. »Da drinnen ist es auch schwarz«, sagte er. »Warum gibst du mir keine Antwort?«, fragte Horn.

Der Bub hielt den Flaschenhals vors rechte Auge. Da es ihm nicht gelang, das linke zuzukneifen, presste er den Zeigefinger aufs Oberlid.

»Wenn ich rede, passiert mir das Gleiche.«

»Was heißt: Es passiert dir das Gleiche?«

Der Bub klickte den Verschluss auf die Flasche und stand auf. »Sie sagt, wenn ich rede, passiert mir genau das Gleiche, das Schlimme, über das ich nicht reden darf. Darf ich jetzt gehen?« Horn wandte sich zur Polizistin. Sie zog die Brauen hoch und zuckte mit den Schultern. Ja, er dürfe jetzt gehen, sagte Horn.

In der Tür wandte sich der Bub noch einmal um. Satan sei

auch schwarz, das habe er vergessen zu sagen, er sei schlauer als jeder Mensch und habe einen weißen Brustfleck. Er beherrsche sämtliche Kommandos, auch die geheimen, die man im Kurs gar nicht lerne.

Die Kriminalpolizistin klappte ihr Notizbuch zu und erhob sich. Der Bub habe während der gesamten Autofahrt über Satan gesprochen, erzählte sie, darüber, dass er pro Tag nur eine Handvoll Flocken fresse und, wenn es erforderlich sei, halte er es überhaupt ganz ohne Futter aus, außerdem, dass er der beste Vermisstenfinder der Welt sei, und daher mache ihm der Gedanke, dass er einmal verlorengehen könne, überhaupt keine Sorgen.

»Das heißt, man weiß nicht so genau, ob Satan ein gewöhnlicher Hund ist?«, fragte Horn. »Genau«, sagte die Polizistin und lachte. Im Gegenlicht lag ein goldener Schimmer auf ihrem Haar. Horn überfiel eine Sekunde lang der Wunsch, darin herumzuwühlen.

Das Verwunderliche sei, sagte er dann, dass der Knabe gar nicht traumatisiert wirke, sondern eher so, als habe er ein Versprechen abgelegt, eine Art Gelübde. Ein Gelübde, das mit einer massiven Bedrohung verknüpft sei, sagte die Polizistin, beinahe, als wäre die Hölle gemeint. Sie lässt sich ein auf die Dinge und sie hat Phantasie, dachte Horn. Dann dachte er daran, dass ihm die Geschichte relativ simpel und in Wahrheit ein wenig überzogen vorkam und dass es für ihn nur eine offene Frage gab, nämlich, warum der Bub am Schluss von einer *Sie* gesprochen hatte.

»Das ist einfach«, sagte die Polizistin, »sie. Die schwarze Glocke. Das wissen wir seit heute.«

Sieben

»Die Waffe des Verbrechers oder der Zahn des wilden Tiers?«, fragte Lefti und wies auf Ludwig Kovacs' rechten Unterarm. »Kompetenzüberschreitung plus Altersschwachsinn«, sagte Kovacs. Von Alter könne bei ihm wohl keine Rede sein, sagte Lefti und Kovacs brummte, das maghrebinische Schleimen könne er sich bitte sparen.

Lefti warf ein weißes Leinentuch mit blauen Streifen über den runden Terrassentisch und stellte eine glasierte Olivenölflasche aus Ton in die Mitte. »Alles wie immer, nehme ich an, Kommissar. Und der Verband sieht ziemlich nach Pfusch aus, wenn ich mir die Bemerkung erlauben darf«, sagte er. Er brauche deswegen nicht gleich grob zu werden, antwortete Kovacs. Außerdem dürfe er ihm gern zeigen, wie man als Rechtshänder das bewerkstelligen solle. Er würde in so einem Fall gar nichts bewerkstelligen, sagte Lefti, sondern den verwundeten Körperteil jenen Händen überlassen, denen er seinen Körper im Allgemeinen am liebsten anvertraue. »Du sprichst so schön über deine Frau, dass man dir manchmal auf der Stelle eine runterhauen möchte«, sagte Kovacs. Lefti blickte ihn erschrocken an. »Keine Sorge, ich tu's nicht«, sagte Kovacs. Lefti verbeugte sich höflich.

Eine Verletzung, die wehtat, plus eine überempfindliche Partnerin plus eine Tochter, die es auf sein Geld abgesehen hatte – das war keine gute Kombination. Außerdem hockte links von ihm eine Gruppe lärmender Kärntner und schräg rechts eine junge Familie mit einem Säugling, der plärrte, obwohl ihm die Mutter mit Nachdruck das Fläschchen in den Mund rammte. Es gab Momente, da mochte Ludwig Kovacs keine Menschen. Sein Blick wanderte das Ufer entlang, von der biologischen Beobachtungsstation über die Schilfzone am Achenabfluss, die Dächer der Hotels, den Jachthafen zu den Zacken der Kammwand, die direkt über den Köpfen der Kärntner aufragten. Marlene hatte immer wieder versucht, ihn in die Berge zu schleppen. Er hatte sich mit dem Argument widersetzt, er sei im Sternbild Krebs, somit ein Wesen, das sich an Land äußerstenfalls im Rückwartsgang fortbewege, womit weder ihm noch ihr wirklich gedient sei. Mit dem Sternenhimmeltrick hatte sie es vor knapp einem Jahr dann doch geschafft, ein einziges Mal: Stell dir diese Schwärze vor und die Klarheit – kein Dunst, kein städtischer Lichtmüll, nicht ein Autoscheinwerfer. Sie waren dann nach einem dreieinhalbstündigen Fußmarsch auf zweitausend Metern vor der Paul-Preuß-Hütte gesessen, hatten gefroren und in einen bewölkten Nachthimmel gestarrt. Sie hatte ständig gesagt, so etwas sei leider nicht berechenbar, und er hatte einen Obstler nach dem anderen gekippt. Dabei wäre der Maihimmel durchaus ergiebig gewesen. Arcturus im Bootes, dieser eindrucksvolle Rote Riese, das Haar der Berenice oder Gamma Leonis, der Doppelstern, der die Schulter des Löwen bildete. Im Schlafraum des Schutzhauses hatte es nach Mäusepisse gerochen, daran konnte er sich erinnern.

»Was soll das? Bestrafst du mich jetzt?«, fragte Kovacs, als Lefti eine Kanne Pfefferminztee und drei schmale Henkelgläser neben ihm abstellte. Seine Krisenzeit sei längst vorüber, sagte er, den Alkohol habe er im Griff und von zu viel Pfefferminztee bekomme man bekanntermaßen Ungeziefer im Magen, Läuse oder Helicobacter, wie das heutzutage heiße. Wenn das vorhin zu heftig gewesen sei, entschuldige er sich gerne, aber jetzt wolle er bitte ein Bier. Lefti goss Tee in die Gläser. Dann trat er zur Seite.

Obwohl er Szarah seit vierzehn Jahren kannte, überlief Kovacs immer noch ein Schauder, wenn er sie irgendwo traf. Möglicherweise lag es an ihrer Figur, die etwas von einer jungen Pappel hatte oder von einer Zypresse, möglicherweise an ihrem schmalen, raubvogelartigen Gesicht, vielleicht auch an ihrem Haar, das sie immer hochgesteckt trug und dessen blauschwarzer Schimmer inzwischen vielfach grau durchwebt war. Möglicherweise lag es auch an ganz anderen Dingen; jedenfalls verschlug es Kovacs regelmäßig die Sprache, wenn sie in ihrer stillen, geschmeidigen Art auftauchte. »Salam aleikum, Kommissar«, sagte sie und schob vorsichtig ein dunkles Holztablett mit Silbergriffen zwischen die Teegläser. Auf ihm befanden sich mehrere weiße Porzellanschalen, die einen mit gelbem und rotem Pulver gefüllt, die anderen leer, ein kleiner geschwungener Hornlöffel und ein niedriger Stapel gefalteter Baumwolltücher. »Hallo, Szarah.« Kovacs verspürte das Bedürfnis, aufzustehen, sich zu verbeugen und ihr zu sagen, dass sie wie eine Fürstin aussah. Zugleich wusste er, dass das blöd war und er zu feige.

Lefti reichte ihm ein Teeglas. »Trink, Kommissar«, sagte er. Kovacs wies auf das Tablett. Die Sache stimme also, bei einem marokkanischen Lokal könne es sich nur um einen Drogenumschlagplatz handeln, und was er da vor sich sehe, sei mit Sicherheit dieses neue Modezeug. »Cinn«, sagte Lefti, »Cinn im *Tin*, alle sagen so; daher stimmt es natürlich auch, Kommissar.«

»Cinn im *Tin*. Und du nimmst Provision?«

»Fünfzehn Prozent, wie jeder Agent, plus noch einmal fünfzehn Prozent Risikozuschlag.«

»Wegen der Bandenkriegsgefahr?«

»Nein, wegen der Polizeipräsenz.« Lefti nippte von seinem Tee. Er rauchte gelegentlich eine halbe Zigarre und nahm nach festlichen Mahlzeiten einen Anisschnaps; ansonsten hatte er mit Suchtmitteln nichts am Hut. Kovacs wusste das und er hatte den Sheriff angewiesen, dafür zu sorgen, dass das *Tin* sauber blieb. Dafür bekam der Sheriff ab und zu eine Portion Lammtajine samt einem freundlichen Blick von Lejla, Leftis ältester Tochter.

Szarah rückte sich rechts neben Kovacs einen Stuhl zurecht, setzte sich, holte aus der Außentasche ihrer Leinenjacke eine Schere und begann vorsichtig, den Verband an seinem Unterarm zu öffnen. »Es hat mit diesem Florian Weghaupt zu tun«, sagte Kovacs. Zugleich fiel ihm nicht ein, wann ihn zuletzt jemand verbunden hatte. Vielleicht Yvonne, dachte er, seine Frau, aber er war nicht sicher. »Sie haben Köfte gegessen und Ajran getrunken«, sagte Lefti. »Wer – *sie*?«, fragte Kovacs und Lefti sagte, der junge Weghaupt mit seinen Freunden. Sie seien ausgesprochen höflich gewesen und hätten über Musik gesprochen. Kovacs sagte, in einem gewissen Alter spreche man vor allem über Musik, und Lefti erwiderte, irgendetwas sei anders gewesen.

Die inneren Lagen der Mullbinde waren fest mit Kovacs' Haut verklebt. Szarah goss Pfefferminztee in eine Schale, prüfte die Temperatur, tränkte eins der Baumwolltücher und presste es auf die Krusten. Nach einer Weile ließ sich die Binde halbwegs leicht abziehen. »Ich schätze, der Sache hätten ein paar Nähte ganz gutgetan«, sagte Lefti. Kovacs versuchte mit Daumen und Zeigefinger der linken Hand, die Ränder des Risses aneinanderzulegen. »Ja, ungefähr so«, sagte Lefti. »Am Tag danach funktioniert das Nähen nicht mehr, oder?«, fragte Kovacs.

»Zumindest behaupten das die Ärzte.«

Szarah tropfte Pfefferminztee in die Wunde. »Man soll den Ärzten glauben, Kommissar«, sagte sie. Nein, dachte Kovacs, man soll den Ärzten nicht glauben. Dann fiel ihm Patrizia Fleurin ein, die Gerichtsmedizinerin, die für den Bezirk zuständig war. Ihr glaubte er ab und zu – zumindest wenn sie etwas über tote Menschen sagte. In der schmalen, vielleicht zehn Zentimeter langen Kluft in seiner Haut hatte sich ein gelbgrüner See gebildet. Kovacs stellte sich ein Boot darauf vor und am Grund des Sees einen Döbel, der auf Beute lauerte. An manchen Tagen gibt es in meiner Welt nichts als Räuber und Betrüger, dachte er. Schuld seien Demski mit seiner vertrottelten Kindesmissbrauchsfixierung und Mauritz, der endlich ein paar Kilo abnehmen solle, sagte er. Genau genommen sei in Wahrheit auch seine Tochter schuld, was jetzt vielleicht ein wenig seltsam klinge, aber an sie habe er vor dem Unfall die ganze Zeit denken müssen. »Und es waren keine guten Gedanken?«, fragte Szarah. Kovacs gab keine Antwort. Er blickte seitlich den eleganten Schwung ihrer Wimpern entlang auf die winzige Narbe an ihrer Nasenwurzel und fragte sich, ob es anderen Leuten auch passierte, dass sie sich nicht freuten, wenn ihnen ihre Kinder in den Sinn kamen. Mauritz sei der beste Spurensicherungsbeamte, den er in seiner Laufbahn erlebt habe, sagte er nach einer Weile – detailverliebt bis zum Gehtnichtmehr, auch dann noch gelassen, wenn rund um ihn alles einstürze. Selbst in der größten Öde sei er immer noch imstande, einen phantasievollen Gedanken aus seinem Hirn zu zaubern. Privat sei er Ehemann einer blassen, dünnen Sozialarbeiterin, die in der Stadt die mobile Altenbetreuung koordiniere, seit einem Dreivierteljahr Vater eines kleinen Nikolaus und im Übrigen ein ausgezeichneter Tischtennisspieler. »Bedingungslos offensiv«, sagte Kovacs, was man ihm gar nicht ansehe. Wenn also Demski nicht an diesem Päderastenaufdeckertreffen in Berlin teilgenommen, sondern seine Arbeit gemacht hätte wie sonst auch, hätte Mauritz seine Neurose nicht offenlegen und er selbst nicht auf dieses Gerüst klettern müssen. Jawohl, ein Gerüst, sagte er auf Leftis fragenden Blick, mit Steckmuffen verbundene Stahlrohre, Einhängelemente aus Holz und Aluminiumblech, das Ganze sechs Stockwerke hoch, an einem dieser gesichtslosen Bauten nördlich des Flusses. »Neptun-Versicherung?«, fragte Lefti.

»Woher weißt du das?«

»Wir machen dort ab und zu das Catering.«

»Gibt es irgendetwas in dieser Stadt, bei dem du deine Hände nicht im Spiel hast?!«, fragte Kovacs. Lefti neigte den Kopf. »Die Augen sind dir gegeben, um zu sehen, und die Ohren, um zu hören.«

»Und der Mund, um die Sinnsprüche des Propheten unter die Leute zu bringen.«

»Willst du nicht konvertieren, Kommissar?«

»Wäre auch schon wurscht«, sagte Kovacs. Er sei also übers Absperrband gestiegen und an den senkrechten Stahlleitern hochgeklettert, habe sich über das lästige Baumeln der Kamera geärgert und mehr noch darüber, dass seine Tochter kommen werde, um ihm Geld abzuknöpfen. Im vierten Stockwerk sei er dann so richtig schön aufgeladen gewesen und froh darüber, dass ihn niemand begleitet habe. Da die

Absturzstelle ordnungsgemäß gekennzeichnet gewesen sei, habe er sie auch gleich gefunden – ein Wirrwarr an Fußabdrücken innerhalb der grünen Signalspraymarkierungen. Er habe auf den ersten Blick erkannt, dass da spurentechnisch nichts zu holen sei, sich aber trotzdem auf die Knie begeben, um ein paar Aufnahmen zu machen. In diesem Augenblick sei ihm die Kamera von der Schulter geglitten. Er habe in einer unwillkürlichen Bewegung mit der linken Hand nach ihr und mit der rechten nach dem nächsten Halt, also nach dem Querholm am Gerüst, gegriffen und den Metallsplint, der da durch das Loch in einer der Verbindungsmuffen gesteckt worden sei, nicht gesehen. Das kantige Ende des Splints habe mit Leichtigkeit Pullover und Hemd durchbohrt und sei ihm ins Fleisch gedrungen wie ein Messer. »Messer? Na ja«, sagte Lefti. »Von mir aus: wie ein schlecht geschliffenes Messer«, brummte Kovacs. Er habe sich erst nur über die zerrissene Kleidung geärgert und tatsächlich noch ein paar Fotos gemacht, dann habe er vor sich auf den Planken die Blutstropfen gesehen. »Damit war die Sache klar«, sagte Lefti.

»Ja. Damit war die Sache klar. Ich selbst war der Mörder und hatte keine andere Wahl, als mich augenblicklich der Polizei zu ergeben.«

Szarah hatte in der Zwischenzeit einige Portionen von dem roten und gelben Pulver in eine Schale gelöffelt und goss aus der Tonflasche ein wenig Olivenöl dazu. In winzigen kreisenden Bewegungen rührte sie das Ganze mit dem Stiel des Hornlöffels zu einer ockerfarbenen Paste. Danach senkte sie den Rand eines der Baumwolltücher vorsichtig in Kovacs' Wunde und wartete, bis die Flüssigkeit aufgesogen war. Mit den Kuppen ihrer Finger verteilte sie die

Paste über dem gesamten Hautdefekt. Kovacs hatte die ganze Zeit über wortlos zugeschaut. Sie schenkt dir eine Art von Aufmerksamkeit, die dich einfach umhaut, dachte er. Lefti goss Tee nach. »Bei uns ist jede Ehefrau auch diplomierte Krankenschwester«, sagte er, »wir haben es gut, da hast du völlig recht.«

»Ich habe aber gar nichts gesagt.«

»Ich weiß, Kommissar.«

Es ist eigenartig, dachte Kovacs, ihm gönne ich diese Frau. Den meisten anderen gönne ich ihre Frauen nicht; nicht einmal Yvonne gönne ich jemandem. Er fragte, was in dieser Paste drin sei, Szarah sagte, alles, was eine heilsame orientalische Gewürzmischung ausmache, er fragte: »Chili auch?«, und sie sagte: »Ja, Chili auch.« Sie schnitt eins der Tücher zurecht, bedeckte damit doppellagig die Wunde und fixierte es mit einer selbstklebenden Mullbinde, die sie aus ihrer Jackentasche zog. »Wieso habt ihr so etwas?«, fragte Kovacs. »Wer Kinder hat, hat auch Verbandsmull«, sagte Lefti.

Während er aufs Essen wartete und ab und zu von seinem Bier trank, dachte Ludwig Kovacs über die Freundschaft nach, die ihn mit Lefti verband, über die Art von Sarkasmus, die ihnen gemeinsam war, darüber, dass sie nebeneinander schweigen konnten, und darüber, dass dieser marokkanische Wirt neben Marlene der einzige Mensch war, dem er ab und zu eine SMS schickte. Lefti beherrschte den gezügelten Genuss, und Kovacs bewunderte das. Er selbst war gut in Maßlosigkeit und Lefti verachtete ihn nicht dafür. Überhaupt war Leftis Beziehung zu den Menschen getragen von einem Respekt, den Kovacs meistens bewunderte und manchmal nicht verstand. Wenn zum Beispiel der Sohn von Martin Fürst, dem nationalistischen Landtagsabgeordneten, Leijla, mit der er in dieselbe Klasse ging, wieder einmal *Haremsdame* nannte oder *stinkende Kameltreiberin*, sagte Lefti zu seiner Tochter, sie solle sich vorstellen, wie sehr man sich für so einen Vater schämen müsse, anstatt dem Burschen in einem dunklen Winkel die Fresse zu polieren. Leftis Töchter liebten ihren Vater, obwohl er ein Weichei war. Kovacs war definitiv keins, und Charlotte hasste ihn unter Garantie. Er liebte sie auch nicht. Das machte die Sache wenigstens eindeutig.

Föhniger Südwind hatte sich aufgemacht. Über dem See lag eine Dunstfahne, die nur den Fuß der Kammwand aussparte. Die Kärntner waren gegangen und das Baby der jungen Familie schlief tief und fest. Manchmal gab es rund um Ostern Tage, die sich anfühlten wie der Sommer.

»Köfte und Ajran – bitte sehr. Sonst isst du doch immer die Tagestajine, Kommissar«, sagte Lefti. »Sonst klettere ich auch nicht erfolglos auf Baugerüste«, antwortete Kovacs und biss in eins der gebratenen Fleischbällchen. Ich versuche diesem jungen Mann auf die Spur zu kommen, indem ich das Gleiche esse wie er, dachte er – weit habe ich es gebracht. »Sie haben von Musik geredet«, sagte Lefti.

»Wer?«

»Dieser Weghaupt und seine Freunde.«

»Woher weißt du immer, was ich denke?«

»Köfte und Ajran – das war nicht schwer.« Nein, er könne sich nicht erinnern, um welche Art von Musik es gegangen sei, aber es habe sich so etwas wie eine Glocke von Ernsthaftigkeit über den jungen Leuten befunden. Eine Glocke von Ernsthaftigkeit, dachte Kovacs – das würde einem Österreicher nie einfallen. Er dachte an Demskis Protokolle, die von einem jungen Mann berichteten, der trotz ausgezeichneter Schulleistungen nicht auf dem Gymnasium geblieben war, sondern begonnen hatte, Maurer zu lernen, der mit seinem jüngeren Bruder bei den Eltern gelebt und noch nie eine Freundin gehabt hatte. Darüber hinaus beschrieb Demski verzweifelte Eltern, eine Schar verstörter Kollegen und eine insgesamt absolut ratlose Umgebung. »Wer bringt jemanden um, der mit keinem anderen streitet?«, fragte Kovacs. Lefti zupfte an seinem Unterlippenbart. »Jemand, der das gleiche Problem hat«, sagte er schließlich.

Ludwig Kovacs ging in Richtung See, vorbei am Königreichsaal der Zeugen Jehovas, an der alten Schokoladenmanufaktur und an der städtischen Bücherei. Er roch den Frühling, spürte das Bier in seinem Kopf und wartete auf den Schmerz. Chili, hatte sie gesagt, Zimt, Kurkuma, Kreuzkümmel, Paprika, Bockshornklee und schwarzer Zwiebelsamen, außerdem hundert andere Zutaten, die keiner kannte: Es war völlig ausgeschlossen, dass das nicht wehtat. Er erinnerte sich an jenen Moment, als er als Sechsjähriger nach dem Sprung über einen Bruchsteinhaufen dagestanden war, auf die quer über sein Knie verlaufende Platzwunde geblickt und voller Spannung auf den Schmerz und auf das Blut gewartet hatte. Eine halbe Stunde später war er auf der Behandlungsliege vor dem weißhaarigen Hausarzt gesessen und hatte ihm dabei zugesehen, wie er mit seinen dicken Fingern eine dieser gebogenen Nadeln aus einem Metallbehälter geholt hatte. Er hatte ein wenig Schmerz verspürt und gar keine Angst, daran erinnerte er sich genau, ferner, dass der Nadelbehälter ausgesehen hatte wie eine Sardinendose. Seine Mutter hatte zu ihm gesagt, wenn er so weitermache, werde er früher oder später im Rollstuhl landen oder im Grab, aber er hatte damals schon gewusst, dass seine Mutter manchmal grobe Dinge sagte. Insgesamt waren Ludwig Kovacs in seinem Leben Verletzungen weitgehend erspart geblieben. Als Jugendlicher hatte er sich den Meniskus eingerissen und war danach operiert worden und einmal war bei der Durchsuchung einer Garage eine Waschbetonplatte umgekippt und hatte ihm zwei Mittelfußknochen gebrochen. Es war bei der Sache um den Diebstahl von Fernsehgeräten gegangen, das wusste er noch.

Von einem elektronischen Werbeschirm an der Ecke zum Park des *Fernkorn* grinste ihn Konrad Seihs an, der frischgebackene Landtagsabgeordnete der Wirtschaftspartei. Kovacs wandte den Blick ab. Manche Menschen wollte er nicht sehen, nicht einmal auf Werbeflächen. Demski fragte ihn gelegentlich, warum er sich über das Arschgesicht so ereifere, und er sagte dann, er denke an seine Mitbewohner in der Walzwerksiedlung, daran, wie die Frauen das Kopftuch ablegten, bevor sie einkaufen gingen, und an den alten Yiledič, der sich immer noch vor der Abschiebung fürchte, obwohl sein Asylantrag längst positiv beschieden sei. Außerdem seien ihm Menschen, die einen Kampfhund an ihrer Seite bräuchten, grundsätzlich zuwider. Eleonore Bitterle sagte, Kampfhundehalter seien wie Schusswaffenträger – von Kastrationsängsten geplagte Kerle, die meisten von ihnen hoffnungslos impotent, und Kovacs sagte darauf, da sei sie ja bei der Polizei genau richtig. Menschen, die sich erst stark fühlten, wenn andere sich schwach fühlten, mochte er nicht, ganz egal, ob sie impotent waren oder nicht.

Er ging ein Stück die Promenade entlang. Knapp vor dem Strandbad setzte er sich auf die Mole und blickte auf den See hinaus. Der Wind war heftig geworden und der Dunst hatte sich verzogen. Weiter draußen begannen die Wellenkämme weiß aufzuschäumen. Kovacs dachte an sein Boot, an Marlenes Wasserscheu und an den Döbel von zuletzt. Er betrachtete den Verband an seinem Unterarm. Szarahs Hände fielen ihm ein, der feine Strahl dieses hellgelben Olivenöls und Köfte und Ajran. Er griff zum Telefon.

Der Sheriff hob immer ab, sogar wenn er bei seiner Mutter zum Essen war. »Bismillah, Monsieur Erdoyan«, sagte Kovacs.

»Mahlzeit, Kommissar. Was habe ich angestellt?«

»Das Übliche. Du weißt, ich schreibe alles in das Heft mit den schwarzen Punkten. Zwei davon streiche ich aus, wenn du mir sagst, was dir zu einer Gruppe Jugendlicher einfällt, die im *Tin* regelmäßig Köfte und Ajran essen.«

»Nur Köfte und Ajran? Dazu gehören gegrillte Auberginen.«

Er sei weder Koch noch Internist, sagte Kovacs, daher habe er nicht vor, mit ihm über diätetische Spitzfindigkeiten zu diskutieren. Der junge Mann, der ihn interessiere, heiße Florian Weghaupt, wenn er einen Namen brauche.

»Weghaupt? Der ist doch tot.«

»Was du nicht sagst.«

»Wenn du mir drei Punkte streichst ...«

»Stell bitte keine Forderungen!«

Florian Weghaupt habe ab und zu Amphetamine bezogen, erzählte der Sheriff nach kurzem Nachdenken, eher kleine Mengen, nie Opiate. Über Cannabinoide könne er nichts sagen, aber das sei inzwischen praktisch unmöglich, da der Eigenanbau den Markt völlig ruiniert habe; insgesamt jedenfalls ein Konsumationsmuster, wie man es bei jungen Kreativen finde. »Konsumationsmuster – du sprichst wie ein Drogentherapeut«, sagte Kovacs. »Suchtmittelberater«, sagte der Sheriff, »Suchtmittelberater im Softcore- und Low-Dose-Bereich.«

»Jaja, so *low-dose* wie du schlank bist.«

»Genau. Ich hab jetzt übrigens unter hundertfünfzig, Kommissar.«

»Da freuen sich deine Herzkranzgefäße«, sagte Kovacs.

Erdoyan lachte. Was denn Florian Weghaupt seines Erachtens mit jungen Kreativen zu tun gehabt habe, fragte Kovacs. Er wisse es nicht hundertprozentig, sagte der Sheriff, habe aber den Eindruck gehabt, es handle sich um eine Gruppe von Musikern, zumindest hätten sie über nichts anderes gesprochen als über Musik. Das komme ihm bekannt vor, sagte Kovacs und legte auf.

Er nahm den Fußweg, der im Bogen den Achenabfluss entlangführte. Trotz des Windes roch es nach Brackwasser und ein wenig nach Öl. Das war an dieser Stelle immer so. Ein grauhaariger Jogger in schwarz-silber gestreiftem Shirt kam ihm entgegen. Er kannte ihn nicht. Als hinter einer Salweidengruppe am nördlichen Ufer das Krankenhaus und die Hügel oberhalb von Mühlau auftauchten, zweigte Kovacs in Richtung Zentrum ab. In seinem Mund lag ein Hauch von Minze. Sein Arm würde nie wieder wehtun, dessen war er sich jetzt sicher.

Die Sache mit Weghaupt konnte nur ein Unfall gewesen sein. Vielleicht hatten irgendwelche Substanzen eine Rolle gespielt, aber gestoßen hatte ihn niemand. Die Leute verunglückten; sie kamen von Fahrbahnen ab, fuhren gegen Brückenpfeiler oder stürzten von Gerüsten. Unfälle waren häufig, Morde nicht.

Kovacs ertappte sich dabei, wie er ins Schaufenster von *Guys & Dolls* blickte und nach dem Preisschild eines strassbesetzten, gelben Damengürtels suchte. Als neben ihm ein junger Mann stehen blieb, spürte er in sich eine Mischung aus Zorn und Scham hochsteigen und ging rasch weiter.

Im Büro herrschte eine eigenartige Stimmung. Sabine Wieck querte mit stampfenden Schritten den Gang, Eleonore Bitterle hatte die Tür zugezogen, und Christine Strobl, die Sekretärin, löffelte Joghurt aus einem Becher, ohne den Kopf zu heben. »Was ist los?«, fragte Kovacs, »ein allgemeines prämenstruelles Syndrom?« »Darauf sage ich gar nichts«, antwortete Frau Strobl und aß weiter. Kovacs ging in sein Zimmer. Manchmal wünschte er sich genau das – eine Mannschaft, die bockte und den Dienst verweigerte; und er hätte dann keine andere Wahl, als seine Sachen zu packen und nach Hause zu gehen.

»George hat angerufen.« Eleonore Bitterle stand mit verschränkten Armen in der Tür. »Und?«, fragte Kovacs. Er werde noch zwei, drei Tage anhängen, sagte sie.

»Urlaub oder was?«

Nein, sagte sie, das Pornographentreffen sei aus gegebenem Anlass verlängert worden. »Aus gegebenem Anlass?«, fragte Kovacs. So habe Demski es formuliert. Außerdem habe er gesagt, seine Arbeit könne ruhig liegenbleiben, keiner brauche sich darum zu kümmern. »Und ich Trottel klettere für ihn auf Baugerüste.« Kovacs streckte seinen Arm vor. »Schöner Verband«, sagte sie. George Demski war ein guter Kriminalbeamter, das wussten sie alle. Er war leidenschaftlich, belesen und, wenn es drauf ankam, genau bis zur Pedanterie. Andererseits war er definitiv kein Teamspieler. »In Wahrheit denkt er keine Sekunde darüber nach, ob es hier tatsächlich möglich ist, seine Arbeit liegenzulassen«, sagte Eleonore Bitterle, »außerdem gibt er uns neue Aufträge.«

»Was heißt das, er gibt euch Aufträge?«

Sie seien da mehreren Netzwerken auf der Spur, habe er mitgeteilt. Die Schaltstelle des einen liege in Italien und da es deutliche Hinweise auf österreichische Beteiligungen gebe, habe er sie ersucht, sich alle Fälle der letzten Jahre, die irgendetwas mit Sex und Kindern zu tun gehabt hätten, noch einmal genau anzusehen. »Sex und Kinder«, sagte Kovacs, »ich kann es nicht mehr hören.« Er stellte sich vor, wie Demski und seine Kollegen in Berlin in einem alten Backsteinbau vor einer Reihe von Bildschirmen saßen, IP-Adressen austauschten und Fangschaltungen konstruierten. Am Abend hockten sie dann in einem der Cafés Unter den Linden und verglichen die Namen. Demski trank zwei, drei Pernods, rauchte ein Zigarillo und freute sich, wenn der Akademikeranteil auf den Listen hoch war. Aus irgendeinem Grund hatte er es auf die Ärzte, Lehrer und Pfarrer unter den Kinderfickern abgesehen. Wenn man ihn fragte, warum er dann selbst mit solcher Konsequenz sein Studium vorantreibe, sagte er, weil er wissen wolle, wie diese Säue funktionierten. George Demski hatte einen achtjährigen Sohn, den er hütete wie seinen Augapfel, eine vermutlich magersüchtige Physiotherapeutin als Lebensgefährtin und eine alte Blechente, mit der er gelegentlich sprach. Eleonore Bitterle liebte Demski in der Art, in der sie sich Liebe nach dem Tod ihres Mannes gestatten konnte, und Demski profitierte von ihrer intellektuellen Brillanz. Ob er sie auch ein wenig liebte, wusste keiner. Die beiden arbeiteten jedenfalls zusammen, sooft es ging.

»Und?«, fragte Kovacs.

»Was heißt *und*?«

»Na, was wohl?«

Ein winziges Lächeln trat in ihr Gesicht. Es habe in den letzten zehn Jahren im Zuständigkeitsbereich der Polizei Furth einhundertsiebzehn Interventionen gegeben, die sexuelle Übergriffe auf Kinder zum Anlass gehabt hätten, sagte sie. Einundsiebzigmal sei es zu einer kriminalpolizeilichen Ermittlung gekommen, dreiundvierzigmal zu einem Strafverfahren und elfmal zu einer Verurteilung. Neunzehn Freisprüche seien erfolgt und dreizehn Verfahrensniederlegungen. »Und das merkst du dir alles?«, fragte Kovacs. »Zweiunddreißig Täter, die davongekommen sind«, sagte sie.

»Oder zweiunddreißig falsch Beschuldigte.«

Eleonore Bitterle ignorierte seine Bemerkung. Apropos sexuelle Übergriffe, es gebe da eine Lösung in der Bahnhofssache. Welche Bahnhofssache, fragte er, und sie sagte, die grün gerahmte Brille. Beim Täter handle es sich um einen Bediensteten des Grazer Stadtgartenamtes, der an seinen freien Nachmittagen herumfahre und Mädchen anquatsche. Die Kollegen in Wiener Neustadt hätten ihn aufgegriffen, als er aus dem Zug gestiegen sei. Mehrere Schülerinnen hätten ohne Aufforderung auf ihn gezeigt. »Das ist sowas von blöd«, sagte Kovacs, »als Päderast trag ich doch keine grüne Brille.«

»Du bist auch keiner.«

»Stimmt. Aber selbst wenn, würde ich keine tragen.«

»Siehst du. Der Herr Stadtgärtner ist wahrscheinlich auch keiner.«

»Sondern?«

Das sehe eher nach einem verklemmten Neurotiker aus, sagte sie, bei dem Erwischtwerden und Bestrafung zur unbewussten Inszenierung gehörten. »Einer, der am Klo masturbiert und sich dann einen halben Tag lang die Hände wäscht«, sagte Kovacs.

»Woher weißt du das?«

»Ich habe auch eine Mutter«, sagte er. Im Übrigen verstehe er nicht, warum sie nicht gleich Psychologie studiert habe, so wie sie mit *Neurotiker* und *unbewusste Inszenierung* um sich werfe. Habe sie auch, sagte sie – Jus, Philosophie und Psychologie, alles in Salzburg und nichts davon fertig.

»Und warum nicht?«

»Du hast deine Mutter und ich habe meinen Vater. Aber diese Geschichte kennst du doch.«

Kovacs nickte. Manche Dinge fragte man nach, obwohl man sie kannte. Entweder waren sie so schwer zu glauben oder sie passten einfach nicht. Zu Mrs. Brain passten abgeschlossene Dinge, keine anderen.

Kovacs erkundigte sich nach Verstößen gegen das Kinderpornographiegesetz auf ihrer Liste und Eleonore Bitterle sagte, darin seien sie vor Demskis Andocken an die Interpol-Gruppe eindeutig schlecht gewesen. Das heiße, es gebe nichts außer eine Anzeige gegen einen pensionierten Forstaufscher vor einem Jahr, die aber mit Sicherheit aus Rache erfolgt sei und genau null Substanz besessen habe. Demski werde trotzdem etwas finden, sagte Kovacs, ein VPN oder LFT.

»VPN?«, fragte Eleonore Bitterle.

»Virtual Private Network«, sagte Sabine Wieck, die hinter ihr aufgetaucht war.

»Und LFT?«

»Keine Ahnung«, sagte Kovacs, »habe ich gerade erfunden. Vielleicht eine Lebererkrankung.«

Bitterle zog missbilligend eine Braue hoch. Der Anzeigende sei der Nachbar gewesen und es sei um ein Güterwegsservitut gegangen, also um etwas gar nichts Virtuelles, sagte sie, das habe sich bei der Befragung der Beteiligten herausgestellt. Demski finde auch hinter einem Wegestreit ein Sexualverbrechen, sagte Kovacs.

Soll er doch, in Berlin oder wo auch immer, sagte Sabine Wieck. Sie hatte sich mit dem einen Arm auf Eleonore Bitterles Schulter gestützt und schwenkte mit dem anderen lässig ein Blatt Papier. »Was ist das?«, fragte Kovacs. »Ein Problem«, sagte sie.

Stephan Szigeti habe sich durch die Einleitung der polizeilichen Ermittlungen offenbar nicht ausreichend entspannt, sondern sei am Vortag in der Schule des Sohnes aufgetaucht und habe dem Direktor gedroht, ihm den Landesschulrat und alles, was er sonst noch garantiert nicht brauche, an den Hals zu hetzen, wenn er nicht bald herausfinde, wer den Buben geschlagen habe. Der Direktor habe daraufhin gesagt, er, Szigeti, solle sich nicht so aufregen, sein Sohn sei schließlich nicht der Einzige, dem das passiert sei. Kovacs griff sich an die Schläfen. »Genau«, sagte Sabine Wieck. Szigeti habe eine elendslange E-Mail an Eyltz, den Polizeichef, an Steinböck, den Bürgermeister, und an Jelusitz, den Bezirkshauptmann, geschrieben. Nach seinem Sohn sei jetzt noch ein Kind aus der ersten Volksschulklasse Opfer unsäglicher Übergriffe geworden, ohne dass die Behörde einen Finger gerührt habe. Im Gegenteil, man habe seinen Sohn durch einen Psychiater vernehmen lassen, ganz so, als halte man in Wahrheit ihn für verrückt und nicht den perversen Gewaltverbrecher, der da sein Unwesen treibe. Die Polizei versage wie so oft; er sehe sich daher genötigt, zur Gründung eines privaten Schutzdienstes aufzurufen, der die Sicherheit der Kinder gewährleiste.

»Eine Schutzstaffel«, sagte Kovacs. »Eine was?«, fragte Sabine Wieck. »Vergiss es«, sagte er.

Die drei Adressaten seien maximal in Aufruhr, fuhr sie fort. Eyltz verlange Ergebnisse und wolle laufend informiert werden, Steinböck fürchte um den Fremdenverkehr und Jelusitz tippe bereits auf die Türken. »Die hauen sowieso jedes Kind, wie wir wissen. Mit Eyltz werde ich schon fertig«, sagte Kovacs.

»Ich weiß nicht«, sagte Sabine Wieck, »da ist noch was.«

»Außer dem zweiten Kind?«

»Ja. Ein Cc.«

»Ein was?«

Szigeti habe das Schreiben Cc an die Redaktionen der relevanten Zeitungen und aller verfügbaren Radio- und Fernsehsender geschickt, zusätzlich habe er es an diversen Orten ins Netz gestellt.

»Alle sollen es wissen, oder?«, fragte Kovacs. Er spürte, wie sehr er diese Cc- und Weiterleitungspsychopathen hasste, jene Art von Menschen, die eine diebische Lust daran hatten, unter dem Titel Informationsweitergabe Druck auf andere auszuüben. »Der KURIER hat schon angerufen«, sagte Sabine Wieck, »was sagen wir?« »Jeder, der sein Kind schlägt, ist verdächtig«, sagte Kovacs, »das sagen wir.«

Britta Kern werde als zurückhaltend und selbständig beschrieben, typisch für ein Kind mit jüngeren Geschwistern, erzählte Sabine Wieck, als sie dann zu dritt im Besprechungsraum saßen. In ihrem Fall sei es die kleine Schwester, durch die die Aufmerksamkeit der Mutter gebunden werde. Sie befasse sich am liebsten mit dem Knüpfen von Armbändern und mit ihren Rosettenmeerschweinchen. In der Schule sei sie interessiert und weniger leicht ablenkbar als die meisten anderen Kinder. Die Mutter sei Büroangestellte bei einem Wirtschaftsprüfer, der Vater Leiter eines Baumarktes. Die beiden hätten sich in der Handelsschule kennengelernt.

»Sie lebten bis an ihr Ende glücklich und zufrieden und wenn sie nicht gestorben sind …«, sagte Kovacs. Sabine Wieck hob abwehrend die Hände. Sie selbst könne erstens nichts für Idyllen dieser Art und zweitens hätten sich die Eltern vor zwei Jahren getrennt. Der Vater lebe jetzt in Zeltweg in der Obersteiermark.

»Außerdem schlagen auch Handelsschulabsolventen mit Garten und Meerschweinchen ihre Kinder«, sagte Eleonore Bitterle.

Kovacs schaute zum Fenster hinaus. Auf dem Dach gegenüber verfolgten einander zwei Bachstelzen. Ein Garten, Meerschweinchen und Kinder – die meisten Menschen wünschten sich so etwas. Dann stürzten die einen zu Tode und die anderen ruderten allein auf den See hinaus. Marlene fiel ihm ein, ihr Hang zu gemusterten Stoffen und Kerzen auf dem Tisch, und dass in ihrem Blick das meiste Glück war, wenn sie Wiesenblumen in eine Vase steckte. Sein Bruder fiel ihm ein, der sich versoff und immer wieder Frauen fand, die bei ihm blieben, obwohl er sie prügelte. Am Ende fiel ihm der gelbe Gürtel mit den Strasssteinchen ein und dass er davongelaufen war, bevor er das Preisschild entdeckt hatte. Im Grunde war der Preis auch egal.

Acht

Die hellrote Linie läuft die Türstöcke entlang, immer im Abstand von vier Zentimetern, rauf rüber runter, dann parallel zum Boden bis zur nächsten Tür, dann wieder rauf rüber runter. Die Fenster bleiben ausgespart; keiner weiß, warum. Die Maler haben es so gemacht, wie es ihnen aufgetragen wurde. Aus dem Zimmer führen drei Türen weg. Zwei davon sind Fluchtwege, die dritte führt in die Küche. Dort ist Schluss. Zwischen der Tür zur Küche und dem Schrank mit den Gläsern befindet sich ein kleiner grauer Fleck an der Wand. Er stammt von einer Speisemotte. Der, den ich jetzt Bill nenne, hat sie zerdrückt. Fast alle Wesen auf dieser Welt sind in irgendeiner Form nützlich. Bei Speisemotten ist das nicht so sicher.

Sie sitzt auf ihrem Stuhl und isst nichts. Wenn die Sache vorüber ist, verhält sie sich immer so. Sie reckt das Kinn nach vorne und presst mit geschlossenen Augen die Lippen aufeinander, bis sie um den Mund ganz weiß ist. Die Verrückte versucht ihr das gebratene Hühnerfleisch und die Kartoffeln schmackhaft zu machen. Sie hat etwas Singendes in der Stimme, wenn sie die Speisen lobt. Es nützt nichts. Wenn die Verrückte wütend wird, verfärbt sich ihre Haut gelb. Der Rest der Menschen sieht es vermutlich anders, aber für mich ist es das Gelb von Raps. Nicht von Zitrone oder Dotter, sondern von Raps. Die Verrückte spießt Hühnerfleischstücke und halbe Kartoffeln auf eine Gabel und geht damit auf Switis Gesicht los. Switi dreht sich erst weg, nach links und rechts, hin und her. Als das nichts nützt, beginnt sie um sich zu schlagen. Die Verrückte schlägt auch um sich. Die Gabel fährt Switis Unterlippe entlang, von einem Mundwinkel zum anderen. Die Verrückte brüllt, sie schaffe das nicht allein. Der, den ich Bill nenne, hat sein Hühnerfleisch schon gegessen. Er steht auf, tritt hinter Switis Stuhl und sagt ganz ruhig: Ein Kind muss essen. Von hinten umfasst er mit dem linken Arm Switis Schultern und Oberarme und greift mit der rechten Hand an ihren Unterkiefer wie mit einer Zange. Er drückt nur ganz leicht zu und Switis Mund springt auf wie der von einem Nussknacker. »Gekonnt ist gekonnt«, sagt er. Die Gabel wandert rein und raus. Switi schluckt brav. Manchmal muss sie würgen. Als der Teller leer ist, sagt der, den ich Bill nenne: »Na siehst du, war doch nicht so schlimm.« Die Verrückte sagt gar nichts. Ihre Haut ist jetzt wieder rosig.

Als ich ins Zimmer komme, liegt Switi eingerollt vor ihrem Bett auf dem Boden und schläft. Das lernt man mit der Zeit: von einer Sekunde auf die andere einzuschlafen, wenn man es braucht. Ich hocke mich neben sie und betrachte die feinen Härchen auf ihrer Wange und den winzigen Knubbel im Rand ihrer Ohrmuschel. Vor ihrem Mund liegt etwas auf dem Boden. Es hat die Größe eines Bonbons und ist hellgrün. Ich hebe das Ding vorsichtig auf und betrachte es. Es ist eine Art Kieselstein, flach und glatt. Switi schlägt die Augen auf. »Manka«, sagt sie, nimmt mir das Ding aus der Hand und steckt es sich wieder in den Mund.

Ich helfe ihr in die Steppjacke mit den Pinguinen und binde ihre Schuhbänder. Das mit der frischen Luft ist zwar ein Spruch alter Leute, aber manchmal braucht man sie wirklich. Wir gehen unsere Runde: in Richtung See bis zur

Abzweigung in die Klamm, nach vorne zum Aussichtspunkt oberhalb des Wasserfalls, zurück, am Eulenfelsen vorbei zum Jachthafen. Auf dem Bootssteg liegt Reif. Wir gehen trotzdem bis zu seinem Ende. Ich blicke zurück auf unsere Fußspuren und erzähle die Geschichte eines kleinen Pelikans, der von den Menschen gefangen gehalten wird und eines Tages beginnt, in seinem Kehlsack Gegenstände zu sammeln: ein Messer, eine Zange, ein paar Feuerzeuge, eine Packung Zigaretten, eine Feile, eine winzige Kamera. Mit Hilfe dieser Dinge gelingt ihm schließlich die Flucht. »Wie fängt man Pelikane?«, fragt Switi. Sie zeichnet mit der Fußspitze eine Wellenlinie in den Reifbelag. »Ganz normal«, sage ich, weil mir nichts Besseres einfällt.

Der Jachthafen ist beinahe leer. Die Leute haben ihre Boote in großen Hallen auf dem Trockenen liegen, zum Beispiel in Waiern wie wir. Dort werden sie gewaschen, gebürstet und die Fugen frisch gekittet. Draußen fährt ein einzelnes Elektroboot langsam in Richtung Sankt Christoph, wahrscheinlich jemand von den Biologen, der Entenfamilien beobachtet oder Wasserflöhe. Switi starrt auf ihre Finger. »Hättest du Handschuhe gebraucht?«, frage ich. Sie schüttelt den Kopf und sagt nichts.

Ich glaube, sie machen mit ihr all die Dinge, die sie mit mir auch gemacht haben. Irgendwann lässt es nach und jemand anderer kommt dran. Bei mir war es so. Die Vorstellungen beginnen erst nachher. Sie hören nie auf.

Ich strecke mich und schaue durchs Fenster. Beide Autos sind weg. Das heißt, sie fährt eine ihrer Touren und er ist im Büro oder bei einem Kunden. Wohin ihre Touren führen, weiß niemand. Wenn sie sagt, sie fährt los, wird er nervös und versucht ihr die Autoschlüssel wegzunehmen. Sie sagt, er soll sich das gut überlegen, und er lässt es bleiben. Der Weg durch die Garage ist Fluchtweg Nummer vier. Er ist total einfach und funktioniert, weil sich das Garagentor von innen per Knopfdruck öffnen lässt. Von außen braucht man entweder den Funk oder man kennt den Code. Zwei Buchstaben, drei Ziffern.

Auf dem Garagenboden sind die Spuren des X6 zu sehen, breit und lehmig. Der, den ich Bill nenne, fährt mit seinen Kunden manchmal ins Gelände, zum Beispiel in die Au zwischen Waiern und Mooshaim, wo früher Torf gestochen wurde. Dort schießen sie Hirschen oder einen Fischotter, wenn die gerade freigegeben sind. Der Mini der Verrückten hat keine Spuren hinterlassen.

Switi setzt sich in ihr rotes Tretmobil und fährt in Schlangenlinien durch die Garage. Dabei schreit sie immer wieder laut auf. Als sie beginnt, in den Kurven absichtlich an der Wand anzustreifen, stoppe ich sie und hebe sie vom Auto. »Dafür bist du schon zu groß«, sage ich, »du musst Rad fahren lernen.« Sie schüttelt den Kopf.

Wir gehen ins Haus und schauen im Erdgeschoß in alle Räume. Das tue ich immer, wenn sie nicht da sind. Im Vorzimmer blättere ich den Wandkalender um. Ein Dalmatiner mit zwei Kindern. In der Küche stehen die benützten Teller neben der Spüle. Ich räume sie in den Geschirrspüler, obwohl ich weiß, dass morgen Marika kommen wird. Ich kann herumstehendes Geschirr auf den Tod nicht ausstehen.

Ich hole den Schlüssel, auf den es ankommt, aus der alten Zuckerdose hinter den Wassergläsern. Ein saublödes Versteck; jeder Trottel würde ihn dort finden. »Komm«, sage ich zu Switi, »gehen wir trainieren.« Sie schüttelt erneut den Kopf. »Du musst«, sage ich und ergreife ihre Hand.

Wir steigen die Treppe hoch, wenden uns nach links und betreten das Schlafzimmer der beiden. Ich halte die Luft an und blicke zum Fenster und an die Decke. In der Garderobe gehen wir nach hinten bis an die kleine Türe zwischen den Schränken, die man nur sieht, wenn man sie kennt. Ich nehme das Bild mit dem Igel und der Eule von der Wand. Dahinter befindet sich das Schlüsselloch.

Es sind drei Zimmer, das weiße, das gestreifte und das Blumenzimmer. Ich habe sie nach den Matratzen benannt, die in den Zimmern herumliegen. Genau genommen liegen im weißen Zimmer zwei weiße Matratzen und eine mit hellblauen Punkten, im gestreiften Zimmer eine riesige Doppelbettmatratze mit breiten blauen und schmalen gelben Streifen und im Blumenzimmer übereinandergestapelt vier Matratzen, die über und über voll sind mit pastellfarbenen Blüten. Die beiden Stative mit den Kameras stehen immer woanders, diesmal im weißen Zimmer.

»Was willst du heute?«, frage ich. Sie sagt gar nichts. Ich sage: »Gestreift.«

Sie liegt auf dem Bauch und ich erzähle ihr von dem Film in der gelben und roten Hülle, den ich entdeckt habe, davon, was Menschen alles passieren kann, und von dem Schlag mit den fünf Fingern, der das Herz zum Stillstand bringt. Zwischendurch drücke ich ihr Gesicht gegen die gestreifte Matratze und sage dabei, sie soll die Augen offen halten. Jedes Mal, wenn ich ihr in den Nacken greife, winselt sie wie ein Hund.

Neun

Die Klasse riecht nach den Kindern, nach Julias Kraushaar, nach Stefans gewalkter Schafwollweste, nach Laras Hund und nach Manuels Schweißfüßen. Der Fliederstrauß, den sie am Vortag auf den Lehrertisch gestellt hat, setzt sich geruchsmäßig überhaupt nicht durch. Die Tafel ist unvollständig gelöscht, wie immer, wenn Sükrü Klassenordner ist. Auf dem rechten Flügel ist zu lesen: *Der Mond wird von der Sonne zum Leuchten gebracht.* Da Ostern mit dem Vollmond zu tun hat, hat sie versucht, den Kindern ein wenig Astronomie beizubringen. Was ist ein Fixstern, was ein Planet, warum leuchtet der Mond? Weil er einen total starken Stromanschluss hat, war Leonhards Hypothese, und Katrin hat gesagt: Wenn der Mond scheint, trauen sich die Verbrecher nicht auf die Straße.

Etwas schnürt ihr die Kehle zu. Einerseits ist es der Satz an der Tafel, andererseits die Vorstellung eines schwarzen Mannes, der riesenhaft dasteht und auf jemanden einprügelt. Sie will das nicht, hundertprozentig nicht, das weiß sie.

Sie geht die Wand entlang nach hinten. An die Tür des Schrankes mit dem Bastelzeug hat jemand eine Diddel-Maus und eine Henne mit drei Küken geklebt. Unmittelbar davor sind die Plätze von Julia und Sophie. Beide lieben Sticker. Das Wissen um solche Dinge gibt ihr Sicherheit. Sie stellt sich ans Fenster und blickt in den Hof hinaus. Es regnet in feinen Fäden, obwohl der Himmel vorwiegend blau ist und auf dem Dach des Bibliothekstraktes die Sonne liegt.

Sie kramt in ihrer Handtasche, holt die Feile hervor und beginnt ihre Fingernägel zu bearbeiten. Wenn sie auf jemanden wartet, tut sie das immer, manchmal auch, wenn sie im Auto mitfährt. Es gibt Leute, die stört so etwas.

Als Erste erscheint Elke Bayer und überquert die weiße Kiesfläche schräg nach links in Richtung Parkplatz. Sie trägt anthrazitfarbene Pumps, ein hellgraues Kostüm und eine dunkelrote Samtschleife in ihrem blonden Haar. Sie läuft beinahe. Dass sie überhaupt da war, ist bemerkenswert. Sie kommt sonst nie zu außerordentlichen Terminen. Vielleicht hat es damit zu tun, dass sie die Klassenlehrerin der anderen ersten Klasse ist und fürchtet, die Sache könne sie demnächst auch betreffen. Gegen die Anordnung des Direktors, die Vorfälle mit den Kindern zu besprechen, hat sie sich erst gewehrt. Dann ist klargeworden, dass Michael Richter aus ihrer Klasse schon seit zwei Tagen herumerzählt, er werde der schwarzen Glocke den Taser seines Vaters gegen den Bauch halten, bis sie einen elektrischen Anfall bekomme. Damit war ihr Argument *Was ich nicht weiß, macht mich nicht heiß* vom Tisch. Über den elektrischen Anfall haben alle gelacht, obwohl sie Michaels Vater mit seinem Waffenpass, seiner Stahlrutensammlung und seinen nachgestellten Schlachten aus dem Zweiten Weltkrieg nur allzu gut kennen.

Trude Lassnig und Veronika Derkic kommen gemeinsam heraus, die eine Integrationslehrerin, die andere Klassenlehrerin der Vier B. Sie wohnen beide in Sankt Christoph und bilden eine Fahrgemeinschaft. Danach kommen Reinhard Gelich, Klassenlehrer der Zwei A, und Dienbacher, der Direktor. Dienbacher gestikuliert wild und wirkt immer noch nervös. Gelich hat von Anfang an so getan, als gehe ihn das Ganze nichts an: In meiner Klasse ist noch nie jemand geschlagen worden. Er ist ein Beispiel dafür, dass auch Arschlöcher Volksschullehrer werden. Hauptsache, er fährt eine Corvette. Mit seinen Lieblingskindern dreht er manchmal eine Runde, die anderen dürfen zuschauen.

Als aus der anderen Richtung Bauer dahertrabt, in seiner grauen Baumwollgarnitur und den neuen grünen Laufschuhen, wirft sie die Nagelfeile in die Tasche zurück. Früher hatte sie im Maniküretui ein Stanley-Messer mit einem gelben Griff stecken. Seit einiger Zeit braucht sie es nicht mehr.

Bauer wartet in der Garderobe. Er tupft ihr mit dem Zeigefinger auf die Nasenspitze. »Wo warst du?«, fragt er. »In der Klasse«, sagt sie und öffnet ihren Spind.

»Das heißt, du hast mit den Kindern gesprochen?«, sagt er und lacht.

»Gewissermaßen«, sagt sie.

Während sie sich umzieht, läuft er Runden im Raum. Er hört dabei Musik vom iPod, wie immer. Nach einer Weile hält sie ihn auf, obwohl sie nichts trägt außer den BH und über dem linken Bein die Jogginghose, und zieht ihm die Stöpsel aus den Ohren. »Das macht mich verrückt«, sagt sie. »Super«, sagt er.

»Wie hast du die Besprechung gefunden?«

»Unnötig«, sagt er, läuft im Stand weiter und summt.

When you are near / It's just as plain as it can be / I'm wild about you, gal / You ought to be a fool about me. Sie kann den Text inzwischen auswendig. Der Zipp ihres Sweaters klemmt. Er merkt es, tritt an sie heran, löst ihn, indem er vorsichtig hin und her ruckelt, und drückt ihr dabei einen Kuss auf die Lippen. »Warum lachst du?«, fragt er.

»Mir ist etwas eingefallen.«

»Und was?«

»Ein Satz.«

»Welcher Satz.«

»Ich habe ihn heute an die Tafel geschrieben. *Der Mond wird von der Sonne zum Leuchten gebracht.*«

Sie laufen seine Standardstrecke. Diagonal über den ersten Hof, im Erdgeschoß quer durch den Gymnasialtrakt, über den Brunnenhof, durch den Wirtschaftskorridor in den Hintergarten, neben der großen Platane durchs Lanzengittertor, die nördliche Begrenzungsmauer entlang, nach rechts in die Abt-Reginald-Straße, vorbei an der Kanzlei des Steuerberaters, am Kindergarten und an dem winzigen Esoterikladen mit der bunten Fassade, bis sie über den LKW-Abstellplatz der Gemeinde in einer Abkürzung die Promenade am Achenufer erreichen.

Der Regen hat längst aufgehört. Unter den Weiden und Erlen ist es trocken geblieben. Auf dem elastischen Boden beschleunigt er seinen Schritt. Wie ein Massai, der seinem Vieh hinterherläuft, denkt sie, aufgeschossen und hager, nur der lange Stock fehlt. Sie weiß, dass er nach ein paar hundert Metern auf sie warten wird, bleibt im Rhythmus und versucht die Umgebung in sich aufzunehmen, den Geruch nach frischem Gras und blühendem Holunder, das hellgrüne Flackern im Laub und die Vögel, die um diese Jahreszeit auch am Nachmittag laut sind. Michaela Klum fällt ihr ein und die Mappe mit den verschiedenen Meisenarten außen drauf, die sie während der Besprechung vor sich liegen hat: Kohlmeise, Blaumeise, Haubenmeise, Tannenmeise. Sie sagt die ganze Zeit kein einziges Wort und hintennach, als alles vorbei ist: Das ist doch total lächerlich. Ich habe meiner Tochter erst gestern eine geknallt. Sie hat *blöde Kuh* zu mir gesagt.

Sie sieht ihn hinter der nächsten Kurve verschwinden. Er wird unter einem der markanten Bäume warten, unter der Linde oberhalb des ersten Kataraktes oder unter der Eiche, an der der Pfad zur Hohenwarthöhle abzweigt. Am anderen Ufer bearbeitet jemand die Wasserungsstege des Rafting-Centers mit einem Hochdruckreiniger. Der Betrieb wird üblicherweise am letzten Aprilwochenende aufgenommen, sofern das Wetter einigermaßen stabil ist.

Niemand aus der Kollegenschaft sieht eine Verbindung zwischen Felix und Britta. Gelich sitzt da, zieht ein fades Gesicht und sagt, dass dieser überpaprizierte Ungar seinen Sohn unter Garantie selbst geschlagen hat. Brittas Mutter tut das nicht, sagt Trude Lassnig, ihr Mann ist ihr davongelaufen und sie hat niemanden außer ihren Töchtern. Gerade deswegen, sagt Gelich. Schlägst du deine Kinder?, fragt Lassnig und er zeigt ihr den Vogel.

Das Auf- und Abschwellen des Hochdruckreinigers klingt wie ein eigenartiges Lied. Das Rauschen des Flusses mischt sich hinein. *Spirit on the water / Darkness on the face of the deep.* Es hat etwas Biblisches, denkt sie, ich muss ihn fragen. Sie horcht, während sie rascher tritt. Seine Schritte sind nicht mehr zu hören. Ein Buntspecht fliegt mit lautem Gezeter über ihren Kopf hinweg. Sie führt sich die heimischen Spechtarten vor Augen, um sich nicht umdrehen zu müssen: Schwarzspecht, Grünspecht, Buntspecht, Weißrückenspecht, Wendehals. Wer hat jemals einen Wendehals gesehen? Dienbacher fällt ihr ein, wie er mit flacher Hand auf den Tisch klopft und eindringlich sagt: *Das ist eine ernste Situation, liebe Kollegen, eine wirklich ernste Situation*, und wie sie sich dabei denkt, dass er in seinem ganzen Leben wohl noch nie eine wirklich ernste Situation erlebt hat.

Wer vor dem ersten Katarakt nicht anhält, der muss durch. Vor einigen Jahren hat die Flussrettung einen Kajakfahrer mit einer Seilwinde aus der Verklemmung zwischen zwei Felsblöcken geholt und ihn dann auf der Sandbank unterhalb der Schnellen aufgebahrt. Es hieß, sein Gesicht sei völlig zerstört gewesen, so, als habe man ihn kopfunten zigmal gegen die Felsen geschlagen, wie in Griechenland die Oktopusse. Angeblich hat es sich um einen tschechischen Urlauber gehandelt.

Ein Spaziergänger kommt ihr entgegen, ein älterer Mann mit Strohhut und einem kleinen Hund, der ihm um die Knöchel tanzt. Der Mann starrt ihr unentwegt auf die Brust, während sie auf ihn zuläuft. Er lächelt sie an, als sie auf gleicher Höhe sind. Sie stellt sich vor, wie sie stehen bleibt, ganz nahe an ihn herantritt und ihn fragt: »Halten Sie es für vorteilhaft, dass Frauen Brüste haben?«

Sie läuft betont über die Fersen. Das macht einen schneller und schont die Gelenke; zumindest behaupten das die Leute, die regelmäßig laufen. Sie reckt das Kinn nach vorn und versucht das vage Gefühl, das hinter ihren Ohren sitzt, abzuschütteln. In fünf Tagen ist Palmsonntag. Die meisten ihrer Kinder werden zur Prozession kommen, jedes mit einem Strauß aus Weidenkätzchen, Buchsbaum und Thuje. Sie werden fröhlich sein, und manche von ihnen werden neue Kleider tragen. In einer katholischen Volksschule ist das so.

Er ist weg. Nach der ersten Schnelle überblickt man eine langgezogene Rechtskurve, sicher dreihundert Meter weit. Mister LDR, denkt sie, mein rücksichtsloser, asozialer Mister LDR. Sie denkt an die Phase nach den letzten Weihnachten, als er selbst im Bett den iPod nicht ablegen konnte, sich zwischendurch mit einer seiner Stimmen darüber unterhielt, ob es nicht der einzig wahre Tod sein müsse, sich in einer Raumkapsel ins All schießen zu lassen und ganz allein zum Jupiter zu fliegen, zum Uranus und darüber hinaus, und ihr trotzdem eine Sicherheit gab, wie sie sie davor kaum jemals gehabt hatte. Als er auch an der Abzweigung zur Hohenwarthöhle nicht steht, nimmt die Kälte im Nacken schlagartig zu. Sie dreht den Kopf heftig hin und her, wird sie aber nicht los.

Jeder Atemzug brennt in ihrer Brust. Schneller kann sie nicht. Die alte Geschichte. Er ist hinter ihr her. Er wird sie erwischen. Er hat sie immer noch erwischt. Sie wird stolpern und hinfallen. Er wird riesenhaft aufragen und lachen, ein wenig dreckig und ein wenig peinlich berührt. Dann wird er sich runterbeugen und den Arm heben.

Plötzlich streift sie etwas am Ellbogen. Sie fährt herum und stolpert. Er tut zwei schnelle Schritte hinter dem Holunderstrauch hervor und fängt sie auf. Jetzt schreit sie laut. Er strahlt sie an. Sie schlägt wild auf ihn ein.

Zehn

Manchmal hatte er den Verdacht, dass sie nur so tat, als würde sie frieren. So etwas machte man, um im anderen ein Schuldgefühl zu erzeugen. Sie saß in einem ihrer übergroßen Rollkragenpullis da, zusätzlich in eine Decke gehüllt, und bibberte. Dabei schaute sie angestrengt neutral in die Welt. Ab und zu holte sie sich in diesen Situationen auch noch Handschuhe, und wenn er darauf sagte, es falle ihm ohne hysterische Inszenierung leichter, ihr zu glauben, antwortete sie, sie könne sich Frostbeulen an den Fingern beruflich nicht leisten. Er lachte dann und sie wurde wütend.

»Jaja, Mister Eskimo«, sagte sie und löffelte ihr Ei. »Es hat sechzehn Grad plus«, sagte er, »das erträgt kein Eskimo.« Vierzehn Grad waren die Grenze. Ab vierzehn Grad frühstückte er im Freien, wenn es sein Stundenplan erlaubte. An jenen Mittwochen, an denen am Nachmittag die Kinderschutzgruppe stattfand, ließ er sich am Morgen überhaupt Zeit und ging eine Stunde später aus dem Haus. Er deckte den Tisch auf der Terrasse hinter dem Haus, kochte weiche Eier oder Rührei mit Tomate und freute sich auf ihre Gesellschaft. Meistens kam sie von selbst, mit frischen Wangen und glühenden Ohren, ein Notenblatt in der Hand. Ab und zu ging er auf Zehenspitzen in den zum Musikzimmer umgebauten ehemaligen Kuh- und Pferdestall, um ihr zuzuhören, bevor sie frühstückten. Diesmal hatte er das nicht getan. »Was hast du gespielt?«, fragte er. »Opus fünf, Nummer eins«, sagte sie, »das wärmt.« »Ah ja. Opus fünf, Nummer eins.« Er hasste es, wenn sie ihn prüfte. »Beethoven, mein Lieber. Der Herr Psychiater beschäftigt sich zu wenig mit Musik«, sagte sie. Er nahm das Ei in die Linke, rollte es in der Handfläche um die Längsachse und ließ das Messer niedersausen. Vorsichtig hob er die Kappe ab. An der Schale klebte eine winzige weiß-braune Feder. Ich beschäftige mich mit den meisten Dingen zu wenig, dachte er, mit Musik, mit Büchern, mit meinem Haus, mit meiner Frau. Wahrscheinlich wurde man Psychiater, um sich die Illusion der Beschäftigung mit allem zu erhalten, und in Wahrheit beschäftigte man sich mit gar nichts. Er streute Schnittlauch aufs Ei und mischte ihn mit dem Löffel unter den Dotter. »Warum sagst du nichts?«, fragte Irene Horn. »Ich beschäftige mich gerade mit der ganzen Welt«, antwortete er. Sie lachte kurz. Er meine damit wohl die Frage nach dem perfekten Ei. Nein, er meine die Frage nach den Gemeinsamkeiten von Betäubung und Selbstverletzung, sagte er, er meine junge Männer, die vergeblich versuchten, sich an die Decke zu hängen, und Mütter, denen das vollkommen egal sei, Hauptsache, sie hätten selbst ihre Bühne. Sie blickte ihn direkt an. »Was hast du momentan gegen mich?«, fragte sie. »Nichts«, sagte Horn, er denke einfach zu viel an Tenöre.

Mit Tobias hatten sie nicht gerechnet. Er stand plötzlich da, stützte sich mit einer Hand auf die Tischplatte, wies mit der anderen auf seinen Vater und sagte: »Du musst etwas tun.« Horn registrierte, dass er unfrisiert war, keine Socken trug und blass aussah. »Bist du krank oder was?«, fragte er.

»Nein. Aber du bist doch ein Kopfdoktor, oder?«

»Wenn du nicht krank bist, solltest du schätzungsweise seit einer halben Stunde in der Schule sein.« Horn merkte, wie er zornig wurde.

»Oder?«

»Oder was?!«

»Du. Ein Kopfdoktor? Ein Nervenarzt!?«

»Ja. Und?«

»Mimi fällt hin.«

»Was heißt das: Mimi fällt hin?«

Die Katze habe ihn ins Badezimmer begleitet, erzählte Tobias, und wie immer augenblicklich den Zahnpastatubenverschluss vom Waschbecken geklaut. Den habe sie im Kreis vor sich her getrieben, ihn schließlich ins Maul genommen und zum Sprung auf den Badewannenrand angesetzt. In diesem Moment sei sie erstarrt, wie ein Stück Holz zur Seite gekippt und liegen geblieben. Er habe erst gedacht, sie sei tot, dann aber das Zucken ihrer Schnurrbarthaare bemerkt und sie in die Flanke gestupst. Daraufhin habe sie versucht, ihn zu beißen, das Ganze allerdings total in Zeitlupe. »Und wo ist sie jetzt?«, fragte Horn. »Auf dem Ringlottenbaum«, erwiderte Tobias.

»Und was tut sie dort in einem Zustand des Nahtodes?«

»Du nimmst mich nicht ernst.«

»Ich meine, ist sie auch in Zeitlupe raufgeklettert?«

Tobias lief rot an und pochte mit den Fingerknöcheln gegen die Tischplatte. »Du bist sowas von arg!«, rief er. Die Katze habe sich rasch wieder verhalten wie üblich, sei daher wie üblich dieser Blaumeise hinterher, und die Blaumeise sei, wie üblich, schneller gewesen.

»Katzen lassen sich zur Seite fallen«, sagte Horn, »einfach so. Das kennt jeder und es hat nichts mit einer Krankheit zu tun.« Tobias funkelte ihn an. »Weißt du was? Deine Patienten tun mir leid.«

»Pass auf, was du sagst!«

»Raffael!« Horn merkte zu spät, dass er den Arm gehoben hatte. »Was ist? Schlägst du mich?«, fragte Tobias, »das scheint ja momentan in Mode zu sein.« Horn holte tief Luft. »Ich schlage dich nie«, sagte er, »das weißt du.« Tobias grinste, dann wurde er kühl. An dreimal könne er sich erinnern, sagte er, und von den Malen, die er nicht mehr wisse, brauche er ihm, dem Psychiater, wohl nichts zu erzählen. »Ein einziges Mal«, sagte Horn, »wenn überhaupt.«

»Dreimal«, sagte Tobias und beugte sich über den Tisch, »willst du wissen, wie es sich angefühlt hat?« Horn lehnte sich zurück und musterte seinen Sohn. Er erinnerte sich, wie Tobias auf dem Bett gelegen war, schlafend, den Speichelfleck vor dem Mund, und es fielen ihm die Worte ein, mit denen er den Zustand der Katze beschrieben hatte. Ohne dass er etwas dagegen tun hätte können, ging die Sache mit ihm durch. »Bist du wieder einmal bekifft?«, fragte er.

Irene Horn saß regungslos da, die Hände flach vor sich. Die Decke war ihr von den Schultern gerutscht. Auf ihrem Teller hockte eine Wespe und schnitt winzige Scheibchen aus dem Rest eines Schinkenblattes. Konfusion trat in Tobias' Gesicht, dann schien er sich völlig nach innen zu kehren. Sein Blick endete einen halben Meter vor seinem Gesicht, als er den Arm ausstreckte, Horns Ei aus dem Becher hob, es mit der Hand umschloss und zudrückte. Gelber Matsch quoll zwischen seinen Fingern hervor. Er nahm eine Serviette vom Tisch, wischte sich sorgfältig ab, zerknüllte sie und legt sie vor Horn hin. Dann wandte er sich um und ging.

Wie ein Gemälde, dachte Horn, während sein Blick über den Tisch wanderte: der Krug mit dem Orangensaft, das angebrochene Weißbrot, die zerknüllte Serviette mit den Osterhasen drauf und die Wespe, die sich eine Schinkenportion zwischen die Vorderbeine klemmte und abflog. Im Hintergrund die Wiese mit den Haselnussbüschen mittendrin, danach der Wald. In der Luft der Duft der Spirea, die rechts an der Ecke des Hauses wuchs, das Schnalzen eines Rotschwanzmännchens und ein scheppernder Motormäher. Hinter ihm waren Irenes Schritte zu hören, die sich auf das Haus zubewegten. Wespen waren um diese Jahreszeit absolut unüblich; das fiel ihm in diesem Moment ein.

Tobias war zehn gewesen, nach der vierten Volksschulklasse, und voller Energie. Er hatte Ferraris gezeichnet, Igeljunge gerettet und in der U12-Fußballmannschaft seine ersten Tore geschossen. Die Idee, ihn mit Jakob und Benny, seinen besten Freunden, auf ein Ferienlager ins Waldviertel zu schicken, war absolut logisch gewesen. Sie hatten einen Schlafsack, eine Proviantdose und eine Stirnlampe gekauft und am Ende beschlossen, Mike, den Teddybären, doch zu Hause zu lassen. Er hatte sich neben dem gepackten Rucksack schlafen gelegt, und keiner hatte auch nur im mindesten daran gedacht, dass da etwas schiefgehen könnte. Horn erhob sich.

Sie saß mit gesenktem Kopf auf ihrem halbdesolaten Bugholzstuhl und spielte eine wilde Melodie, die er nicht kannte, gestrichene und Pizzicato-Passagen in raschem Wechsel. Ab und zu kratzte der Bogen auf Holz. Er mochte das. Er blieb neben der Tür an der Wand stehen und hörte zu.

»Er kifft nicht«, sagte sie plötzlich und ließ den Arm sinken, »er kifft hundertprozentig nicht.« Spiel weiter, dachte Horn, sprich nicht, sondern spiel bitte weiter. Sie lehnte sich zurück und blickte ihn an. Was er denn davon habe, wenn er Tobias verdächtige, fragte sie, sie sei schließlich auch nicht von gestern und habe noch nie etwas bemerkt, komischen Geruch oder so. Horn dachte an die Eltern magersüchtiger Mädchen, die bis knapp vor dem Tod ihrer Töchter nichts bemerkten. Er gab keine Antwort. Sie strich einen tiefen Ton an. »Und wie meint er das mit dem Schlagen?«, fragte sie. »Kinder werden geschlagen«, sagte er.

»Werden sie das nicht ständig?«

»Nein, es ist anders. Systematischer. Und es geschieht hier.«

»Und was hast du damit zu tun?«

»Nichts. Eigentlich gar nichts«, sagte er. Sie griff wieder zum Bogen. Opus fünf, Nummer eins, fiel ihm ein, aber es war mit Sicherheit nicht von Beethoven gewesen, was er da soeben gehört hatte.

»Was macht eigentlich dein Tenor?«, fragte er im Hinausgehen. Sie sah ihn verständnislos an. »Er schont seine Stimme«, sagte sie schließlich.

Raffael Horn saß im Auto und dachte nach. Die Sache mit dem Ferienlager war eindeutig. Tobias war am Morgen im Bett gelegen, zur Seite gedreht, mit versiegeltem Mund und geballten Fäusten. Sie waren beide dagestanden, hatten an ihm gezerrt und sich gegen die Erkenntnis gewehrt, dass ihn keine Macht der Welt in irgendeine Richtung würde bewegen können. Als er dann um halb neun, fünf Minuten nach Abfahrt des Busses, aufgestanden war, sich an den Küchentisch gesetzt und gefragt hatte: »Wo ist mein Frühstück?«, waren bei ihm, Horn, die Sicherungen durchgebrannt. Er hatte ihn mit der Linken am Schopf gepackt, sich den Kopf zurechtgerückt und ihm mit der Rechten eine geknallt, links, rechts, Handfläche auf die linke Wange, Handrücken auf die rechte. Er spürte nach wie vor die Unbändigkeit der Wut von damals und er sah das Gesicht seines Sohnes vor sich, in dem kaum Überraschung oder Angst gewesen waren, sondern vor allem Verachtung und Triumph. Sie hatten danach nie darüber gesprochen, kein einziges Wort. Der Rucksack war zwei Monate lang gepackt im Kinderzimmer gestanden. Schließlich war es Irene zu blöd geworden und sie hatte ihn ausgeräumt. Horn hatte sich nie entschuldigt.

Er startete, setzte in dem Feldweg, in dem er gestanden war, einige Meter zurück und lenkte den Volvo wieder auf die Fahrbahn. Am Straßenrand blühten dort und da die ersten Margeriten. Die Sonne ließ das junge Laub der Bäume gelb aufleuchten. Die Stadt lag ausgerollt vor ihm, so, als seien die Entfernungen zwischen den einzelnen Punkten größer geworden. Die Hubschrauberlandeplattform auf dem Dach des Krankenhauses ragte über den Fluss hinaus wie ein Sprungbrett. Es ist Frühling, dachte er, ich habe einen Konflikt mit meinem Sohn und ich spreche zu wenig mit meiner Frau.

Einmal hatte sie Tobias an den Haaren gezogen. Er war vielleicht zwölf gewesen und hatte mit dem Argument, er habe sich aber Ravioli gewünscht, das Bœuf Stroganoff, das sie gekocht gehabt hatte, von seinem Teller in den Topf zurückgekippt, Reis und Salat gleich mit. Ob sie ihn jemals geschlagen hatte, wusste er nicht. Bei Michael war das anders. Wahrscheinlich ist das auch eine Art Rollenverteilung, dachte er, der eine schlägt ein Kind, der andere nicht, beim zweiten ist es umgekehrt. Eine Szene fiel ihm ein, in der Irene ihrem Zorn über Michaels Legasthenie freien Lauf gelassen hatte. Er kann nicht lesen, hatte sie gesagt, er kann nicht schreiben und wenn man ihm helfen will, schaut er einen an wie ein Frosch. Außerdem kennt er keine Noten, hatte sie halblaut angefügt und er hatte sich in diesem Moment zum ersten Mal vorgestellt, wie sie ihn schlug, wenn er selbst nicht dabei war.

Frühwald erwartete ihn unter einem Schäfchenwolkenhimmel auf dem Spitalsparkplatz. Er lehnte an seinem senfgelben Kleintransporter und rauchte. »Ich habe nicht zurückgerufen, tut mir leid«, sagte Horn. »Sie haben viel zu tun«, antwortete Frühwald und stieß sich vom Auto ab. Er war braungebrannt wie im Hochsommer. »Tanken Sie Sonne, bevor die Schwimmsaison beginnt?«, fragte Horn. »Die Schwimmsaison hat schon begonnen«, sagte Frühwald, »vor gut einer Woche.« Als Mediziner müsse er das äußerst bedenklich finden, sagte Horn, der See könne unmöglich mehr als zwölf Grad haben. »Dreizehn Komma zwei auf eins zwanzig Tiefe. Behaupten die Biologen«, sagte Frühwald. An der biologischen Beobachtungsstation war seit einem Jahr eine elektronische Messstelle eingerichtet, die Temperatur, Sauerstoffgehalt und Nitratbelastung des Sees auswies. In der Gemeinde war man anfänglich skeptisch gewesen, doch die Touristen pilgerten inzwischen hin, als atmeten sie alle mit Kiemen. Wie er die Kälte aushalte, fragte Horn, wo er doch nachgewiesenermaßen kein Pinguin sei. »Vielleicht ein Walross«, sagte Frühwald, »Walrosse haben mich immer schon fasziniert, Seeelefanten genauso. Einerseits sind sie sanfte Riesen, in die man hineinboxen möchte wie in dicken Schaumgummi, andererseits haben sie Kiefer, mit denen sie dich glatt entzweibeißen können.« Er sei mit Frank Holderegger, dem Inhaber des Wassersportgeschäftes, befreundet, erzählte er, und der borge ihm jeweils den passenden Neoprenanzug. Das sei das Geheimnis, nicht irgendeine versteckte Fettschicht um die gefährdeten Organe. Ab Ostern, wenn es nicht gerade auf Mitte März falle, reiche in der Regel ein Vier-Millimeter-Shorty und Anfang Juni habe der See dann achtzehn Grad, was Badehose bedeute. »Und jetzt?«, fragte Horn.

»Jetzt? Jetzt geht gar nichts.« Eigentlich herrschten Sechs-Millimeter-Bedingungen, sagte Frühwald, Arme und Beine bedeckt, damit bleibe er auf den vollen dreieinhalb Kilometern angenehm warm. Aber von einem *eigentlich* könne man sich bekanntlich nichts kaufen. Der Zustand seiner Frau erlaube es nicht, dass er sie länger als ein paar Minuten allein lasse, daher sei es momentan nichts mit Schwimmen. »Das macht mich unrund«, sagte er, »sehr unrund.« Er schnippte die Zigarette weg. Er schlafe schlecht, sei unfreundlich zu seiner Umgebung und habe wieder zu rauchen begonnen. Horn schaute sich um. »Und wo ist Ihre Frau jetzt?«, fragte er. »Zu Hause«, sagte Frühwald und blickte auf die Uhr, »es sind erst zwanzig Minuten. Fahren wir?«

»Was heißt: Fahren wir?«

»Ich will, dass Sie sie sehen.« Er öffnete die Beifahrertür. Horn hob abwehrend die Hand. »Sie wissen, dass das für einen Spitalsarzt nicht so einfach geht«, sagte er. »Wenn man will, geht alles«, sagte Frühwald und fasste Horn am Oberarm. Horn langte in die Jackentasche und zog sein Handy hervor. »Rufen Sie den Sicherheitsdienst?«, fragte Frühwald. Horn schüttelte den Kopf. »Ich schwimme zwar weniger als Sie, aber ich schaufle täglich Rindenmulch«, sagte er, »und angesichts meiner Reichweitenvorteile würde ich mit Ihnen auch alleine fertig, schätze ich.« Frühwald grinste und ließ los.

Herbert war dran. Nein, an der Abteilung gebe es nichts Dramatisches. Frau Hrstic sei in einem Anfall nächtlicher Verwirrtheit über ihr Steckgitter geklettert, aus dem Bett gestürzt, habe sich den Oberarm gebrochen und sei vorübergehend auf die Unfallchirurgie verlegt worden. Frau Steininger, ihre Zimmerkollegin, sei durch ihre Abwesenheit total irritiert und suche sie die ganze Zeit. Außerdem habe es jede Menge Anrufe gegeben, mehrere Zeitungen, Sabrinas Vater und die Polizei. Nein, er wisse nicht, was die Polizei gewollt habe. Die Beamtin habe gesagt, es sei nicht dringend. Ansonsten? Ansonsten das Übliche.

»Fahren wir«, sagte Horn. Frühwald atmete durch. »Danke«, sagte er.

Sie fuhren ein Stück das Achenufer entlang und hielten sich am Kreisverkehr vor der Severinbrücke in Richtung Furth Nord. Eine Zeitlang bremste sie ein Milchtankwagen. Frühwald schaltete unentwegt zwischen dem dritten und vierten Gang hin und her. Er schwieg dabei. Erst als sie unmittelbar vor den Wohnblocks östlich in eine Nebenstraße abbogen, machte er den Mund auf. »Wissen Sie, wofür ich Sie bewundere«, sagte er, ohne sich Horn zuzuwenden, »– dafür dass Sie imstande sind, sich mit Kindern zu beschäftigen.« Horn fragte nicht nach und Frühwald erklärte, er habe es in der Zeitung gelesen.

Das Haus, das sich oben auf dem Hügelscheitel hinter einer gut mannshohen Hainbuchenhecke verbarg, war ein unspektakulärer ebenerdiger Sechzigerjahre-Bungalow: L-förmiger Grundriss, ziegelgedecktes Satteldach, angebaute Garage. Wie für eine Rollstuhlfahrerin geplant, dachte Horn. »Man braucht keinen Treppenlift«, sagte Frühwald, »das ist aber auch schon der einzige Vorteil.« Die Innentüren seien zum Beispiel nur fünfundsiebzig breit gewesen und hätten daher alle ausgetauscht werden müssen; nicht zu reden vom Umbau der Sanitärräume oder von der Neuanlage der Zufahrt. Frühwald wies auf den betonierten Weg, dem sie in zwei flachen Serpentinen den Hang hinauf folgten. Einige Meter vor dem Haustor blieb er stehen und erzählte davon, welchen Dreck es mache, in einem Haus elf Türöffnungen um jeweils fünfzehn Zentimeter zu verbreitern, abgesehen von den Kosten. In diesem Moment huschte etwas über sein Gesicht. »Sie sind Arzt, oder?«, fragte er. »Ja, ich bin Arzt«, sagte Horn, »das wissen Sie.«

»Sie unterliegen der Schweigepflicht?«

Natürlich unterliege er der Schweigepflicht, sagte Horn, was denn die Frage solle. Frühwald drehte den Schlüssel im Schloss. Sie ist tot, dachte Horn, er hat sie erwürgt und will, dass ich ihr ein natürliches Ableben attestiere, einen protrahierten epileptischen Anfall zum Beispiel oder eine Lungenembolie. Frühwald wandte den Kopf. Horn griff sich an den Mund. Nicht schon wieder, dachte er. »Ich höre nichts«, sagte Frühwald, »ich schätze, sie schläft.«

Margot Frühwald lag auf dem Rücken im Bett und starrte mit weit aufgerissenen Augen vor sich hin. Im Grunde sah man von ihr nur das Gesicht, drumherum dunkelblaues Bettzeug mit silbernen Pfauenfedern. Was sich da zeige, sei lediglich eine Variante ihres derzeitigen Verhaltens, sagte ihr Mann, ansonsten brülle sie wirres Zeug oder wimmere stundenlang vor sich hin, abgesehen von ihren Anfällen. Jawohl, Plural. Sie habe während der letzten drei Tage sicher zehn epileptische Anfälle gehabt, einige von ihnen nur wenige Sekunden lang, andere drei, vier Minuten, mit Krämpfen und Blauwerden und Harnverlust, wie man sich das halt so vorstelle. Er habe ihr Diazepam verabreicht, in Tropfenform und als Rektiole, es habe aber nichts bewirkt. Horn trat auf das Bett zu. »Was tun Sie?«, fragte Frühwald und fasste erneut seinen Oberarm. »Ich möchte sie untersuchen«, sagte Horn und zog die Decke weg.

Die Gurte waren weiß, zirka acht Zentimeter breit und jeweils links und rechts am Bettrahmen fixiert. Sie griffen um die Handgelenke und besaßen runde Magnetverschlüsse. »Es ging nicht anders, tut mir leid«, sagte Frühwald und blickte zum Fenster. Auf der Stirn seiner Frau standen dicht gedrängt die Schweißperlen. Horn verstand jetzt die Frage nach der Schweigepflicht. »Öffnen Sie das Zeug«, sagte er.

Eine halbe Stunde später saßen Raffael Horn und Kurt Frühwald am Küchentisch und tranken Schnaps. Margot Frühwald war mit einem Rettungswagen unterwegs ins Krankenhaus. *Verwirrtheitszustand nach cerebralem Anfall* hatte Horn auf den Transportschein geschrieben und sie an seine eigene Abteilung zugewiesen. Seine Leute wussten Bescheid, außerdem würde er demnächst selbst dort auftauchen.

Die Lähmung nach dem Unfall habe er irgendwie hingenommen, sagte Frühwald, »jeder hat seine Bürde zu tragen«, aber dass er jetzt auch nicht mehr vernünftig mit ihr reden könne, sei unerträglich für ihn. Sie spreche von Eisenbahnfahrten, von Hedwig, ihrer Schwester, zu der sie seit Jahrzehnten keinen Kontakt mehr habe, und von einem gewissen Sylvester, den er nicht kenne. Am wenigsten halte er aus, wenn sie von den Kindern ihrer Gruppe erzähle, so, als sei nie etwas passiert, von den Ausflügen und Spielen, von *Mein rechter Platz ist leer*, von *Ball über die Schnur* und von *Wir sind die Tiere des Dschungels.* »Sie war die Liebe meines Lebens, verstehen Sie?«, sagte Frühwald, »man hat sie mir kaputtgemacht.« Er griff nach der Flasche, um nachzuschenken. Horn legte die Hand auf sein Glas. »Trinken Sie jeden Vormittag?«, fragte er. Frühwald zog eine Braue hoch. »Nur wenn ein Psychiater auf Besuch ist«, sagte er.

Sie sprachen über die Untersuchungsserie, die zu erwarten war, über die Wahrscheinlichkeit, auch längere Zeit nach einem Epiduralhämatom ein Anfallsleiden zu entwickeln, und über die Möglichkeiten der medikamentösen Behandlung. Frühwald schien mit der Zeit eine gewisse Zuversicht zurückzugewinnen. »Also: alle Befunde, ein paar Nachthemden, einen Morgenmantel, Hausschuhe, Zeitschriften. Ich werde nichts vergessen«, sagte er am Ende. Zwischendurch überlegte Horn, ihn zu fragen, wo er denn die Fixierungsgurte aufgetrieben habe, ließ es dann aber bleiben.

Horn hatte beschlossen, zu Fuß zurückzugehen. Beim Weggehen stellte er fest, dass in Frühwalds Garten der Holunder zu blühen begann und dass die junge Sommerlinde, die in der Kurve des Zufahrtsweges wuchs, ebenfalls die ersten Blüten schob. Sonst freue es ihn, wenn in einem Jahr die Vegetation früh dran sei, sagte Frühwald, wenn die wilden Krokusse durch den letzten Schnee stießen oder die blaue Clematis schon Ende Februar ihre Ranken ausfahre, aber diesmal sei ihm das völlig egal. Horn blieb am Gartentor stehen und wandte sich Frühwald zu. »Wer, glauben Sie, schlägt systematisch Kinder?«, fragte er. Frühwald überlegte. »Sie meinen diese Schwarze-Glocken-Sache?« Horn nickte. »Vielleicht so jemand wie ich.« Auf Frühwalds Gesicht lag die Andeutung eines Grinsens, als er ihm die Hand hinstreckte.

Die Beete entlang des gepflasterten Fußweges, der zwischen den Wohnblocks durchführte, waren offenbar erst jüngst mit Rosen und Buchsbaum bepflanzt worden. Der modrige Geruch frischer Blumenerde lag noch in der Luft. Zwischen den Setzlingen scharrten Amseln nach Würmern. Horn dachte an Irene, an ihre Begeisterung für den Garten und ihre Unfähigkeit, sich gegen Ungeziefer zur Wehr zu setzen. Chemische Schädlingsbekämpfungsmittel verabscheute sie, und wenn die Blattlausplage einmal so arg war, dass sie sich genötigt sah, Brennnesseljauche oder verdünnten Essig einzusetzen, wurde sie von schlechtem Gewissen gepeinigt. Als er zuletzt die Nacktschnecken, die ihre hochheiligen Zwergastern und Cosmeen auffraßen, eingesammelt und in Bier ertränkt hatte, hatte sie ihn einen Mörder genannt. Später hatte sie sich halbherzig entschuldigt und vorgeschlagen, ein Pärchen chinesischer Laufenten anzuschaffen. »Die ernähren sich von Schnecken«, hatte sie gesagt, und als er geantwortet hatte: »Wenn du das tust, ernähre ich mich von chinesischen Laufenten«, war sie erst recht beleidigt gewesen. Sie lässt mich nicht kalt, dachte Horn, sie begeistert mich, sie steckt mich in Brand; manchmal macht sie mich ganz weich, manchmal verletzt sie mich; kalt lässt sie mich nicht. Trotzdem habe ich sie noch nie *die Liebe meines Lebens* genannt, dachte er, jemand anderem gegenüber nicht und ihr gegenüber schon gar nicht. Vielleicht war das so, weil er nicht in die Situation kommen wollte, es, wie Frühwald, im Praeteritum formulieren zu müssen, oder vielleicht verlernte man als Psychiater, an derart pathetische Zustände zu glauben. »Die Liebe ist in erster Linie eine hormonelle Imbalance«, hatte Cejpek, der Oberarzt der Internen, gesagt. Christina hatte geantwortet, da sei sie aber froh, dass der Herr Oberarzt durch diese Störung nicht in Gefahr gebracht werde, und Cejpek hatte gesagt, das stimme nicht ganz, ein Sechzehnender auf einer Waldlichtung könne sein inneres Gleichgewicht auch ganz schön irritieren. Cejpek hatte eine Jagd am südwestlichen Abhang des Kammwandmassivs gepachtet und verbrachte jede freie Minute dort. Er war ein exzellenter Kenner der lokalen Fauna und schoss absolut sicher, wenn es drauf ankam. Auf Frauen ging er zu wie aufs Niederwild bei einer Treibjagd, schnell und laut, was bisher zu keinem nachhaltigen Erfolg geführt hatte. Irene sprach immer wieder von Liebe. Horn nahm das manchmal ernst, manchmal weniger, je nachdem, ob zugleich ein halbitalienischer Tenor in Sichtweite war oder nicht.

Er querte den Platz vor dem evangelischen Pfarrzentrum und nahm den Weg durch die Ettrichgasse. Meine Frau friert demonstrativ, wenn sie mit mir an einem Tisch sitzt, dachte er, mein Sohn zerquetscht mir das Frühstücksei und meine Patientinnen werden von ihren Ehemännern ans Bett gegurtet. Außerdem fällt die Katze um. Es gab Tage, an denen war es besser, nicht gesehen zu werden. Er versuchte sich auf die Dinge einzustellen, die ihn erwarteten: auf Frau Hrstics Tochter, die in einem ihrer grellen Kostüme an der Stationstür auf ihn zutrippeln und empört behaupten würde, der Sturz ihrer Mutter könne nur auf Fremdeinwirkung zurückzuführen sein; auf Sabrinas Vater, der selbst durchs Telefon auf einer Schleimspur daherkam – nimmt denn das gar kein Ende mit dieser Ritzerei, ich kann mir das nicht erklären, sagen Sie mir, was ich beitragen kann, Herr Doktor; und auf diesen Marcus mit C und der E-Gitarre, mit dem er vermutlich diesmal endlich würde reden können.

Die Siedlungshäuser hatten etwas Beruhigendes. Sie beherbergten Menschen und spielten sich nicht auf. Allerhöchstens gab es dort und da eine protzige Terrassenbrüstung oder am Gartentor den Hinweis auf eine Alarmanlage. Keine Werbeflächen, keine Schaufenster, keine Messingschilder von Arzt- oder Anwaltspraxen. In einem der Vorgärten war ein Mann mit dem Rasentrimmer unterwegs. Eine gut gepflegte Zwangsstruktur ist der Motor der europäischen Gesellschaft, dachte Horn, das Trimmen von Rasen, das Formulieren von Nahrungsmittelstandards und das Einsperren der Menschen in das Korsett eines uniformen lebenslangen Lernens. Dahinter nichts als Gier und Hass; bestenfalls waren die Akzente ein wenig verschoben: etwas mehr infantile Oralität in Italien, mehr aggressiver Narzissmus in Frankreich und in Österreich diese freundliche Variante der Bösartigkeit, die in Wahrheit nichts anderes darstellte als die Abwehr der Gewissheit einer permanenten Erektionsschwäche. »Bei uns vögelt man nicht so gerne«, hatte seine Lehranalytikerin einmal gesagt, »bei uns geht man lieber in die Kirche oder auf Elternsprechtage und hintennach macht man andere Leute fertig.«

An der Abzweigung zur Linzer Straße kam ihm ein Streifenwagen entgegen. Er dachte an die Kriminalbeamtin, die ihn zuletzt zweimal besucht hatte, erst mit Felix Szigeti, dann mit Britta, dem blonden Mädchen, dessen Familienname ihm entfallen war. Die junge Frau hatte etwas außerordentlich Beruhigendes gehabt, im Umgang mit den Kindern und überhaupt. Er stellte sich vor, wie sie hinter dem Steuer saß, anhielt, das Fenster öffnete und ihn fragte, ob er nicht mitfahren wolle. Er würde einsteigen und sie die ganze Zeit von der Seite anblicken. Als ihn der Wagen passierte, nahm er durch die Windschutzscheibe zwei Uniformierte wahr. Einer von ihnen war Töllmann, den anderen kannte er nicht. Töllmann galt als der Drogenspürhund der Further Polizei, instinktsicher im Auffinden illegaler Substanzen und unerbittlich im Zugriff. Die Junkies hassten ihn, sein Kollege Mike Dassler, der Leiter des Suchtreferates, ebenfalls. Dassler verfolgte eine gemäßigte Linie; Töllmann ignorierte es und wurde regelmäßig grob, wenn jemand beim Leeren der Taschen ein wenig zögerte. Zuletzt hatte er den dreizehnjährigen Diego Veith in Handschellen an die Abteilung gebracht, weil er nach einer Leibesvisitation gesagt hatte, er werde nicht nur seine beschissenen Eltern, sondern auch ihn, Töllmann, abstechen, sobald er Gelegenheit dazu habe. Raimund hatte Töllmann gefragt, ob denn die Fesselung bei einem Kind wirklich notwendig sei, und Töllmann hatte gesagt, das sei halt die alte Schule, außerdem sei ein dreizehnjähriger Verbrecher in erster Linie Verbrecher und nicht Kind. Horn sah plötzlich Tobias vor sich, wie er mit einem Pot-Pfeifchen zwischen den Lippen von Töllmann erwischt und in Handschellen abgeführt wurde, und er sah sich selbst einen Revolver heben und auf Töllmann anlegen. Er fühlte sich nicht schlecht dabei.

Einige Stunden später stiegen sie die Treppe zur Kinderabteilung hoch. Sie sprachen darüber, dass Margot Frühwald noch während der Aufnahmeprozedur auf P2 einen Grand-Mal-Anfall hingelegt und sich nur langsam erholt hatte, über Marcus, der seit dem Erwachen aus der Sedierung mit geschlossenen Augen auf dem Bett saß, eine Hand auf dem Corpus seiner *Dark Fire*, und kein Wort sprach, und über Sabrinas Vater. Der Mann war in einem groß gemusterten Wollsakko und einem hellgrünen Hemd vor der Abteilung auf und ab gestelzt, hatte lauthals Pseudoprofessionalität verströmt und versucht, seine Tochter zu sehen. Sabrina hatte gedroht, sich den kleinen Finger abzuschneiden, sobald man ihn hereinlasse, nicht einmal zehntausend Euro könnten sie abhalten, worauf Leonie Wittmann zu ihm hinausgegangen war und gesagt hatte, der Preis sei zehntausend Euro und selbst dann gebe es eine gewisse Unsicherheit, ob Sabrina ihn auch tatsächlich zu sich lassen werde. Hundertprozentig werde sie, hatte der Mann gesagt, und wenn er dazu mit seinem Anwalt aufkreuzen müsse, und Leonie Wittmann hatte geantwortet, er solle das ruhig tun, seine Tochter werde sich dann vermutlich auch den Ringfinger amputieren. »Der Mann riecht nach Rasierwasser und Katzenpisse, trägt das fürchterlichste Sakko der Welt und ist absolut sicher, dass ihm keiner etwas anhaben kann«, sagte Renate Mutz, die Sozialarbeiterin. »Was auch stimmt«, antwortete Christina. Kinderficker, dachte Horn, und war erstaunt über die Banalität des Wortes. Bei manchen Männern wusste man es, sobald man sie sah. Ein wenig von diesem Wissen konnte man erklären: Es war eine Mischung aus Selbstverliebtheit und Schmierigkeit, eine ausgesprochene Tendenz zum vorauseilenden Angriff plus die Reaktionsbildung als dynamisches Grundprinzip: Mit dem, was dir droht, bedrohe die anderen; mit dem Richter zum Beispiel oder mit der Polizei. Je kleiner die Kinder am Beginn der Tortur gewesen waren, desto sicherer waren die Männer: Ein missbrauchter Vierjähriger war vor Gericht später nicht mehr zu verwerten. Eine Schulanfängerin, der man lang genug sein Ding in den Mund gesteckt hatte, blieb unter Garantie bei jeder Befragung stumm. Sabrinas Vater war nur mittelsicher. »Vielleicht hole ich ihn mir«, sagte Horn. »Tu das«, sagte Christina. Ab und zu, wenn die Kinder ausreichend geschützt waren, fanden Gespräche in Horns Zimmer statt, die es danach offiziell nie gegeben hatte. Horn wusste nicht, ob sie sinnvoll waren, er fühlte sich hinterher jedenfalls besser. Wenn ihn jemand fragte, was er denn mit diesen Herren bespreche, sagte er, er bespreche gar nichts, er lasse sie lediglich bestimmte Dinge wissen. Er beginne immer mit demselben Satz: »Wissen Sie, ich bin auf dem Land aufgewachsen, inmitten einer Horde von Kindern. Wir waren in Banden organisiert und ich war immer der Stärkste.«

Das Nette am Konferenzraum der Kinderabteilung war, dass er sich in der äußersten Südwestecke des Baues befand, unmittelbar über dem Steilabfall des Hügels, und man den Eindruck hatte, er rage direkt über den Fluss hinaus. Genau gegenüber erstreckten sich oberhalb des Uferabbruches die Reste der alten Stadtmauer, mittendrin der eine gedrungene Rundturm mit dem schiefergedeckten Kegeldach, der ohne jede historische Fundierung *das Münzmacherhaus* hieß. Ein Stück westlich begann der Schilfgürtel des Achenabflusses, dahinter lag dunkelgrün der See.

Weil ich genau das sehen will, bin ich hier, dachte Horn, die Bewegungen des Schilfs, die Türme der Stiftskirche, das Münzmacherhaus, die Konglomeratschichten des Flussufers und die Silhouette der Kammwand. Den Leuten, die verächtlich etwas von Kleinbürgerlichkeit und Idylle sagten, hielt er entgegen, wer sich gegen die Idylle aufplustere, wehre in Wahrheit die eigenen Sehnsüchte nach Geborgenheit ab, er wisse das inzwischen, denn er sei seit mehr als zwanzig Jahren mit einer militanten Verfechterin der Idylle verheiratet, und außerdem gehe es ihm ausnahmsweise tatsächlich um die Oberfläche, also um den Blick auf die Dinge. Im Leben bleibe nichts ohne Folgen, sagte er, vor allem nicht das, worauf man schaue, tagtäglich und manchmal von früher Kindheit an; daher verhalte sich ein Mensch, der in einem engen Tal aufwachse und stets den Kopf heben müsse, um an einen Horizont zu gelangen, anders als zum Beispiel ein Inuit aus Grönland oder ein Mongole. Wenn dann jemand sagte, diese Ansicht werde vermutlich bei den Bewohnern enger Täler nicht besonders populär werden, antwortete er, Popularität sei in der Erklärung der menschlichen Psyche kein Kriterium.

Neben Renate Mutz und Christina war Lisbeth Schalk da, die in der Regel die testpsychologischen Untersuchungen bei Kindern machte, außerdem Strasser, der Chef der Kinderabteilung, Roman Wagner, sein Ambulanzoberarzt, und Evelyn Heimerle, seine stellvertretende Stationsschwester. Tamara Shafar, die Kindergynäkologin, kam wie immer als Letzte, versuchte mit den Fingern ihr Kraushaar zu ordnen und schimpfte halblaut über Jarovsky, ihren Chef, der sie wieder einmal für den ersten Operationsblock am Vormittag eingeteilt gehabt hatte. Dabei kannte er den Termin der Kinderschutzgruppe. Jarovsky war ein hypomanischer Chaot, aber das waren in den operativen Fächern ja viele.

Sie sei so in Fahrt, da solle sie doch bitteschön gleich den Anfang machen, sagte Wagner. Exakt auf eine derartige Bemerkung habe sie gewartet, fauchte Tamara Shafar und kramte wütend in ihren Aufzeichnungen. Wenn da nicht etwas wäre, das sie wirklich besprechen wolle, würde sie auch auf der Stelle wieder gehen. Wagner hob beschwichtigend die Hände und versprach hoch und heilig, auf pädiatrische

Spötteleien zu verzichten. Der sarkastische strohblonde Preuße stand auf die kleine ruppige Halbägypterin mit ihren Glutaugen, das sah jeder. Vermutlich sah es auch Wagners Freundin, die als Hebamme an derselben Abteilung arbeitete wie Shafar. Horn stellte sich vor, wie die beiden Frauen einander gegenüberstanden, angespannt und misstrauisch, und wie sie schließlich abdrehten, eine nach links, die andere nach rechts, ohne ein Wort. Dann blickte er zu Lisbeth Schalk, die schräg gegenüber saß, und versuchte sich Irene neben ihr vorzustellen. Es ging nicht.

Tamara Shafar berichtete von einem sechzehnjährigen Mädchen, das innerhalb eines Dreivierteljahres siebenmal bei ihr in der Ambulanz gewesen sei, jedes Mal wegen einer ausgewachsenen Vaginalinfektion. In den Abstrichen habe man verschiedene Keime gefunden, Gonokokken, Trichomonaden, Pilze – was der einschlägige Tiergarten halt so hergebe. Zusätzlich sei sie diesmal auch schwanger, zehnte Woche, soweit man das in dieser Phase sicher sagen könne. Auf die Frage nach ihrem Sexualleben habe sie den Blick gesenkt und gesagt, sie habe keins und die Schwangerschaft könne sie sich nicht erklären. Erst als sie sie gefragt habe, wie man das ihrer Mutter begreiflich machen solle, sei sie aufgewacht und habe gesagt: »Gar nicht. Sie dürfen ihr nichts sagen, von Gesetzes wegen, das weiß ich.« Als sie nachgefragt habe: »Und wenn ich's doch tue?«, habe das Mädchen gesagt: »Dann zeige ich Sie an.« Horn dachte an Sabrina, an Fehring und an all die anderen, die mit Vehemenz ihr Recht auf Selbstschädigung einforderten. Am Ende dachte er an Tobias, daran, dass er mit Sicherheit kiffte und ausnahmslos alles, was als Hilfe gemeint war, als Zumutung ablehnen würde. Wenn er derartige Geschichten hörte, Vaginalinfektion und Schwangerschaft, war er trotzdem froh, dass er zwei Söhne hatte. Christina trat ihn gegen das Schienbein. Tamara Shafar sprang auf und beugte sich weit über den Tisch. »Und glauben Sie wirklich, dass das hilfreich ist?!« Horn wich zurück. Innerhalb einer halben Sekunde begriff er. »Ich weiß, das taugt jetzt nicht als Entschuldigung«, stammelte er, »aber ich neige dazu, laut zu denken.« Tamara Shafar ließ sich in ihren Sessel fallen und warf die Arme auseinander. »Ich könnte auch mit Töchtern gut leben«, murmelte Roman Wagner. Sein Versprechen, auf blöde Bemerkungen zu verzichten, gelte aus ihrer Sicht nach wie vor, fauchte Shafar, und außerdem solle man ihr bitte endlich sagen, was sie von der Geschichte dieser Göre halten solle. »Lässt sie von sich aus jeden in sich hinein oder zwingt sie jemand dazu?« Das genau seien die beiden Möglichkeiten, sagte Renate Mutz, aber so oder so könne man gegen ihren Willen nichts tun. Sie habe ein Recht auf freie Ausübung ihrer Sexualität und könne diesbezüglich nicht vor schlechten Erfahrungen und schon gar nicht vor Besonderheiten in der Wahl ihrer Partner bewahrt werden. »*Besonderheiten in der Wahl ihrer Partner* ist gut«, sagte Strasser, »würden Sie das genau so formulieren, wenn es Ihre Tochter wäre?« Die Sozialarbeiterin gab keine Antwort. Sie halte jene Kinderärzte nicht aus, sagte sie manchmal, für die Mütter prinzipiell Analphabetinnen und Stillen und das Anlegen einer Windel medizinische Maßnahmen seien, und jene schon gar nicht, die ständig ihre eigenen Kinder ins Spiel brächten. »Gib mir ihre Telefonnummer, ich lade sie zu einem Gespräch ein«, sagte Lisbeth Schalk zu Tamara Shafar, und damit war die Angelegenheit in der Sekunde entspannt. Sie nimmt die Sache in die Hand, dachte Horn, genau so, wie sie es auf dem Bauernhof gelernt hat, auf dem sie aufgewachsen ist. Mit Wiesenblumen kennt sie sich aus, mit Schwangerschaften und möglicherweise auch damit, dass man als Mädchen ab und zu von jemandem gevögelt wird, von dem man das gar nicht will.

In der Folge berichtete Wagner von einem vierjährigen Buben, der eine Pfanne mit heißem Kokosfett vom Herd gerissen und sich großflächige Verbrennungen an der Brust zugezogen hatte, und Renate Mutz von einer Familie, die im Zustand extremer Verwahrlosung in einer ehemaligen Jagdhütte zwischen Furth und Sankt Christoph hause, Fließwasser vor der Tür, ohne Strom. Sie war dabei, die Verfassung zu schildern, in der die Kollegin vom Jugendamt die drei Kinder angetroffen hatte, speziell den Lausbefall bei der eineinhalbjährigen Jüngsten, als die Tür aufging.

Leuweritz war nicht größer als eins siebzig und lief Marathon. Das helfe einem, gelassen zu bleiben, wenn die Spitze des Zaunpfahles den Herzbeutel berühre, sagte er, außerdem sei es gut für lange Operationen und lästige Chefs. Er war erster Oberarzt an der Unfallchirurgie und von Anfang an mit Lissoni heftig im Clinch gelegen. Horn hatte ihn allerdings schon vorher gemocht. »Was sucht die Traumatologie in diesen armen Räumen?«, fragte Wagner. Leuweritz ignorierte die Bemerkung und zog ein Ambulanzblatt aus der Manteltasche. »Sen Wu«, sagte er, »achtjähriger Sohn chinesischer Eltern, geboren in Furth. Mutter Pflegehelferin, Vater Metallarbeiter. Jemand hat ihm das Schlüsselbein gebrochen.«

Elf

Die Sache mit der Osteogenesis imperfecta sei eine Zufallskoinzidenz und daher am besten gleich wieder zu vergessen, sagte Eleonore Bitterle. Keiner könne feststellen, ob das Schlüsselbein des Buben nicht auch so entzweigegangen wäre. Schlüsselbeine seien nun einmal nicht die Riesen im menschlichen Skelett. »Ich will das trotzdem verstehen!« Ludwig Kovacs war gereizt. Ständig habe man sich mit diesem Kinderkram herumzuschlagen, diffuses Zeug und medial aufgeblasen, und jetzt, wo etwas Substantielles vorhanden sei – Osteo irgendwas, Glasknochenkrankheit halt –, solle er es vergessen; er denke nicht daran.

»Gut, wenn es gewünscht wird.« Eleonore Bitterle stellte sich ans Whiteboard. An ihr war eine Lehrerin verlorengegangen, das lag auf der Hand. Wenn sie in einem ihrer Rollkragenpullis dastand, die Welt erklärte und in Graphiken und Diagramme fasste, war sie von einem hellen Leuchten umgeben. Sie erzählte von der genetisch bedingten Stoffwechselstörung, die der Glasknochenkrankheit zugrunde liege, davon, dass es da nichts zu heilen gebe, und von den verschiedenen Ausprägungen. Als Extreme existierten der Typ zwei, der mit einer Lebensfähigkeit über das erste Jahr hinaus nicht vereinbar sei, und der Typ eins, die harmloseste Variante, auf die man in der Regel zufällig stoße, zum Beispiel wenn ein Kind sich in einem relativ kurzen Zeitraum mehrere Knochen breche. Bei Sen Wu seien es innerhalb zweier Jahre der rechte Oberarm, das rechte Schienbein und die linke Speiche gewesen, daher habe man die Angelegenheit medizinisch genauer unter die Lupe genommen. Vorher habe man allerdings den Vater verdächtigt, auf die autoritären Erziehungsmethoden der Asiaten verwiesen und an Norbert Schmidinger erinnert, der seinerzeit seine fünfjährige Tochter gegen eine Wäschestange geschmettert und ihr beide Unterschenkel gebrochen hatte. »Schmidinger sitzt doch noch, oder?«, fragte Kovacs. Sabine Wieck nickte heftig.

Sie war damals schluchzend in der Besprechung gestanden, voller Ohnmacht und Wut, das sah er noch vor sich. Unmittelbar zuvor hatte sie im Krankenhaus versucht, das Mädchen zu befragen, und war auf eine Mauer aus Angst und Abwehr gestoßen. Kovacs war aus der Koordinationssitzung gestürmt, ins Auto gesprungen und geradewegs zu Erdoyan gefahren. Je mehr einem die Leute schuldeten, umso größer war der Handlungsspielraum, den man als Polizist besaß. Der Sheriff hatte sofort begriffen und lediglich gefragt, ob er in der Wahl der Methode frei sei. Schmidinger hatte einige Wochen später bei der Hauptverhandlung ein Geständnis abgelegt, glatt und ohne Gestotter; auch auf seine Lieblingsnummer mit der psychischen Krankheit hatte er verzichtet. Im Gerichtssaal waren Kovacs zwei türkisch aussehende Männer aufgefallen; einer von ihnen, mit grauem Schnurrbart, war glatzköpfig gewesen, der andere, jüngere, hatte eins dieser Keramikaugen um den Hals hängen gehabt. Schmidinger hatte sich mehrmals nach den beiden umgedreht. Kovacs selbst hatte sie nicht gekannt. Er hatte mit dem Sheriff später kein Wort über die Sache gesprochen.

»Bei voller Ausschöpfung sitzt er noch zweieinhalb Jahre«, sagte Sabine Wieck, »wir haben ihn schon gestrichen.«

»Gestrichen?« Kovacs war verwirrt. »Von unserer Liste«, sagte Eleonore Bitterle.

»Von welcher Liste? Warum weiß ich nichts davon?«

»Weil du dich nicht gern mit Kinderkram herumschlägst. Wie wir soeben hörten.«

Kovacs brummte vor sich hin. Die Geschichte mit der kleinen Schmidinger war auch ihm nahegegangen. Im Vergleich dazu erschien ihm die aktuelle Angelegenheit banal. Wer schlug Kinder? Alle. Reihum und täglich. Vielleicht nicht genau so, wie man ihn seinerzeit geschlagen hatte, mit Hosenriemen und Weidenrute, aber man tat es immer noch. Was denn auf dieser Liste stehe, fragte er schließlich.

Straftaten gegen Minderjährige, häusliche Gewalt, Anzeigen der Unfallabteilung – was einem halt dazu einfalle, sagte Sabine Wieck.

»Wie viele Verdächtige macht das?«

»Einhundertsiebzehn.«

»Na eben.«

»Was heißt *na eben*?«, fragte Wieck, und Kovacs sagte, na eben, alle schlügen ihre Kinder, auch wenn ständig das Gegenteil behauptet werde.

»Schlägst du dein Kind?«, fragte Bitterle, und Kovacs antwortete: »Das kann ich dir morgen sagen. Vielleicht.«

Eleonore Bitterle erläuterte Sen Wus Verletzung, die Schlagmarke auf der Haut, die auf einen Stock hindeute, und die Tatsache, dass das Hämatom relativ wenig ausgeprägt war, was wiederum als Zeichen für eine nicht allzu hohe Hiebstärke zu gelten habe. Zugleich könne man die Eltern als Täter wohl ausschließen, da ihnen die Krankheit des Sohnes bekannt sei und sie daher nicht aufs Schlüsselbein, sondern eher aufs Gesäß oder ins Gesicht schlagen würden. »Da hat er aber Glück, unser kleiner Chinese«, sagte Kovacs. »Du nimmst das Ganze nicht ernst«, beklagte sich Eleonore Bitterle. »Und ob«, sagte Kovacs, »was sagt er eigentlich selbst dazu?«

»Sen Wu? Der blickt zu Boden und sagt gar nichts.«

»Wie die anderen?«

»Stimmt, wie die anderen.«

Kovacs fragte, was die drei Kinder gemeinsam hätten, außer das Alter, und Eleonore Bitterle sagte, genau das sei ein Irrtum, denn hier liege ein Unterschied, keine Gemeinsamkeit. Sen Wu gehe nämlich in die zweite Klasse Volksschule und nicht in die erste wie Felix Szigeti und Britta Kern, und wer Kinder in diesem Alter kenne, wisse, dass das alles andere als egal sei. Ansonsten lebe Britta Kern mit ihrer kleinen Schwester bei der Mutter, Sen Wu mit seinen beiden Schwestern bei den Eltern, einzig Felix Szigeti sei ein Einzelkind, Ehe der Eltern aufrecht. Sen Wus Befragung durch Raffael Horn sei im Übrigen schon avisiert. »Wie bei den anderen?«, fragte Kovacs.

»Jawohl, wie bei den anderen.«

»Und was hat Horn bis jetzt herausgefunden?«

»Im Grunde nichts«, sagte Sabine Wieck. »Wofür brauchen wir ihn dann?«, fragte Kovacs.

»Weil es sich bei einem Psychiater besser macht, wenn er nichts herausfindet, als bei einem Polizisten.«

Außerdem stimme das nicht so ganz, sondern Horn habe festgestellt, dass Felix Szigeti wie auch Britta Kern nicht im engeren Sinn traumatisiert wirkten und trotzdem voller Angst, so, als seien sie verpflichtet und bedroht zugleich. Felix habe gesagt, wenn er spreche, passiere ihm das Gleiche, und Britta habe überhaupt die Lippen aufeinandergepresst und nur den Kopf geschüttelt. »*Wenn du nicht den Mund hältst, hau ich dich noch einmal, aber diesmal richtig.* Das bedeutet *das Gleiche*«, sagte Kovacs. »Ich weiß nicht«, sagte Sabine Wieck.

»Was weißt du nicht?«

»Mir ist das zu einfach.«

Die Umstände seien manchmal einfach und besonders das Schlagen von Kindern gehöre nicht zu den schwierigen Dingen im Leben, sagte Kovacs. Genau, und weil es so einfach sei, schlage man Kinder in der Regel nicht auf den Rücken, die Schultern und den Kopf, wie Felix und Britta berichtet hätten. »Kinder schlägt man überallhin«, sagte Kovacs. Außerdem wisse keiner, ob es die Wahrheit sei, was die beiden da erzählt hätten. »Dem Volksmund nach sprechen Kinder und Narren die Wahrheit«, sagte Eleonore Bitterle. Kovacs lachte laut auf. »So ein Unsinn«, rief er, »Kinder lügen, das weiß jeder. Ich habe als Kind gelogen, ihr habt gelogen und die Felixe und Brittas dieser Welt lügen auch.« »Ein abgeschlagenes Schlüsselbein lügt nicht«, sagte Eleonore Bitterle und Ludwig Kovacs fiel darauf keine Antwort ein.

Christine Strobl stand in der Tür und wirkte genervt. Es hätten sich seit dem Dienstschluss des Vortages zweiunddreißig Nachrichten auf dem Anrufbeantworter angesammelt, sagte sie, darunter eine von null Uhr siebenundzwanzig, eine von zwei Uhr neun und eine von Punkt halb vier, also sichtlich von Menschen, deren primäres Problem die Schlaflosigkeit zu sein scheine. Bei gut fünfzig Prozent der Anrufe handle es sich um völlig unkonkrete Beschuldigungen gegenüber Nachbarn oder geschiedenen Ehepartnern. Ein Mann habe zum Beispiel aufs Band gesprochen, seine Ex besitze das Format einer Glocke, kleide sich gern in

Schwarz und tendiere zur Gewalt Schwächeren gegenüber. Der Rest habe überwiegend einen rassistischen Hintergrund: die Muslime, deren Lieblingsbeschäftigung es bekanntermaßen sei, Kinder zu malträtieren – die eigenen bilde man zu Selbstmordattentätern aus und die fremden nehme man trainingshalber als Opfer, und natürlich die Chinesen, die sowieso drauf und dran seien, die Weltherrschaft an sich zu reißen. Zwei Nachrichten seien aus ihrer Sicht interessant, sagte Christine Strobl. Erstens habe jener Zwei-Uhr-neun-Anrufer, der im Übrigen einen leicht verworrenen und paranoiden Eindruck mache, gemeint, er befasse sich sein Leben lang mit Geheimbünden und es gebe jede Menge mit der Farbe Schwarz im Namen, darunter viele Blumen: die Schwarze Rose, Tulpe, Lilie, den Schwarzen Adler, den Schwarzen Wolf, sogar den Schwarzen Hamster, was er absolut infantil finde, das Schwarze Fenster, den Schwarzen Turm, den Schwarzen Sonntag und nach wie vor den Schwarzen September; die Schwarze Glocke hingegen sei ihm noch nie begegnet, aber möglicherweise handle es sich auch um eine Neugründung. Die Abfolge der Hiebe, sofern sie in den Medien korrekt wiedergegeben werde, spreche seiner Ansicht nach jedenfalls gar nicht für eine Misshandlung, sondern für ein Initiationszeremoniell, eine Art Ritterschlag. »Volltrottel«, sagte Kovacs. Frau Strobl setzte ein beleidigtes Gesicht auf: »Mir kam es interessant vor.« »Ist es auch«, sagte Sabine Wieck, »auch Horn hat von einem Gelübde gesprochen.« Als Psychiater dürfe er Derartiges straflos von sich geben, sagte Kovacs und erhob sich. Er begreife das nicht, sagte er, da würden ein paar Kinder geschlagen und im Nu sei von Gelübden die Rede und von Geheimbünden, und das Ganze doch wohl nur, um davon abzulenken, wovon er vorhin gesprochen habe, nämlich dass es alle tun, Kinder schlagen nämlich. Er werde sich jetzt entfernen und versuchen, produktiv zu sein.

Es fehle noch der zweite Punkt, sagte Christine Strobl, aber wenn es ihn nicht interessiere, könne er ruhig gehen und sie werde gemeinsam mit den anderen Damen etwas nicht Produktives tun, zum Beispiel ihre prämenstruellen Syndrome synchronisieren. »O Gott«, seufzte Kovacs und hob kapitulierend die Hände. »Wie bitte?«, fragte Sabine Wieck. »Ich erkläre es euch später«, sagte die Sekretärin. Zweitens habe also Eva Weinfurter, Sozialarbeiterin am städtischen Jugendamt, knapp nach sieben Uhr auf dem Band den vorsichtigen Hinweis hinterlassen, es könne die ermittelnde Behörde vielleicht interessieren, was das Jugendamt zum Thema Gewalt an Kindern zu erzählen habe. Sollte es tatsächlich so sein, ersuche sie um einen Rückruf. Kovacs ließ sich in seinen Sessel fallen. »Und?«, fragte er. »Was heißt *und*?«, fragte Sabine Wieck.

»Ich tu es schon«, sagte Eleonore Bitterle und wandte sich an Christine Strobl, »gib mir bitte die Nummer.« Die Sekretärin rollte die Augen und reichte ihr den Zettel. »Warum schon wieder du?«, zischte sie. »Ich liebe Listen«, sagte Bitterle laut. Sie habe die Vision einer Jugendamtsliste, die ebenfalls gut hundert mögliche Täter umfasse. Wenn man von einer gewissen Kongruenz ausgehe, bedeute das bei Abgleich der beiden Listen in Summe vielleicht hundertfünfzig Verdächtige. »Wann kommt Demski?«, fragte Kovacs. »Nie, wenn du ihn nicht zurückholst«, sagte Sabine Wieck.

»Was tut Mauritz momentan? Und wo ist Lipp?«

Mir fehlt das Durchsetzungsvermögen, dachte Kovacs, anstatt augenblicklich Demski aus Berlin zurückzubeordern, überlege ich Provisorien. Andererseits war Demski in frustriertem Zustand lediglich eine Belastung, das wussten alle.

»Lipp fährt nach wie vor Streife. Den kriegen wir wahrscheinlich, wenn du Eyltz schön bittest. Aber was sollen wir mit Mauritz tun?« Sabine Wieck deutete die Körperfülle des Kollegen an. »Egal. Gebt ihm einen Teil der Liste. Er soll seinen Chemiebaukasten zu Hause lassen und mit Menschen reden«, sagte Kovacs, »lasst ihn jedenfalls nicht auf Gerüste klettern.«

Apropos Klettern auf Gerüste: Christine Strobl wies auf Ludwig Kovacs' rechten Unterarm. Was da von seinem Verband sichtbar sei, wirke leicht vergammelt, wenn sie sich diese Bemerkung erlauben dürfe.

Kovacs musste eine Weile überlegen, wo er am Vortag den Vectra abgestellt hatte. Ich werde alt, dachte er, meine Toleranz lässt nach, bei den Kolleginnen gelte ich als Frauenfeind, ich finde, Kinder werden zu wichtig genommen, und am Ende habe ich vergessen, wo ich das Auto geparkt habe. Außerdem ist das ein versiffter, nach Zigaretten stinkender Schrotthaufen und kein Dienstwagen, dachte er und knallte die Tür zu. Er fuhr die Seestraße in Richtung Zentrum, bog nach links in die Severinstraße ein, überquerte den Fluss und nahm im Kreisverkehr die Ausfahrt nach Westen. Nach der Tankstelle stieg die Strecke ein Stück an, so dass man sich plötzlich auf einer Höhe mit den Wipfeln der Pappeln sah, die hinter der biologischen Beobachtungsstation aufragten. Der Himmel war voller winziger Wolken. Sie schienen stillzustehen und auf ein Kommando zu warten. Das beruhigte ihn. Ein Graureiher zog einen abfallenden Bogen in Richtung See.

Genau genommen hatte es in seiner Kindheit zwei Kategorien von Prügeln gegeben, die kalkulierbaren und die weniger kalkulierbaren. Die kalkulierbaren waren an schlechte Schulleistungen geknüpft gewesen, an Frechheiten oder ein Nein, wenn es dem Alten grad nicht passte. Sie wurden bis zur vierten Klasse Volksschule mit einem dünnen Weidenstock verabreicht, danach mit dem Riemen. Im Wesentlichen lief diese Art der Züchtigung bei allen seinen Freunden ähnlich, außer bei Helmut Grimm und Walter Dorner, die beide Lehrerkinder waren und anders erzogen wurden. In Summe führte sie lediglich dazu, dass die Verachtung den Eltern gegenüber so lange zunahm, bis man guten Gewissens seine Sachen packen und ausziehen konnte. Die andere Art war gefährlicher gewesen. Ab und zu war es der Mutter gelungen, ihm ein Zeichen zu geben, ein Zukneifen der Augen oder eine hastige Bewegung der Hand: *Hau um Gottes willen ab!*, meistens jedoch war die Sache ohne Ankündigung über ihn hereingebrochen. Ambidexter hießen die Menschen, die gleichermaßen links wie rechts den Stift oder den Suppenlöffel führen konnten, das wusste er von Marlene. Manchmal besaßen sie andere ungewöhnliche Begabungen, Melodien merken, Kunstpfeifen oder Telefonbücher auswendig hersagen. Sein Vater konnte beidhändig zuschlagen, hintereinander oder simultan, und man wusste selbst den Bruchteil einer Sekunde vorher nicht, von welcher Seite das Unheil zu erwarten war. Das Gefühl, wenn diese groben Hände in seinem Gesicht landeten, flach oder zur Faust geballt, konnte er nach wie vor reproduzieren, ebenso, dass das Schlimmste nicht der Schmerz gewesen war oder die Angst davor, erschlagen zu werden, sondern die bildhafte Vorstellung der väterlichen Finger: wie dick sie waren, wie aufgetrieben an den Mittelgelenken und wie unglaublich rot, röter noch als sein Gesicht. Hinterher war er an der Wand des Schuppens gehockt, das sah er auch noch genau, das Blut war ihm von der Nase getropft und es hatte ihm vor diesen Fingern gegraust. Den Blick hatte er auf den Waldrand jenseits des obersteirischen Wiesengrabens gerichtet gehabt und auf ein Reh gewartet. Es war aber nie eins gekommen.

Links tauchten die Hallen der Geflügelfarm auf. Seit Schilcher auf Bodenhaltung umgestellt hatte, wurden die Außenwände nicht mehr mit Schriftzügen verziert. Kovacs hatte die Sprüche gemocht: *Lasst die Hühner los! Mögen Sie Eier, die von nackten Sklaven gelegt werden?! Fragen Sie Schilcher, wo er sein Frühstücksei kauft!* Sein Lieblingsspruch war allerdings eindeutig *Dann doch lieber gleich Tohfu!* gewesen, *Tohfu* mit stummem h. Schilcher hatte wiederholt Anzeige wegen Sachbeschädigung und gefährlicher Drohung erstattet und über seine Kontakte zu Eyltz sogar eine spurensichernde Tatortaufnahme durchgesetzt. Mauritz war mit seinen Spezialsprays und Lumineszenzlampen angerückt, hatte sich zwei Tage lang Zeit gelassen und am Ende Schilcher unter vier Augen mitgeteilt, es fänden sich leider nur seine eigenen, Schilchers, Fingerabdrücke, was bedeute, dass angesichts des Schadenersatzbegehrens bei seiner Versicherung einzig eine Anzeige wegen versuchten Versicherungsbetruges gegen ihn selbst die Konsequenz sein könne. Daraufhin war die Angelegenheit ausgesprochen rasch zu den Akten gewandert.

Er nahm die Abzweigung nach Waiern, fuhr durch den Ort und schwenkte knapp nach der Kirche auf die alte Uferstraße in Richtung Westen ein. Das Schiebetor zu Fred Leys Bootsbauwerkstätte stand offen. Zwei weiße Katamaranrümpfe lagen aufgebockt nebeneinander, das war im Vorbeifahren zu sehen. Hier hatte Kovacs seine eigene Jolle den Winter über liegen, und wenn irgendeine Reparatur fällig war, erledigte Ley sie, ohne groß nachzufragen. Unmittelbar daneben das Vereinshaus des Segelclubs Waiern. Fred Ley war seit mehr als zwanzig Jahren Präsident. Manche Dinge folgten einer einfachen Logik. Der Zugang zum Seerestaurant, der Supermarkt, die Volksschule. Hier gab es keine schwarze Glocke, obwohl man mit Sicherheit auch in Waiern Kinder schlug. Der Landmaschinenhändler mit der völlig überdimensionierten Ausstellungsfläche, danach drei Siedlungsstraßen, die jeweils nach Norden gerichtet waren. Kovacs nahm die dritte. Die spitzgiebeligen Häuser sahen alle gleich aus, auch die Vorgärten unterschieden sich wenig: Forsythien, Flieder in Weiß und Lila, Narzissen, Traubenhyazinthen und dort und da die ersten Schwertlilien. Vor Nummer zwölf lief ein Springbrunnen mit einem Karpfen aus Beton als Wasserspeier.

Die Frau, die öffnete, hielt einen Schuhlöffel in der Hand. Kovacs starrte ihn verblüfft an. Für einen Augenblick entstand eine bizarre Lähmung zwischen den beiden. Dann sagte die Frau: »Nein, ich gehe nicht weg. Ich räume auf.« Sie trat einen Schritt zurück. Im Grund räume sie seit dem Unfall die ganze Zeit nur noch auf, sagte sie, Arbeit und Aufräumen, etwas anderes gebe es nicht. Sie arbeite in der Verwaltung des Pensionistenheims im Ort und könne Überstunden machen, so viel sie wolle. Zu Hause falle das nicht auf, da ihr Mann sowieso spät heimkomme und Leo, ihr jüngerer Sohn, derzeit mit ihr nichts zu tun haben wolle. »So, als hätte ich es getan«, sagte sie. »Was?«, fragte Kovacs, obwohl er wusste, was sie meinte.

»Na, was wohl?«

Ob das heiße, dass sie nach wie vor glaube, ihr Sohn sei vom Gerüst gestoßen worden, fragte Kovacs. Alles andere ertrage sie nicht, sagte die Frau. »Können Sie sich vorstellen, dass Ihr Kind in einer Schmierölpfütze ausrutscht und zu Tode stürzt? Oder über ein Stück Bauholz stolpert, das jemand liegengelassen hat?« Kovacs dachte an den Verband unter seinem Jackenärmel und sagte nichts.

Gerlinde Weghaupt war eine dunkelhaarige, kräftige Frau, von der man sich vorstellen konnte, dass sie sich mit drei Männern im Haus wohl fühlte. Eine, die lacht, obwohl sie alle ein wenig kompliziert sind, dachte Kovacs; eine, die den Ehemann Woche für Woche zum Rasenmähen auffordert; eine, die dafür sorgt, dass der Kühlschrank gefüllt ist und die Gemeindeabgaben rechtzeitig bezahlt werden. Nur mit der Katastrophe hatte sie nicht gerechnet. Sie ging vor ihm her. Am Beginn der Treppe ins Obergeschoß wandte sie sich um. »Im Fernsehen bieten die Angehörigen den Kommissaren immer Kaffee an«, sagte sie, »ich hoffe, Sie haben nicht damit gerechnet. Ich kann so etwas momentan nicht.« Kovacs hob abwehrend die Hände. Um Gottes willen, nein, er wisse auch, dass Demski bereits mehrmals mit ihr gesprochen habe und die ganze Sache eine Zumutung für sie sei, aber er brauche manchmal die unmittelbare Anschauung, außerdem habe er es mit den Räumen.

Die Wand neben der Treppe war voll mit Blumenaquarellen. Sie malt sie selber, dachte Kovacs. Sie sticht im Herbst den Gemüsegarten um und im Frühjahr malt sie Krokusse und Buschwindröschen. »Wo arbeitet eigentlich Ihr Mann?«, fragte Kovacs. Bei *Apollo*, einer Firma, die Leiharbeiter vermittle, sagte die Frau, während sie vor ihm die

Treppe hochstieg. Das klinge nach kargem Lohn und Ausbeutung, sei aber nicht so. Als Papiermaschinenmechaniker sei er in der Situation, sich die guten Jobs aussuchen und die Arbeit so einteilen zu können, dass an den Wochenenden und im Fasching Zeit bleibe, um zu spielen. Akkordeon, sagte sie, als Kovacs schwieg, Tanzmusik. Er spiele in einem Quartett: Akkordeon, Geige, Klarinette und Kontrabass. Sie würden aus ganz Österreich angefragt, manchmal auch aus Bayern und aus der Schweiz.

Die Frau zog einen Schlüssel aus der Tasche und schloss das Zimmer auf. Kovacs stellte sich vor, wie sie das derzeit täglich tat, wie sie von innen wieder zusperrte, obwohl sonst niemand im Haus war, und wie sie sich dann aufs Bett setzte oder an den Schreibtisch.

Über dem Bett hing das berühmte Köln-Concert-Foto von Keith Jarrett, daneben Chick Corea mit Bobby McFerrin auf einer riesigen Freiluftbühne und Friedrich Gulda auf einem Foto aus der Zeit, als er noch keine Kappe trug. »Er wollte in die Fußstapfen des Vaters treten«, sagte Kovacs. Die Frau schüttelte den Kopf. »Er hat es ernster gemeint«, sagte sie, »nicht nur Geld verdienen und so.« Kovacs trat an das nussbraune Klavier, das rechts neben dem Fenster an der Wand stand, und klappte den Deckel hoch. *Gebrüder Stingl Wien*, las er, *k&k Hof-Clavier-Fabrikanten*. Die Frau lächelte für eine Sekunde. Diesen Zwang, bei einem Klavier den Deckel hochzuklappen, habe er auch gehabt, sagte sie, in Museen habe sie das immer wieder in Schwierigkeiten gebracht, zum Beispiel in Mozarts Geburtshaus in Salzburg. Er sei noch relativ klein gewesen, habe aber die Hand sofort am Klavierdeckel gehabt und zack! Schon sei einer dieser unmöglichen Museumsaufseher dagestanden und habe *Nichts berühren, bitte!* gebellt. Kovacs drückte vorsichtig eine Taste, so dass kein Ton zu hören war. Er spürte, wie der Filz des Hammers auf die Saite traf. »Es ist aus neunzehnhundertacht, eine Wiener Mechanik. Er hat es bei einem Trödler in Ljubljana gekauft, über eBay. Letzten Sommer hat er extra einen Kurs in Klavierrestauration absolviert«, sagte die Frau. Oben auf dem Piano stand in einem goldenen Rahmen das Foto eines farbigen Mannes an einem Flügel. Thelonious Monk, sagte die Frau – er sei sein Idol gewesen, einer, für den es nichts anderes gegeben habe als die Musik. Kovacs dachte, dass er selbst von manchen Dingen ein wenig verstand, von Süßwasserfischen zum Beispiel, von der Art, in der Menschen mit Verlusten umgingen, und vom Unterschied zwischen einem Roten Riesen und einem Weißen Zwerg, von anderen hingegen gar nichts, von Blütenpflanzen im Frühling zum Beispiel, von dem, was Frauen gerne anzogen, oder von Musik. »Klavier spielt man allein, oder?«, fragte er. Die Frau blickte ihn misstrauisch an. »Ihr Kollege hat Ihnen nichts erzählt?«, fragte sie, »von der Band, meine ich?«

»Nein, das heißt, vielleicht hat er und ich habe es mir nicht gemerkt.« Manchmal lügt man und weiß nicht, warum, dachte er, man folgt einem Gefühl und kann es nicht erklären. Sie seien fünf, sagte die Frau, Gitarre, Bass, Schlagzeug, Flöte und er am Keyboard. Bei manchen Nummern habe er auch Klavier gespielt, aber das sei eher die Ausnahme gewesen. »Sie sind gut«, sagte die Frau, »er hat getextet und komponiert, sie haben vor allem eigene Nummern gespielt.« R&B, habe er gesagt, wenn man ihn nach der Art seiner Musik gefragt habe, Austro-R&B; sie selbst kenne sich da nicht so aus. Unlängst seien sie in Wien bei einer Produktionsfirma gewesen, um über ein Plattenprojekt zu sprechen. Die Sache sei zwar nicht gut gelaufen und der Mensch dort habe sie abgefertigt und nur über zu erwartenden Absatz und eine mögliche Eigenbeteiligung gesprochen, doch irgendwann werde daraus schon etwas werden, da sei sie ganz sicher. »Wie heißt sie?«, fragte Kovacs. Sie verstand nicht gleich. »Wer? Die Platte?«

»Nein, die Band. Wie heißt die Band?«

Die Frau überlegte, dann zog sie die Schultern hoch. Sie wisse es nicht, sagte sie, die Band habe schon viele Namen gehabt, am Anfang *Furth Five*, dann zum Beispiel *Stille Nacht* oder *Grobverputz*; was momentan aktuell sei, könne sie nicht sagen. Jetzt lügt sie, dachte Kovacs, keiner weiß, warum, aber sie tut es. *Weather Report* fiel ihm ein, *Attwenger* und *Manhattan Transfer*, die *Beatles*, die *Rolling Stones* und *Rammstein* und plötzlich fragte er sich, ob *Die schwarze Glocke* nicht ein hervorragender Name für eine Band wäre. Er war nahe daran, nachzufragen, tat es dann aber doch nicht.

Sie erzählte von der Familienkrise, die die Entscheidung des Sohnes, nach der fünften Klasse vom Gymnasium abzugehen und eine Maurerlehre zu beginnen, heraufbeschworen hatte, und davon, wie er für den jüngeren Bruder ein Vorbild gewesen sei, mit seiner Leidenschaft und mit seinem kritischen Verstand, den er nicht aufgegeben hatte, obwohl er Tag für Tag Ziegelmauern hochgezogen, Fundamente betoniert und Fließestriche gegossen habe. Am Ende erzählte sie noch davon, wie ihr Mann ab und zu vor dem Zimmer des Sohnes gestanden sei und gelauscht habe und wie er ihn abends im Bett erst einen Trottel genannt habe, der sich in seiner Sturheit um die Matura und um ein Universitätsstudium bringe, und dann begonnen habe, von seiner Musikalität zu schwärmen und von der Kraft seiner Liedtexte. »Krieg ich einen?«, fragte Kovacs.

»Was?«

»Einen Liedtext.«

»Nein«, sagte die Frau und klappte den Klavierdeckel zu. Ob er jetzt das gehabt habe, was er zuvor auf der Treppe gemeint habe, fragte sie. Kovacs nickte. Er denke schon, sagte er. Apropos: Er wolle ihr noch sagen, dass ihr Sohn dort oben auf dem Gerüst mit Sicherheit nicht in einer Schmierölpfütze ausgerutscht sei. Auch sei weit und breit kein Stück Bauholz herumgelegen, über das man stolpern hätte können. Beides wisse er aus persönlicher Anschauung. Die Frau blickte über seine Schulter hinweg in Richtung Tür. Sie wisse auch noch etwas, sagte sie: Ihr Sohn habe sich mit Sicherheit nicht selbst umgebracht.

Im Grunde konnte er Apotheken beinahe so wenig leiden wie Ärzte. Der Geruch verursachte ihm Übelkeit, und die Taktik, Krankheit und Verfall dadurch zu maskieren, dass man in erster Linie Lutschbonbons und Sonnenschutzcremes in die Regale stellte, war ihm sowieso zuwider. Die *Dromedarenapotheke* ertrug er einigermaßen. Das lag an den Dromedaren und an Viktoria Stich. Dromedare hatte er von Kindheit an gemocht, ihre asketische Lebenshaltung, den Stolz, mit dem sie ihren Kopf trugen, die Beine, die so endlos lang waren und trotzdem breit im Auftritt, und den Passschritt, in dem sie, wenn sie wollten, in der Wüste ein Auto überholten. Viktoria Stich mochte er auch. Die junge Frau Magister war klein, launisch, ein Homöopathiefreak und erzählte Polizistenwitze, sobald jemand der Truppe ihr Lokal betrat. »Nein«, sagte Kovacs, als er ihr Grinsen sah, »heute keine Witze und keine Globuli. Ich bin verwundet, und mein Verband ist verwahrlost. Sagen zumindest die Damen in meinem Büro.« Er schlüpfte aus der Jacke. »Stimmt«, sagte die Apothekerin, »wollen Sie nur das Material kaufen oder machen wir es gleich hier?« Kovacs war kurz irritiert, dann blickte er sich um. Außer der Apothekenhelferin, die einen Rezeptstapel abarbeitete und auf der Ablage vor dem riesigen Ladenschrank Medikamentenpackungen ordnete, war niemand im Raum. Andere haben Affären, dachte Kovacs, ich habe Frauen, die mich verbinden. Er schob den Ärmel seines Hemdes hoch. Die Apothekerin schnitt die Mullbinde auf und hob den Verband en bloc ab. »Tut es weh?«, fragte sie. Kovacs schüttelte den Kopf. Die Baumwolltücher hatten Szarahs Geheimpaste und, was an Wundsekret nachgesickert war, vollständig aufgenommen und boten ein abenteuerlich buntes Bild. Darunter lag die Kluft in Kovacs' Unterarm, glatt und trocken, mit einem dünnen Krustenbelag. »Was haben Sie denn da draufgetan?«, fragte die Apothekerin, legte die Stirn in Falten und beförderte den alten Verband mit einer Plastikpinzette in den Mist. »Eine marokkanische Gewürzmischung«, sagte Kovacs, »Chili, Kreuzkümmel, Koriander.«

»So sieht's auch aus.«

»Aber es hat gewirkt.«

Ja, sagte sie, offensichtlich. Sie habe aber, ehrlich gesagt, den Verdacht, dass er insgeheim das Aconitum C 200 eingenommen habe, das sie ihm seinerzeit gegen seine Magenkrämpfe gegeben habe. »Magenkrämpfe?«, fragte er.

»Herr Kommissar!«

»Okay, Magenkrämpfe. Vor vielen Jahren.«

Während die Apothekerin ein aluminiumbeschichtetes

Wundkissen auflegte, betrat ein schlanker, grauhaariger Mann die Apotheke. Sie grüßte ihn mit einer Handbewegung. Er blieb im Hintergrund stehen. »Wie geht es ihr?«, fragte sie. »Na ja«, sagte der Mann und schwenkte ein Rezept, »sie kriegt ein neues Neuroleptikum. Außerdem schläft sie wieder einmal nichts.« Die Apothekerin wickelte die Wundauflage mit einer selbstklebenden Mullbinde fest. Wie es überhaupt zu dieser Verletzung gekommen sei, fragte sie. Kovacs merkte, dass ihn etwas anspannte. »Sie erzählen heute bitte keine Witze und ich muss keine Geschichten erzählen«, antworte er, bezahlte und ging.

Draußen atmete er tief durch. Es ist seltsam, dachte er, ich glaube mit meiner eigenen Schlaflosigkeit gut zurechtzukommen, und wenn jemand anderer von Schlafstörungen spricht, ist es, als stünde ich vor einem Abgrund. Abgesehen davon hatte er plötzlich das Gefühl, Szarah betrogen zu haben, und zugleich eine unbändige Lust auf Sex mit Marlene.

An der Tür zum Shop hing ein Zettel: *Wegen Haushaltsauflösung heute geschlossen.* Kovacs griff zum Telefon. »Wen löst du auf?«, fragte er. »Eine Architektin, die zu ihrem Ehemann nach Finnland zieht«, antwortete Marlene. »Finnland, o Gott«, sagte Kovacs, »Finsternis, Trunksucht und Selbstmord. Und die Sauna rettet nur die wenigsten.«

»Mitternachtssonne, tausend Kilometer im Kanu und jede Menge Elchkälber«, sagte sie, »was willst du?«

»Rein in dich, wenn ich ehrlich bin.«

»Das hab ich mir gedacht.«

»Warum fragst du dann?«

»Weil ich es hören wollte.«

Im Grunde könne sie der Idee einer sexuellen Begegnung

schon etwas abgewinnen, sagte Marlene Hanke, aber da seien noch mehr als hundert Kleidungsstücke und allerhand Krimskrams; er müsse sich daher ein wenig gedulden. Hundert schwarze Rollkragenpullover, sagte Kovacs, die seien doch rasch abgewickelt, und sie antwortete, bei den Frauen unter den Architekten sei das doch ein wenig vielfältiger. Sie werde noch gut eine Stunde brauchen, dann könnten sie sich bei ihm in der Wohnung treffen. »Ich komme und helfe dir beim Kleidersortieren«, versuchte Kovacs es noch einmal. Das werde der Frau Architektin nicht gefallen, sagte sie. »Gewonnen«, sagte er, »und was tu ich jetzt eine Stunde lang?« »Geh zu Lefti oder koch dir etwas«, sagte sie und schickte ihm einen Kuss durchs Telefon. »Bestie«, sagte er und legte auf.

Er schaute eine Weile in die Auslagen des Geschäftes, auf ein pinkfarbenes Kostüm mit dem Schild *Nur zweimal getragen*, auf einen grauen Hosenanzug aus Naturseide mit der Aufschrift *Neu, kleiner Webfehler*, auf eine Reihe von Damenschuhen der Größe siebenunddreißig und auf eine Sammlung absurd pausbäckiger Porzellanfiguren der Manufaktur Hummel. Als Angebot der Woche war ein Paar Schwäne aus Muranoglas ausgestellt, der eine in Petrolgrün, der andere in Dunkelrot, angeschrieben mit dreiundzwanzig fünfzig. Die Frau, mit der ich schlafe, verdient ihr Geld mit abgetragenen Sachen und mit Kitsch, dachte er, und mich macht das auf eigenartige Weise froh.

Als er vom Rathausplatz nach Süden abbog und am Stift vorbeifuhr, sah er, dass die Granitplatten des Vorplatzes von zwei traktorartigen Poliermaschinen blankgescheuert wurden. Osterputz hatte es zuletzt in seiner Kindheit gegeben, Schmierseife und Glanzwachs, Vorhangabnahme und Rehleder, mit dem die Kinder die Fenster trockenzuwischen hatten. Die Mutter war eine Woche lang gereizt auf und ab getigert und der Vater hatte sich irgendwohin verzogen. Das war das einzig Gute dran gewesen. Yvonne hatte vom Putzen grundsätzlich nichts gehalten und Marlene tat es, wann immer es ihr passte. Er selbst beschäftigte seit zweieinhalb Jahren Sznezana, die am östlichen Ende der Walzwerksiedlung in einem der ehemaligen Arbeiterblocks wohnte und einmal pro Woche einen Vormittag lang in seine Wohnung kam. Er dachte an Gerlinde Weghaupt, daran, dass es neben Dreck auch andere Gründe fürs Putzen gab, an den verschnörkelten Schriftzug auf der Innenseite des Klavierdeckels und an die Frage, warum er die Möglichkeit eines Selbstmordes bei Florian Weghaupt von Anfang an nicht in Betracht gezogen hatte. Dann dachte er erneut an Marlene, an ihren schnoddrigen Humor, daran, dass sie nie lang böse sein konnte, und an ihre Eigenart, ganz still zu werden, wenn der Sex besonders gut war.

Am Brunnenbecken lungerten wie immer um diese Tageszeit die Schulheimkehrer herum, mittendrin Hakan, der jüngste Bruder des Sheriffs, trotz seines Rollstuhles, den er aufgrund einer angeborenen Rückenmarksfehlbildung brauchte, die größte Nachwuchshoffnung im Abschluss zweifelhafter Geschäfte, und Isabella Neulinger, das Schulgespenst. Wer ihr diesen Namen gegeben hatte, war nicht mehr zu rekonstruieren. Sie schaffte es jedenfalls, bei praktisch lückenloser Abwesenheit vom Unterricht regelmäßig positive Schularbeiten abzuliefern, hielt legendäre Referate über Suchtmittel und Kinderprostitution und entzweite auf diese Weise den Lehrkörper des Gymnasiums. Seit Töllmann sie bei einer Razzia einmal fester angefasst hatte, kommunizierte sie mit der Polizei nur noch per Mittelfinger. Kovacs ignorierte sie einfach. Er fasste das als Auszeichnung auf.

Etwas abseits kniete ein Mädchen mit einem signalgrünen Irokesenhaarschnitt auf dem Boden und warf einer jungen schwarz-weißen Katze Flaschenkapseln zu. Kovacs kannte das Mädchen nicht. Die Katze gehörte Alexander Koesten, dem Architekten, der unmittelbar unter ihm wohnte. Sie hieß Koolhaas und sprang zirka jeden zweiten Tag vom Balkon in den Wacholderbusch, der darunter wuchs. Koesten geriet dadurch jedes Mal aus dem Häuschen und verdächtigte die Menschen seiner Umgebung des Kidnappings.

Während er nach dem Schlüssel kramte, reduzierte Kovacs seinen Entscheidungsspielraum auf Omelett oder Schinken-Käse-Toast. Der Sinn stand ihm eher nach Omelett, doch es gab eine gewisse Unsicherheit bezüglich der Eier. Früher hatte er den Inhalt seines Kühlschrankes jederzeit auswendig hersagen können. Jetzt war das nicht mehr so. Ich werde alt, dachte er.

»Hallo.« Kovacs erschrak heftig. Das Mädchen mit dem grünen Iro stand schräg hinter ihm und lächelte verlegen. Es trug eine schwarze Lederjacke mit Nieten und einer aufgerissenen Schulternaht, in den Nasenflügeln mehrere Ringe und im linken Ohr einen silbernen Totenkopf. »Hallo«, sagte Kovacs, »kann ich was tun für dich?« »Papa?!«, sagte das Mädchen.

Es gab Momente, da stellte einem das Leben ein Bein, so unvermittelt, dass man die Arme nicht mehr nach vorn kriegte und der Länge nach hinknallte, voll auf die Fresse.

Bis man dann hochkam, dauerte es eine Weile. »Papa?!«, sagte das Mädchen noch einmal. Kovacs starrte abwechselnd auf den Haustorschlüssel, den er nach wie vor in der Hand hielt, und auf das Mädchen. »Was hast du mit dir gemacht?«, fragte er schließlich. »Ich habe ein wenig abgenommen«, sagte sie, »und ich bin älter geworden.« Kovacs presste die Finger auf die Augen, bevor er den Schlüssel ins Schloss steckte. »Wo ist die Katze?«, fragte er. Das Mädchen wies zum Brunnen: »Bei den anderen.«

Sie stiegen wortlos die Treppe hoch, er voran. An der Wohnungstür wandte er sich dem Mädchen zu. »Vor eineinhalb Jahren warst du ein Kartoffelsack«, sagte er, »was bist du jetzt?«

»Eine Art Punk.«

»Mit Punks kenne ich mich nicht aus. Wie lange wirst du bleiben?«

Das Mädchen lächelte erneut verlegen und zuckte mit den Schultern. »So lange ich darf«, sagte es, »es sind Osterferien.«

»Hast du Sachen mit?«

Das Mädchen nickte und wies mit dem Daumen auf eine silberfarbene Kunststofftasche mit einem roten Vulkan drauf, die es über der Schulter hängen hatte. »Ist das alles?«, fragte er.

»Mehr brauche ich nicht.«

Andere Mädchen hätten ständig jede Menge Zeugs dabei, sagte Kovacs. Sie glaube, sie gehöre nicht zu den anderen, sagte das Mädchen.

Kovacs schlüpfte aus seiner Jacke und warf sie auf den Stuhl, der im Vorzimmer stand. Dann schnürte er seine Schuhe auf. Das Mädchen stand einfach da und sah ihm zu.

»Ich möchte dich etwas fragen«, sagte er plötzlich, »und denk gut nach, bevor du antwortest. – Habe ich dich jemals geschlagen?«

Kovacs sah, wie dem Mädchen langsam Tränen in die Augen stiegen. »Du sagst so blöde Sachen«, sagte es schließlich.

Zwölf

Die Seele sitzt drei Fingerbreit unter dem Nabel. Dort stichst du mit dem Tanto senkrecht in dich, in einem Zug, bis die Spitze die Wirbelsäule berührt, führst die Klinge nach rechts, dann bogenförmig nach oben und legst, wenn du das Sprudeln in dir hörst, das Kinn an die Brust für den Hieb des Kaishaku-Nin. Alles ist eine fließende Bewegung, und in deinem Gesicht stehen nicht Angst oder Zorn noch Stolz noch Demut noch Zweifel, sondern die Welt, wie sie ist, nichts und alles.

An manchen Tagen bleibe ich einfach sitzen und schaue im Internet Sachen nach. Wenn nach einer Weile die Steinmetz in die Klasse kommt und fragend auf ihre Armbanduhr deutet, mache ich nur bitte, bitte und sie lacht und lässt mich. Ich lese über Indien im Allgemeinen, über Mumbai und Delhi, über die Strände im Westen und über die Stadt, von der ich glaube, dass sie meine ist. Manches drucke ich aus und stecke es in eine Klarsichthülle. Ich lese über Gatka, die Kampfkunst der Sikhs, über ihre Kleidung, ihre Bewegungen und die Waffen. Seit ich den Film in der roten und gelben Hülle besitze, lese ich auch über Japan und die Samurai, über das Katana, über das Wakizashi und das Tanto. Ich bin keine Sikh und keine Japanerin, also ist es egal. Ich lese über Seppuku, über die richtige Haltung, über den Dienst des Freundes und über das letzte Gedicht. Die Sache geht auf Nummer sicher, das finde ich sympathisch. Seppuku weiß, wann du tot bist. Andere wissen das nicht.

Ich komme nach Hause und die Verrückte fliegt mich an, wo ich denn schon wieder bleibe. Ich sage, auch wenn man in eine Computerklasse geht, ist es leider nicht so, dass für jeden Einzelnen ein eigener PC da ist, und da ich von meinen Eltern bis jetzt leider kein Notebook bekommen habe, bin ich manchmal die Zweite und muss länger bleiben. Sie sagt, ich bin ein verlogener Fratz und sie glaubt mir kein Wort, und ich falte die Hände vor der Brust und verbeuge mich. Sie springt auf, knallt die Tür zu und läuft davon.

Im Zimmer riecht es komisch. Ich weiß, was das bedeutet, und schaue mich um. Switi liegt nicht vor dem Bett, wo sie meistens liegt. Die Kleiderschranktür steht einen Spalt offen. Ich öffne sie ganz. Sie liegt eingerollt im untersten Fach, wie eine Katze. Sie blickt mich kurz an, dann presst sie die Augen wieder zu. Ich knie mich hin, fasse in den Schrank und ziehe sie heraus. Sie ist nass und stinkt.

Als ich mit zwei Handtüchern, einem feuchten und einem trockenen, aus dem Badezimmer komme, steht die Verrückte auf dem Gang. »Hat sie sich wieder angeschissen?«, fragt sie. Ich sage, ja, ich mach das schon. Sie sagt: »Sie ist so ein Schwein.«

Sie tut alles, was ich sage. Sie setzt sich ans Bett, sie hält die Arme hoch, damit ich ihr das Kleid ausziehen kann, sie steht auf. Die ganze Zeit hat sie die Augen geschlossen. Rund um ihre Lippen läuft ein weißer Ring, der sieht komisch aus. Ich streife ihr die Unterhose ab. Untenrum ist sie rot und braun gemischt. Ich wische ihr das alles weg. Darunter ist sie ein wenig dunkelblau. Das ist von früher. Sie ist ganz still, als ich dort herumtue. Ich sage zu ihr, ich hab für dich eine Salbe gekauft, eine Zaubersalbe, sie ist in meiner Schreibtischlade.

Während ich sie eincreme, erzähle ich ihr, wie ich in der *Dromedarenapotheke* war und zu der kleinen Frau Magister gesagt habe, meine Schwester hat eine Haut, die ist an manchen Stellen so dünn, dass sie ganz leicht wund wird, und wie sie mir dann diese Salbe in der blau-weißen Tube gegeben hat. Sie hört zu. Sie ist immer noch still. Ich sage, sie muss jetzt ein paar Minuten so stehen bleiben, damit die Salbe einziehen kann. Sie steht da und hebt zwischendurch die Arme, so, als wolle ich ihr noch einmal das Kleid ausziehen. Ich kitzle sie unter den Achseln und versuche zu lachen. Sie versucht auch zu lachen. Dann legt sie sich hin.

Ich sage zu ihr, du liegst da wie ein Siebenschläfer. Sie sagt nichts drauf, aber woher soll sie wissen, was ein Siebenschläfer ist. »Ich weiß, was sie tun«, sage ich und erzähle von dem orangefarbenen Gummischlauch, den sie dir hinten reinschieben, damit du innen drin ganz sauber bist, und dass das nach einer gewissen Zeit nichts mehr nützt, denn meistens tun sie länger mit dir rum. Ich erzähle davon, wie sie dir manchmal die Augen verbinden, wie sie selbst einen Strumpf über dem Gesicht tragen und wie nur der, den ich Bill nenne, nie maskiert ist, weil er hinter der Kamera steht und dort braucht man das nicht. Als ich davon zu sprechen beginne, wer welches Zimmer am liebsten mag, ist sie eingeschlafen. Das macht mich ein wenig verrückt. Ich fasse sie an den Haaren und sage, immer schlafen ist schlecht. Vor ihrem Mund liegt ihr grünes Manka-Ding auf dem Teppich. Ich schiebe es ganz nahe an ihre Lippen heran.

Später drehen wir eine Runde mit den Fahrrädern. Ich versuche ihr die verschiedenen Automarken beizubringen. Ich habe das Gefühl, dass Autos wichtig sein könnten, kenne aber den Grund nicht. Sie stellt sich ziemlich dumm und sagt zu allen Autos *Volvo*. Mir passt das nicht, denn gerade Volvos finde ich ein wenig hässlich. Wir fahren in Richtung Fluss und dann den Uferweg entlang, bis sie sich auf dem Schotter zu sehr plagt und umkehren möchte. Eine Weile sitzen wir da und schauen ins schäumende Wasser; die Räder liegen zu unseren Füßen. »Erzähl mir eine Pelikan-Geschichte«, sagt sie schließlich. Manchmal gehen mir die Pelikan-Geschichten ein wenig auf die Nerven, das sage ich ihr aber nicht. Ich erzähle von einem Pelikan, der zum Südpol aufbricht, weil er einen Pinguin zum Freund haben möchte. Alle raten ihm ab, weil es dort finster und kalt ist, doch er lässt sich nicht beirren. Er fliegt über Borneo und Australien und lernt ein Stachelschwein kennen und einen Wombat. Als er am Südpol anlangt, ist es tatsächlich finster und kalt. Die Pinguine wärmen ihn zwischen ihren Speckfalten und ab und zu stecken sie ihm einen Fisch in den Schnabel. Sein neuer Freund ist ganz flaumig und hat keine Ahnung von Pelikanen, aber das macht nichts. Als es nach ein paar Monaten hell wird und wärmer, hat der Pelikan genug und fliegt wieder nach Hause. »Nein«, sagt Switi. »Was heißt *nein*?«, frage ich.

»Noch einmal mit dem richtigen Schluss!«

»Was ist der richtige Schluss?«

Der Freund müsse mitfliegen, sagt sie, und als ich sage, ein Pinguin könne aber nicht fliegen, sagt sie: »Dann nimmt ihn der Pelikan auf seine Schultern.« »Oder in den Kehlsack«, sage ich. »Geht sich das aus?«, fragt sie, und ich sage, dass unglaubliche Dinge in so einem Kehlsack Platz haben.

Auf dem Rückweg hält knapp vor uns ein grauer Chevrolet und wir knallen beinahe in die Fahrertür. Ein Mann steigt aus und schimpft hinter uns her. Switi tritt heftig in die Pedale und schreit laut: »Volvo!«

Bevor unser Haus auftaucht, sage ich: »Fluchtweg Nummer eins. Ich zeig dir was.« Sie kennt sich aus und biegt an der Blumenhandlung in die Sackgasse ab. Ich überhole sie und wir fahren an den Siedlungshäusern vorbei bis zur Halle mit dem gelben Anstrich. Oberhalb des Tores erkennt man einen altmodischen dunkelroten Schriftzug: *Drahtfabrik. Sensenerzeugung. Galvanisierungsanstalt.* Ich habe einmal nachgelesen, was Galvanisierung bedeutet, habe es mir aber nicht genau gemerkt. Es funktioniert mit Strom und Säure, das weiß ich noch. Wir schieben die Räder ein Stück die Längsseite der Halle entlang und legen sie unter einem Holunderstrauch ab. Ab hier kann uns von der Straße her keiner mehr sehen.

An der Südwestecke der Halle steht auf einer Reihe von Holzbrettern eine rostige Blechtonne. Ich rücke die Tonne zur Seite und hebe drei der Bretter auf. Eine schmale Treppe führt nach unten. »Keine Angst. Drinnen ist es hell«, sage ich.

Die Halle ist innen mehrfach unterteilt, durch Ziegelwände und durch Holzplanken. Mein Raum befindet sich direkt unter einer der gefelderten Glasflächen. »Das ist meine Werkstätte«, sage ich. An der Wand stecken in einer Holzleiste vierunddreißig Sensenblätter, alle völlig verrostet. Auf der Werkbank, die sich den ganzen Raum entlangzieht, liegt eins, das nicht mehr so rostig ist. »Ich mache mir ein Hattori-Hanzo-Schwert«, sage ich, »es ist schwierig, aber ich habe Zeit.« Ich halte ihr das Sensenblatt hin und ermutige sie, es anzufassen, aber sie traut sich nicht. »Es ist noch nicht gefährlich«, sage ich. Sie legt die Arme auf den Rücken und schüttelt den Kopf. »Die Krümmung ist falsch«, sage ich, »das ist die Herausforderung. Da, wo es jetzt stumpf ist, muss es am Ende scharf sein.« Ich zeige ihr mein Werkzeug, einen Hammer und eine Feile, beide aus unserem Schuppen. »Die Feile ist zu fein«, sage ich, »ich brauche noch eine grobe Feile, jede Menge Schleifpapier und etwas, womit ich das Ding zum Glühen bringe.« Switi hört mir nur halb zu. Sie fährt mit dem Finger durch den Staub auf der Werkbank und legt dann ihre Hände hinein, so dass zwei Abdrücke zurückbleiben.

Als wir wieder zum Holunderbusch kommen, schnüffelt ein kleiner grauer Hund an unseren Fahrrädern herum. Ich kenne ihn, er gehört zum zweiten Haus nach der Blumenhandlung und heißt Findus. Switi weist mit dem Finger auf ihn und beginnt zu lachen. »Er ist ein Wombat«, sagt sie, »ich sage, er ist ein Wombat.«

Fluchtweg Nummer vier, Gegenrichtung. Den Code am Garagentor weiß ich immer. Die Verrückte hat ein Problem mit ihrer Merkfähigkeit und schreibt ihn auf Zettel; einer ist hinten an den Vorzimmerkalender geheftet. Zwei Buchstaben, drei Ziffern.

Der X6 ist weg, der Mini steht da. Wir lehnen die Räder an die Wand und gehen leise ins Haus. Man weiß nie, was ihr einfällt. Auf dem Flur bleibe ich stehen und lausche. Nichts. Wir finden sie schließlich im Wohnzimmer. Sie schnarcht. Ein Speichelbläschen bläht sich in ihrem rechten Mundwinkel. Die Medikamenten-Packung liegt vor ihr auf dem Couchtisch. »Wir können raufgehen«, sage ich zu Switi. Sie blickt zu Boden und schüttelt den Kopf. »Du musst«, sage ich.

Der, den ich Bill nenne, war früher Matratzenverkäufer.

Aus dieser Zeit kommen die Vorräte. Dann hat er die Branche gewechselt. Er sagt das überhaupt oft: »Ich habe die Branche gewechselt.« »Für mich gibt es keine Verpflichtung mehr«, das sagt er auch oft, und: »Ich mache nur noch Dinge, die sich auszahlen.« Ich glaube, das sagt er am öftesten.

Wir beginnen im Blumenzimmer. Ich ziehe die oberste der vier Matratzen vom Stapel und lege sie auf den Boden. Sie ist voll mit blassrosa Blüten. Wir knien uns drauf, pressen die Fäuste rein, legen uns hin. »Das ist eine weiche Schaumstoffmatratze«, sage ich, »gut zu reinigen, aber wenn du längere Zeit drauf schläfst, kriegst du Beschwerden in der Wirbelsäule.« Die große Matratze im gestreiften Zimmer ist eine Federkernmatratze, bei der man die Drähte spürt, wenn man sich fest drauffallen lässt. Die Matratze mit den hellblauen Punkten im weißen Zimmer ist ebenfalls eine Schaumstoffmatratze, nur dicker und fester als die geblümten. Die beiden weißen sind Naturlatexmatratzen mit Kokosfaserschichten mittendrin und einer Liegeschicht aus Baumwolle. Auf ihnen liegt man am angenehmsten, außerdem riechen sie gut. Ich zeige Switi die aufgenähten Schilder, auf denen all diese Dinge stehen. Wenn man davonkommen will, muss man sich auskennen, sage ich, und dann sage ich noch, dass sie die weißen Matratzen nehmen soll, wenn sie die Wahl hat.

Dreizehn

Elf, es bleibt dabei. Sie hat zum vierten Mal gezählt, aber sie werden nicht mehr, elf Kinder aus den ersten Klassen, sieben aus ihrer und vier aus der von Elke Bayer. Julia und Sophie, im Doppelpack wie immer, Leonhard, Stefan, Oliver, Günseli, obwohl sie Muslimin ist, und Lara mit Longbottom, ihrem Labrador-Retriever. Alle haben ordnungsgemäß einen Palmbuschen aus Weidenkätzchenzweigen, Thuje, Buchsbaum und Wacholder dabei, nur Günseli einen Strauß aus Forsythie und Flieder, aber sie muss sich mit diesen Dingen auch nicht auskennen. Julia trägt ein neues Kleid, weiß mit türkisfarbenen Streifen, und auch Stefans Walkjacke sieht neu aus. Einige andere Kinder aus ihrer Klasse stehen bei ihren Eltern im Block der Erwachsenen und werden nicht von der Hand gelassen: Kevin mit seinen unmöglichen grünen Haarsträhnen, Jacqueline und Magdalena, die Zwillinge, Therese, die wie ihre Mutter in einem großkarierten Ökokleid steckt, Philipp, dessen älterer Bruder ihn ständig in die Seite boxt, die dicke Vanessa, Britta Kern sowieso. Die Leute sind vorsichtig, denkt sie.

Der Himmel ist so blau, wie er nur im April und im Oktober sein kann. Haufenwolken fahren darüber hinweg und dahinter bleiben die Kondensstreifen der Flugzeuge ewig lang hängen. Plötzlich hat sie einen Weg im Lungau vor Augen, den sie vor Jahren einmal gegangen ist, von Alm zu Alm, im Frühling. Der Himmel ist genau gleich wie heute, auf den Lärchen wachsen hellgrün die Nadelbüschel und die lila Soldanellen beginnen eben zu blühen. Sie steht da, sieht die Murmeltiere über die Schneefelder rutschen wie Kinder und überlegt, ob es nicht doch für jeden Menschen gute Momente gibt.

Im Bogendurchgang zum ersten Hof taucht eine Abordnung des städtischen Blasorchesters auf, in lockerer Formation und ohne Marschtritt. Sie nehmen auf der Treppe vor dem Kirchenportal Aufstellung, direkt unter dem Rosettenfenster, und spielen *O When the Saints*. Michaela Klum steht in der ersten Reihe, bläst ihre Klarinette und ärgert sich vielleicht gerade, weil sie am Morgen vergessen hat, ihrer Tochter eine zu knallen.

Die Leute applaudieren, dann erscheint im Hauptportal das Vortragekreuz auf, dahinter der ganze Pulk von Ministranten und Patres, am Schluss Clemens, der Abt. Er schwebt, sagt Bauer, wenn er sich fortbewegt, hat er keinen Kontakt zum Boden. Er ist der ewigen Seligkeit ein paar Zentimeter näher als die anderen, daher ist er der Richtige für dieses Amt. Bauer selbst befindet sich zwei Reihen vor dem Abt. Aus seinem linken Ohr führt ein weißer Draht in den Halsausschnitt seines Messgewandes. Er geht bei jedem Schritt ein wenig in die Knie, so, als müsse er ständig sprungbereit sein. Sie kennt das inzwischen. Als die lange weiß-gelbe Fahne, die aus dem obersten Fenster des linken Turmes hängt, über ihren Köpfen im Wind knallt, erschrickt er heftig. Die Musik spielt *Komm, holder Lenz*. Das ist das Zeichen. Sie beginnt ihre Kinder zu ordnen.

Sie erinnert sich an ihr Einstellungsgespräch, wie Dienbacher hinter seinem Schreibtisch sitzt, mit den Fingerspitzen in einem fort auf die Platte klopft und betont, dass das zwar eine öffentliche Volksschule ist, es aber trotzdem eine äußerst enge Beziehung zum Stift gibt und man daher vom Lehrpersonal ein Mitwirken an den kirchlichen Festen erwartet, Weihnachten, Fronleichnam, Palmsonntag. Sie steht da, denkt, alle sehen, dass ich nichts kann und nichts aushalte und keine Phantasie habe und mich ständig nur mit mir und meinem Kleinscheiß beschäftige, und sagt, ja, selbstverständlich, kein Problem. Er fragt, ob sie eine Beziehung zur Religion hat, und sie lügt mit allem, was ihr zur Verfügung steht: Durchschnittlich, sagt sie, so etwa wie die meisten Menschen in diesem Land. Man geht ab und zu in die Kirche und zu Hause hängt ein Kreuz. Dienbacher nickt und schreibt irgendwas auf den Personalbogen. Sie verlässt das Büro, läuft die Treppe hinunter, schräg über den Hof in Richtung Parkplatz, steigt ins Auto, reißt die Handtasche auf, zieht das Stanley-Messer aus dem Maniküretui und schneidet sich in den Unterarm, einmal der Länge nach. Seither hat sie es nicht mehr getan.

Bei Schönwetter werde sich die Prozession in die Länge ziehen und eher zu einer Wanderung werden, hat Bauer am Vorabend gesagt, sie solle bequeme Schuhe anziehen und vielleicht ein Jausenbrot einpacken. Überhaupt sei der Sinn für mehrstündige Rituale etwas typisch Benediktinisches, man denke nur an die endlosen lateinischen Choralmessen. Mit denen habe sie keine Erfahrung, hat sie gesagt und gelacht. Sie haben Wein getrunken, über die schwarze Glocke als Motiv für die Ostereierbemalung geblödelt, und sie hat sich dabei ein wenig schlecht gefühlt. Im Bett haben sie noch *Modern Times* gehört, *Workingman's Blues No. II*, *Beyond the Horizon* und am Ende *Spirit on the Water* in Dauerschleife. Etwas Österlicheres gibt es nicht, hat er gesagt.

Der Konvoi bewegt sich in einem Schwenk nach Westen

über den Rathausplatz, auf der Severinstraße nach Norden bis vor die Brücke, östlich den Fluss entlang und in der Abt-Reginald zurück in Richtung Stift. Die Musik spielt *Ol' Man River* und *Stars and Stripes* und *Oh, What a Beautiful Morning*, was eine ziemlich überzeugende Spaziergangsatmosphäre erzeugt. Die Leute entspannen sich jetzt, lachen, tratschen und gehen aus der Reihe und Oliver beginnt mit seinem Palmbuschen den Boden zu kehren. »Hör auf damit!«, sagt sie und er zuckt zusammen. Lara bleibt plötzlich stehen, streckt den Arm zur Seite und sucht ihre Hand. »Ich bin traurig«, sagt sie.

»Warum bist du traurig?«

»Weil Susi nicht da ist.«

»Susi? War sie deine Freundin?«

»Ja, und die von Longbottom auch.«

Der Hund heißt nach Neville Longbottom aus *Harry Potter*, diesem tolpatschigen Buben, der plötzlich tanzen kann wie nur was und am Ende ein Held wird. Lara taucht nie ohne Hund auf. Die meisten Blinden benutzen einen Langstock und haben keinen Hund. Bei Lara ist das anders. Longbottom war ein paar Monate nach ihrer Geburt schon da, er war klein und sie war noch kleiner. Er hat zwar inzwischen eine Blindenhundausbildung absolviert, aber in Wahrheit sind die beiden wie Geschwister. Wenn man Lara fragt, warum sie blind ist, sagt sie: »Zu viel des Guten.« Ihre Eltern sagen das genauso. Sie war eine Frühgeburt und musste wegen eines Lungenreifeproblems ziemlich lange beatmet werden. Der Sauerstoff hat ihre Augen kaputtgemacht. So etwas kommt vor, auch heute noch. Lara sagt, da sie keine Ahnung vom Sehen hat, geht es ihr auch nicht ab. Wenn jemand *rund* sagt oder *groß* oder *spitz*, weiß sie genau, was gemeint ist, und bei *rot* oder *blond* oder *Himmel* hat sie auch eine Vorstellung. Die Kinder gehen völlig normal mit ihr um, nur Kevin sagt manchmal: »Du bist ja behindert.« Jeder, der Kevins Eltern kennt, weiß, woher das kommt.

In Wahrheit hat sie es vor allem Lara und der Tatsache, dass sie selbst ein paar Kurse in Braille absolviert hat, zu verdanken, dass sie in Furth gelandet ist, und weniger ihrer erlogenen durchschnittlichen Religiosität. »Hat Longbottom Susi gemocht?«, fragt sie. »Ja«, sagt Lara, »und beschützt hat er sie auch.« »Beschützt?«, fragt sie, »vor wem?«

»Vor allen.«

Nein, sie kennt Susi nicht aus dem Kindergarten, Susi war gar nicht im Kindergarten. Dort, wohin sie gegangen ist, gibt es keine Kindergärten. Sie fragt Lara, ob sie genau weiß, wohin Susi gegangen ist, und Lara sagt, sie weiß nur, nach Indien, zu ihren echten Eltern. »*Abholen* hat sie immer gesagt, *abholen*. Dabei hat sie gelacht.«

Die Abt-Reginald bis zum Ende, nach rechts in die Weyrer Straße, den Bibliothekstrakt entlang bis zum Ende, nach links und über die frisch polierten Granitplatten des Vorplatzes zur Kirche. Beim Hinaufsteigen über die Treppe fällt ihr etwas auf. Sie braucht einige Zeit, bis sie merkt, was es ist. Polizei.

Orgel, erst Bach, zumindest glaubt sie das, dann *Lobe den Herren*. Allerhand Gelese, über Jubel und Hosanna und grüne Zweige in den Händen der Menschen, was, konkret genommen, natürlich ein Unsinn ist, denn die Weidenzweige mit den Kätzchen sind alles andere als grün. Sie gehen nach vorn bis zur dritten Reihe. Rechts sind ihre Plätze. Dienbacher steht im Mittelgang, hat eine Art gütigen Direktorsblick aufgesetzt und achtet darauf, dass die Dinge regelrecht laufen.

Der Abt wendet sich an die Kinder. Er spricht davon, dass die Geschichte vom Leiden Jesu sehr lang, aber auch sehr spannend ist, und dass darin normale Dinge vorkommen, ein Nachtmahl mit Freunden zum Beispiel oder ein Hahn, der kräht. Er sagt, dass die Geschichte aber auch grausam ist und von Verrat handelt, von Folter und von Mord, und dass sie letztlich sehr traurig endet, so traurig, dass jedes Lachen verstummt und jede Musik, dass auch die Orgel ihr Spiel einstellt und es im Volksglauben heißt, die Glocken fliegen aus den Kirchen davon, bis nach Rom, und erst in der Osternacht, zur Feier der Auferstehung, kommen sie wieder. Sie lauscht und denkt, er schwebt wirklich, der Herr Abt, alle hängen an seinen Lippen, so, wie man es sich zum Beispiel in einer guten Unterrichtsstunde wünscht. Sie stellt sich den krähenden Hahn vor, eine traurige Orgel und den Glockenflugverkehr über dem Petersplatz, wie sie alle landen, eine Glocke nach der anderen, und Reihen bilden und wie es eng wird und tönt, wenn sie aneinanderstoßen. »Warum lachst du?«, fragt Lara, die neben ihr steht. Sie sagt: »Das siehst du doch gar nicht«, und Lara sagt: »Das sehe ich doch.« Sie gibt ihr einen kleinen Hüftstoß. Longbottom, der auf der anderen Seite sitzt, spürt das und protestiert.

Ich bin der Evangelist, hat er gesagt, nur damit du dich auskennst. Jetzt steht er tatsächlich vor dem Mikrophon und liest den Erzähltext des Matthäus. Wilhelm mit seiner Marlboro-Stimme liest die Worte des Herrn und Thomas, der aussieht wie ein Mittelschüler, aber Theologie und Geschichte fertigstudiert hat, liest, was alle anderen sagen.

Julia und Sophie tuscheln die ganze Zeit und Günseli sagt

laut: »Das ist ja urbrutal«, als dem Knecht des Hohepriesters das Ohr abgeschlagen wird. Longbottom fängt leise zu singen an.

Wilhelm hat in Summe wenig zu sagen und scheint dieses Manko durch einen besonders dramatischen Ton kompensieren zu wollen. Zum Beispiel spricht der Verräter Judas zu ihm: *Sei gegrüßt, Rabbi!* Er sagt darauf: *Freund, tu, wozu du gekommen bist!*, und man meint, Wilhelm möchte dem armen Thomas auf der Stelle zumindest einen Hammer und ein paar Nägel in die Hand drücken.

Sie merkt, wie sie diese pathetische Männergeschichte mit nichts als Hohepriestern und Ältesten und diesem feigen Arsch von Pilatus zunehmend anspannt. Ihre Knie zucken und etwas zwingt sie, die Handtasche ständig auf und zu zu machen. »Hinter dir sitzt Elisabeth Vock aus der Zwei A«, sagt Lara, als sie sich zum dritten Mal umdreht. »Danke«, flüstert sie Lara ins Ohr, »aber ich glaube, ich muss demnächst aufs Klo.« Sie versucht sich noch einmal die fliegenden Glocken vorzustellen, um sich abzulenken, doch es gelingt nicht. Etwas sitzt ihr im Nacken.

Bauer liest das *Eli, Eli, lema sabachthani* ganz wunderbar, ein wenig beiläufig und trotzdem eindringlich, das bekommt sie am Rand noch mit. Als Jesus schließlich stirbt und für eine kurze Weile Stille eintritt, befindet sie sich schon hinten unter der Orgelempore, und als sich die Felsen spalten und im Tempel von Jerusalem der Vorhang von oben bis unten entzweireißt, stürzt sie ins Licht hinaus, über und über voller Schweiß. Ein junger Polizist in Uniform tritt auf sie zu und fragt besorgt, ob er ihr helfen kann. Sie schüttelt den Kopf. »Danke«, sagt sie, »mir ist nur schlecht vom Weihrauch.«

Sie sitzt auf der Treppe, als er etwas später herauskommt, im Messgewand, einen Kelch in der Hand. »Spinnst du?!«, fragt sie. »Ja«, sagt er, »das weißt du doch.« Er setzt sich neben sie und fragt, ob sie vielleicht unterzuckert sei; er könne mit zirka zwanzig Deka Hostien aushelfen. Er ist verrückt, denkt sie, aber er kümmert sich um mich. »Fehlst du denen nicht?«, fragt sie. Nein, sagt er, es habe gerade die Kommunionspende begonnen, da falle es nicht auf, wenn er ein paar Minuten weg sei. Er stellt den Kelch ab, lehnt sich zurück und singt leise: *I'm pale as a ghost / Holding a blossom on a stem / You ever seen a ghost? No / But you have heard of them.*

»Manchmal kommen die alten Dinge wieder, einfach so«, sagt sie, »ich kann nichts dagegen tun.«. Er streicht mit seiner Hand über ihren Nacken. »Genau hier«, sagt sie, »genau hier blasen sie mich kalt an.« »Ich weiß«, sagt er.

Eine Weile sprechen sie gar nichts, dann fragt sie ihn, ob Kirchenglocken Landeklappen besitzen. Er lacht laut auf und hilft ihr auf die Beine. Kurz vor dem Portal bleibt er stehen. Er habe da drin auch eine Art Déjà-vu erlebt, sagt er, viel harmloser als das ihre. Auf der rechten Seite, im hinteren Drittel, habe er jemanden gesehen, der kurze Zeit bei ihnen im Kloster gewesen sei. Der Mann sei allerdings bald wieder rausgeflogen, weil er so viel gestohlen habe.

Super, denkt sie, als sie sich im Mittelgang an den Menschen vorbeidrückt, einer hört Stimmen, der andere stiehlt, und irgendwo da vorne singt ein Hund.

Vierzehn

Im Sozialraum gluckerte die Kaffeemaschine, es roch nach Vanille und Vessy lachte. Auf dem Tisch stand ein Strauß mit Glockenblumen, Schafgarbe und wildem Hafer. Manche Dinge passten auf seltsame Weise zusammen. »Was ist?«, fragte Herbert. Vessy konnte noch nicht. Eine russische Psychiatrieschwester, die ansonsten mürrisch ist wie ein Bär, sitzt da und scheppert vor Lachen, dachte Horn, es scheint ein guter Vormittag zu werden. Er schnupperte und fragte, woher der Vanillegeruch stamme. Herbert schnupperte ebenfalls und grinste: »Welcher Vanillegeruch?« Die Tochter von Frau Steininger habe eine Ladung frischer Blätterteigcremeschnitten mitgebracht, als Dank für die gute Betreuung ihrer Mutter, in Wahrheit vermutlich aus purer Konkurrenz mit der Tochter von Frau Hrstic, die es sichtlich nicht so habe mit selbstgemachten Mehlspeisen. »Und?«, fragte Horn und blickte sich um. Herbert klopfte auf seinen Bauch und sagte, es tue ihm leid, aber es seien insgesamt acht Personen bei der Dienstübergabe gesessen, Herr Doktor Hrachovec sei immer ziemlich hungrig, und er selbst gehe am Morgen auch meistens ohne Frühstück aus dem Haus. »Meine Abteilung gibt mir nichts zu essen«, jammerte Horn. »Ein Psychiater ruft nach Parentifizierung, das geht nicht«, sagte Leonie Wittmann, die eben bei der Tür hereinkam. Wie sie das meine, fragte Horn, und sie antwortete, Eltern hätten ihre Kinder zu versorgen und nicht umgekehrt.

»Es ist wegen Frau Müllner«, sagte Vessy, die sich inzwischen beruhigt hatte und die Augen wischte. »Aber die ist ja gar nicht da«, sagte Horn. »Doch«, sagte Vessy, »die ist andauernd da.« Dorothea Müllner komme nicht nur brav zu ihren Ambulanzterminen, sondern tauche auch zwischendurch immer wieder auf, völlig lautlos und unbemerkt, gebe vor, eine der dementen Damen zu besuchen, und suche dabei Kontakt zum Pflegepersonal, genau genommen zu den Männern, zu Herbert, zu Raimund und zu Günther. »Heute früh hat sie Günther einen Orden verliehen«, sagte Vessy.

»Einen was?«

»Einen Orden.« Sie habe ihn nach der Übergabe abgepasst, sei auf ihn zu und habe ihn gefragt, wo er gedient habe. Er habe die Hacken zusammengeschlagen, habe gesagt, Pflegeheim Leoben, Rollstuhlfahren, Kackeputzen, und sie habe daraufhin ihre Handtasche geöffnet, einen Orden hervorgezogen, ihn an seine Brust genadelt und gesagt: »Jetzt sind Sie mein Soldat, Herr Günther.« Günther habe salutiert und sich bedankt und dann versucht, ihr den Orden zurückzugeben, doch sie habe auf der Stelle bitterlich zu weinen begonnen. »Das war ihr total ernst«, sagte Vessy. Leonie Wittmann sagte, natürlich sei es ihr ernst gewesen, was sonst, und Vessy fragte, ob sie jetzt wegen ihres Lachens ein schlechtes Gewissen haben müsse. »Über Ihr Gewissen verfügen nur Sie, Schwester Vesselina«, sagte Leonie Wittmann, und Horn dachte, dass wahrscheinlich nur der tiefste Ernst wirklich lustig war.

Er stellte sich vor, wie die kleine, runde Frau nach dem Tod ihres Ehemanns mit aller Kraft versuchte, sein Andenken hochzuhalten, wie sie die Schaukästen mit den Käfern abstaubte und die Chemikalien aufbewahrte und wie das alles nichts nützte, sondern ihr Vater übermächtig auferstand, der Soldat, und sie an der Hand nahm und sagte: Na siehst du, das war doch alles total lächerlich.

»Das heißt, Günther läuft jetzt mit einem Orden durch die Zimmer?«, fragte Horn, und Herbert sagte, ja, und dabei pfeife er die italienische Hymne. Das sei ein bisschen nervig.

»Was pfeift er?!«

»Die italienische Nationalhymne«, wiederholte Herbert, *Fratehelli d'Italia*, das einzige Lied, das er kenne, was ein bisschen militärisch klinge. Außerdem stehe er auf Juventus Turin, das sei doch ebenfalls eine ältere Dame, und schon passe alles wieder zusammen.

Horn schenkte Kaffee ein. Um keinen Parentifizierungsverdacht aufkommen zu lassen, sagte er. Herbert erzählte, Marcus spiele inzwischen hin und wieder auf seiner Gitarre, unplugged und sogar, wenn er bei ihm im Zimmer sei. Er spreche über sein Holzbau-Studium, wie viel Theorie da gelehrt werde und wie wenig Sägen, Fräsen und Hobeln, und einmal habe er einen Satz über seine Mutter gesagt: *Ich weiß nicht, wo die lebt.* Die Bezugsbetreuung funktioniere objektiv gut, und trotzdem habe er das Gefühl, dass es da noch irgendwas gebe. »Das Unausgesprochene ist immer das Wirksame«, sagte Leonie Wittmann und rührte Zucker in ihren Kaffee.

Friedrich Helm war am Vortag mit normalen Nierenwerten entlassen worden, Johanna Seidler, eine depressive Bäuerin aus Sankt Christoph, fühlte sich weniger schuld an der Krebserkrankung ihrer Mutter und Leo Schaupp, pensionierter Schulwart aus Furth, war zum ersten Mal seit langem ohne die Gewissheit eines nächtlichen Herzinfarktes eingeschlafen. Bei Margot Frühwald hatte die Anfallshäufigkeit deutlich nachgelassen und Sabrina hatte seit mehr als achtundvierzig Stunden auf nennenswerte Blutbäder verzichtet. »Was machst du mit ihr?«, fragte Horn. »Wir arbeiten an der Struktur«, sagte Leonie Wittmann.

»Was heißt das?«

»Ich sitze in den Stunden und sie kommt nicht.«

»Und du ärgerst dich?«

Ja, das auch, aber das sei nicht so wichtig. Sondern, fragte er, was sei wichtig.

»Dass ich einfach dasitze und es einen Ort gibt, an dem sie sein könnte, real und in mir, das ist wichtig«, sagte Leonie Wittmann. Manche Menschen haben viel Platz in sich, dachte Horn, und andere gar keinen, in manche kannst du dich hineinbegeben und dir eine Ecke aussuchen und dich hinlegen, und bei manchen sieht es von außen schon so eng aus, dass du lieber gleich wieder kehrtmachst. Er war nah dran, zu fragen, welche Rolle ihre Tochter spiele, wenn sie mit jemandem wie Sabrina arbeite, dann fielen ihm aber die Gerüchte um die Verpackungsmüllskulpturen ein und er ließ es bleiben. Sie interessiert mich, dachte er, und sie gibt nichts preis, ich möchte wissen, was sie zum Frühstück isst, ob sie eine Katze hat oder eine Schildkröte, und sie sagt nichts. Eigentlich möchte ich auch wissen, wie es sich anfühlt, einen Mund mit solchen Zähnen zu küssen, dachte er und hielt sich zur Sicherheit einen Finger an die Lippen. Sie grinste trotzdem.

Alle seien da, sagte Andrea Emler, und wenn sie Kameras um den Hals hätten, könnte man sie glatt für eine japanische Touristengruppe halten. Chinesen, sagte Horn, es handle sich um Chinesen, und Andrea Emler sagte, Chinesen, Japaner, Koreaner – für sie seien die alle gleich und in Stückzahlen von mehr als fünf schlecht auszuhalten. Mir geht es genauso, dachte Horn, aber ich sag's nicht. Obendrein waren es geradeaus fünf und nicht mehr, die da im Ambulanzbereich warteten, plus als Zugabe ein mächtiger Mann, den er nicht kannte, jedenfalls eindeutig kein Chinese.

Sie habe gedacht, er wolle vielleicht mit der ganzen Familie sprechen, sagte die Frau, die als Erste auf Horn zukam, außerdem habe ihr Sohn zwar inzwischen eine gewisse Routine im Umgang mit Ärzten und Spitälern, aber unter einem Psychiater habe er sich nichts Rechtes vorstellen können, sie selbst, ehrlich gesagt, auch nicht. »Psychiater sind eigenartig«, sagte Horn, »sie tragen keine weißen Mäntel, daher erkennt man sie nicht, sie wollen alles wissen und wenn man sie etwas fragt, sagen sie entweder gar nichts oder *Ich fürchte, mit dieser Unsicherheit werden sie leben müssen.*« Die beiden Mädchen tuschelten, während der Mann zögerlich an die Seite seiner Frau trat. Er versuchte ein Lächeln und streckte Horn die Hand hin. Der Bub blieb sitzen und schaute zum Fenster hinaus. Er trug den linken Arm abgewinkelt in einem Gilchrist-Verband. Sie haben kaum etwas von Touristen, das ist gut, dachte Horn, nichts Lautes und eine nur minimale Tendenz, den Anderen über den Haufen zu rennen. Der Mann im Hintergrund erhob sich. Er war noch riesenhafter, als es ursprünglich den Anschein gehabt hatte. »Sie sind größer als ich«, sagte Horn, »und ich bin fast eins neunzig.« »Tut mir leid«, sagte der Mann. Er heiße Mauritz, sei an und für sich Leiter und einziges ständiges Mitglied der hiesigen Spurensicherung. Er ersetze ausnahmsweise die Frau Kollegin Wieck, die durch die schwarze Glocke extrem ausgelastet sei. Mit Kindern kenne er sich ein wenig aus, auch wenn sein eigener Sohn nicht einmal noch ein Jahr alt sei. Mit Sen, der diesbezüglich sehr interessiert sei, habe er übrigens ausgemacht, ihm demnächst seine kriminaltechnische Hexenküche zu zeigen. »Ich habe den kleinen Sohn vom Herrn Inspektor schon gesehen, weil die Frau vom Herrn Inspektor ist meine Chefin«, sagte Frau Wu und strahlte. Der große Inspektor zuckte mit den Schultern. Es stimme leider, sagte er. Seine Frau sei die Leiterin der mobilen Altenbetreuung der Stadt und Frau Wu arbeite dort als Pflegehelferin. Die Frau Elisabeth sei eine super Chefin, sagte Frau Wu, und der kleine Nikolaus ein entzückender Bub, von dem man noch nicht sagen könne, wem er ähnlich schaue. »Meiner Frau, Gott sei Dank«, unterbrach der Inspektor, »diese Menschen sind sowas von höflich.« In den verrücktesten Situationen wird die Idylle geboren, dachte Horn; seine Frau ist ihre Chefin, sie findet seinen Sohn süß und die beiden Männer haben die gleiche Igelfrisur. Sogar der Größenunterschied zwischen dem Inspektor und Herrn und Frau Wu kam ihm plötzlich gering vor.

Während Horn mit dem Inspektor und dem Buben zu seinem Zimmer ging, fiel ihm ein Satz ein, den er wegen seiner hysterischen Symbolik eigentlich nicht mochte: *Das macht keinen schlanken Fuß.* »Finde ich auch«, sagte der Inspektor. Während er lachte, bebte sein Bauch.

Horn ertappte sich dabei, wie er dem Buben in die Augen starrte. »Wollen Sie sie genauer sehen?«, fragte der Bub und schob seinen Stuhl näher an den Schreibtisch heran. »Nein«, sagte Horn, »nein, entschuldige.« »Alle wollen meine Augen sehen«, sagte der Bub, »alle sagen dann, nicht so häufig beim Typ eins.« Er spreizte die Lider seines rechten Auges mit Daumen und Zeigefinger. »Danke, ich hab's schon gesehen«, sagte Horn und lehnte sich zurück. Es ist wie im Lehrbuch, dachte er, er hat tatsächlich blaue Skleren, die dunkelbraune Iris, wie erwartet, und drum herum knallblaue Bindehäute, als wär's ein Fabrikationsfehler. »Mir hat er's auch gezeigt«, sagte der Inspektor, »ich finde, es sieht super aus, wie bei einem Alien.«

»Tut es eigentlich weh?«, fragte Horn und deutete auf Sen Wus Schulter. Der Bub schüttelte den Kopf. Es habe nie wehgetan, außer in der allerersten Nacht, beim Umdrehen im Schlaf.

»Und jetzt hilft dir der Verband?«

»Ja«, sagte der Bub und nickte heftig. Der Arzt habe gesagt, dass es bei ihm besonders wichtig sei, in der Schlaufe zu bleiben. »Und du verstehst, warum?«, fragte Horn. »Wegen der Kollagen-Tripelhelix«, sagte der Bub und schaute ihn treuherzig an. Er ist ein achtjähriger Herr Oberschlau, dachte Horn, kennt sich aus mit den Grundlagen seiner Krankheit und tut trotzdem, was alle Kinder mit einem Gilchrist-Verband tun – wenn's ihm passt, schlüpft er aus der Schlaufe. Er fragte den Buben, ob er in der Schule gut sei und wofür er sich besonders interessiere, und der Bub sagte, erstens glaube er schon, dass er gut sei, und zweitens für Geographie. Ja, er sei schon zweimal im Ausland gewesen, in Kroatien und in Ungarn, am Plattensee habe es ihm besonders gut gefallen, da sei er auch bei Wellen mit dem Tretboot hinausgefahren. Nach China werde er vielleicht nächstes Jahr fahren, vielleicht übernächstes, zu den Großeltern und zu den Schwestern des Vaters, die Mutter habe nämlich keine Geschwister. Bis jetzt sei diese Reise nicht möglich gewesen, für fünf Personen koste das eine Menge Geld. »Was ist die Hauptstadt Dänemarks?«, fragte der Inspektor von hinten. »Kopenhagen«, sagte der Bub.

»Und die von Portugal?«

»Lissabon.«

»Der längste Fluss der Welt?«

»Der Amazonas.«

»Der höchste Berg Nordamerikas?«

Für Berge interessiere er sich nicht so, sagte der Bub, ob das etwas ausmache. Nein, im Gegenteil, sagte der Inspektor, je weniger Berge, desto besser. Was denn die tiefste Stelle in den Weltmeeren sei. »Der Marianengraben«, sagte der Bub, aber das sei noch nicht ganz sicher, denn in den Ozeanen werde noch ständig gemessen. Die Stadt mit den meisten Einwohnern? Mexiko City. Der längste Fluss Afrikas? Der Nil. Die größte Stadt Asiens? Das sei leicht – Shanghai. Und, eine schwierige Hauptstadtfrage, jene Australiens? Auch leicht – Canberra. Na dann, die schwierigste aller Hauptstadtfragen – jene von Florida. Der Bub überlegte. Die echte Hauptstadt sei in diesem Fall Washington, sagte er, aber das meine er mit Sicherheit nicht. »Nein«, sagte der Inspektor, »die Hauptstadt des Bundesstaates Florida.« Miami, Orlando, Tampa, dachte Horn. Er stellte sich diesen enormen Mann als Achtjährigen vor, wie er über dem Atlas und dem Lexikon saß und Hauptstädte auswendig lernte, und am nächsten Tag nannten sie ihn in der Schule wieder Streber und Schleimi und wählten ihn als Letzten in die Fußballmannschaft. »Tallahassee«, sagte der Bub. »Nein!« Der Inspektor ließ sich in seinen Stuhl zurückfallen. Er fasse es nicht, kaum habe der Bengel lesen gelernt, schon kenne er Tallahassee. Der Bub blickte verlegen auf den Tisch. Horn war sicher, dass er nicht erst unlängst lesen gelernt hatte.

Er frage sich, ob ein Bub, der von Tallahassee und Canberra und dem Amazonas wisse, also zumindest in die dritte Klasse gehörte, Kinder aus der ersten überhaupt kenne, Felix Szigeti zum Beispiel und Britta Kern, sagte Horn. Ja, sagte der Bub, Felix wohne auch ganz in seiner Nähe, und gemeinsam hätten sie unlängst Hermine, das Perlhuhn des Schrotthändlers Hrdlicka, das nicht nur zahm, sondern auch ein wenig dumm sei, vor einem fremden Hund gerettet. »Der es fressen wollte?«, fragte Horn. »Vielleicht«, sagte der Bub. Er, Sen, wisse sicher auch, sagte Horn, dass Felix und Britta etwas Ähnliches passiert sei wie ihm selbst, natürlich nicht ganz so arg, denn den beiden habe man keinen Knochen gebrochen. Der Bub nickte. Ob er jemals mit ihnen darüber gesprochen habe. Nein, noch nicht, sagte der Bub. »Was heißt *noch nicht*?«, fragte Horn.

»Vielleicht werde ich.«

Horn wies auf den dicken Inspektor und sich. »Und mit uns?«

Der Bub schloss die Augen und schüttelte den Kopf. »Nicht.«

»Warum nicht?«

»Weil mir sonst das Gleiche passiert.«

»Das Gleiche? Welches Gleiche?«

»Was ich gesehen habe.«

»Was hast du gesehen?«

Das dürfe er nicht sagen.

»Weil es dir sonst auch passiert?«

»Genau.«

Und wenn er mit Felix oder Britta spreche, passiere ihm das nicht?

»Ich glaube, nicht.«

»Warum nicht?«

»Weil die dazugehören.«

»Wo gehören sie dazu?«

Der Bub schluckte und sagte nichts. Er ist nicht so cool wie Felix Szigeti und nicht so verstockt wie Britta Kern, dachte Horn, bei ihm ist die Angst am spürbarsten. Horn stand auf und holte einen Zeichenblock und Buntstifte aus dem Schrank mit dem Therapiematerial. So ein Gespräch sei wie eine Turnstunde, erklärte er, zwischendurch brauche man ein wenig Auflockerung. Der Inspektor hob die Hand. »Haben Sie für mich auch einen Stift, mein Kuli gibt den Geist auf«, sagte er. Horn warf ihm einen Faserschreiber zu.

»Zeichnest du gerne?«, fragte er. »Geht so«, sagte der Bub.

»Einen Baum vielleicht?«

»Vielleicht ein Aquarium?« Der Bub blickte Horn prüfend an. »Ist das ein Trick?«, fragte er. Nein, das sei kein Trick und ein Aquarium sei wunderbar. Horn setzte sich wieder an den Tisch und schob dem Buben Papier und Stifte hin. Der Bub klappte die Buntstiftschachtel auf und drehte den Zeichenblock einmal rundherum. Dann saß er starr da. »Brauchst du noch etwas?«, fragte Horn. Der Bub schüttelte den Kopf. Es müsse kein Aquarium sein, sagte Horn, er könne auch ein Haus zeichnen, einen Dinosaurier oder einen Tiger. »Oder vielleicht doch einen Baum«, sagte der Inspektor. Der Bub begann die Buntstifte nebeneinander aufzulegen. »Das ist es nicht«, sagte er.

»Sondern?«

Es sei wegen seiner OI eins, wegen der Kollagen-Tripelhelix. Jetzt verstehe er wohl etwas nicht, sagte Horn. Der Bub blickte hinunter auf seinen Verband. »Ich muss aus der Schlaufe«, sagte er nach einer Weile.

In manchen Augenblicken wird das Leben zum Standbild, dachte Horn, meistens hat es zu tun mit Erkenntnis. Frühlingslicht fiel in den Raum, in die rechte untere Ecke des Fensters ragten blitzend drei der vier Stahlschlote des Holzwerkes, an der Wand saß ein zwei Meter großer Kriminalinspektor und zeichnete Kringel aufs Papier und unmittelbar vor ihm versuchte ihm ein Achtjähriger mit blauen Bindehäuten und gut ausgebildetem Gewissen begreiflich zu machen, dass er Linkshänder war. »Rechts geht gar nichts?«, fragte er. »Mit der Gabel essen geht«, sagte der Bub.

»Schreiben?«

Da werde alles verzittert und total schief, sagte der Bub, deswegen habe er in der Schule derzeit auch eine Schreibbefreiung, aber, ehrlich gesagt, finde er das irgendwie blöd. Horn beugte sich vor und öffnete den Klettverschluss der Unterarmschlaufe. »Ich sag's niemandem und die Polizei hat's nicht gesehen«, sagte er. Der Bub schaute sich um. Der dicke Inspektor wandte demonstrativ den Blick gegen die Decke und sagte, dass es sich aus Sicht der Polizei beim Schlüpfen aus einer Schulterverbandsschlaufe um kein besonders schweres Verbrechen handle.

Der Bub zeichnete ein Aquarium, das beinahe das gesamte Blatt ausfüllte, Fahnenflosser und Putzerfische, Schnecken, Krebse, reichlich Pflanzen und unten auf dem Grund einen grimmig aussehenden Wels. Mit der Größe der Umwälzpumpe und mit dem Gelingen der Perspektive war er sichtlich unzufrieden. Horn lobte das Bild und sagte, er finde es bemerkenswert, dass ein Bub in seinem Alter überhaupt perspektivisch zeichne.

»Womit hat er dich geschlagen?«, fragte er unvermittelt. »Mit einem Stock«, sagte der Bub. »Das darfst du verraten?«, fragte Horn. Der Bub zuckte mit den Schultern.

»Wie hat der Stock ausgesehen? Normal? Lang, kurz, dick, dünn?« Der Bub überlegte einige Sekunden, dann schüttelte er den Kopf. »Nicht normal«, sagte er. »Was heißt *nicht normal*?«, fragte Horn. Der Bub langte nach einem leeren Blatt und skizzierte in Windeseile einen Stock, eine Doppelkontur in der Diagonale des Blattes, breit wie ein Daumen, oben und unten ordnungsgemäß abgeschlossen. Danach zeichnete er in regelmäßigen Abständen dunkle Verdickungen ein, akribisch, von einem Ende bis zum anderen. »Ich weiß momentan nicht, wie diese Stöcke heißen«, sagte er. Horn hielt das Blatt hoch. »Das ist aber leicht«, sagte der Inspektor, »viel leichter als Tallahassee, überhaupt für jemanden, dessen Familie aus China stammt ... Na komm! ... Pandabären fressen es.« Der Bub fasste sich an die Stirn. »Ich bin so blöd«, sagte er, »– Bambus.«

Warum Bambus, fragte Horn, und der Bub sagte, er habe keine Ahnung, aber vielleicht werde er selbst bald einen Bambusstock bekommen und alle anderen, die dazugehörten, auch. Weshalb er das glaube, fragte Horn. Weil sie es so gesagt habe, antwortete der Bub.

»Und wer sind alle anderen – Felix? Britta? Noch jemand?«

Horn sah die Irritation im Gesicht des Buben, zugleich einen Anflug von Auskunftsbereitschaft, er sah, wie der Inspektor sich nach vorn beugte, um die Antwort besser zu verstehen, und er sah direkt vor sich den Bambusstock und den Wels auf dem Grund des Aquariums mit seinen Bartfäden und seinem großen Maul.

Andrea Emler war eine souveräne Sekretärin und ließ sich durch kaum etwas unter Druck bringen, auch nicht durch Horn selbst. Es tue ihr leid, sagte sie, es sei ihr bewusst, dass nur Dringendes durchgestellt werden dürfe, aber seine Frau sei am Apparat und sie klinge eindeutig beunruhigt. Horn ächzte auf, erhob sich und ging zur Tür.

Irene Horn schrie sonst nie. Zuletzt hatte sie es getan, knapp bevor Michael ausgezogen war, in den Wochen, als Mutter und Sohn in einer ziemlich grässlichen Weise versucht hatten, reinen Tisch zu machen: Ich habe mich zerrissen für dich und du hast es mir nicht gedankt! Du bist eine böse Frau und hast mich nie gemocht! All das war fünf Jahre her, und inzwischen verstanden es die beiden, einander aus dem Weg zu gehen.

»Tobias!«, brüllte sie ins Telefon, »es war Tobias!« Was sei Tobias gewesen, fragte er. »Im Auto, er war im Auto!«, schrie sie. Er trat auf den Gang hinaus. Er hasste es, wenn plötzlich die Angst um jemanden aus der Familie in ihm hochkochte.

»In welchem Auto!«, fragte er.

»Im Volvo! In deinem Volvo!«

Der Volvo stehe in der Garage, sagte er, unter Garantie. Er habe am Morgen das Rad genommen, sie habe ihn selbst wegfahren gesehen. »Ja eben!«, schrie sie.

»Was: ja eben?«

In der Garage sei er auch noch gestanden, als sie selbst um halb neun in den Suzuki gestiegen sei. Sie habe ihre drei Vormittagsstunden in der Musikschule gehalten, im Supermarkt eingekauft und sei dann wieder nach Hause gefahren. Vielleicht hundert Meter nach der Abzweigung von der Bundesstraße sei ihr der Volvo entgegengekommen. Sie habe das erst registriert, als sie im Vorbeifahren Tobias am Steuer erkannt habe. Bis sie in der Lage gewesen sei, zu reagieren, habe der Wagen die Bundesstraße erreicht gehabt, und im Rückspiegel habe sie nicht mehr erkennen können, ob er nach rechts oder links abgebogen sei. Im Erzählen schien sich Irene Horn ein wenig zu beruhigen. Manchmal täuscht sie sich, dachte er, aber diesmal hat sie recht. Es stiehlt nämlich kein Mensch dieses Auto, nicht, wenn es unversperrt auf der Straße steht, und schon gar nicht aus einer Garage, an der nur Feldhamster vorbeikommen oder Wanderer, die sich verirrt haben. »Ich rufe die Polizei an«, sagte sie. Das könne sie sich sparen, sagte Horn, er habe die Polizei gerade an der Hand, beinahe buchstäblich. Sie solle warten, bis er nach Hause komme. »Wann?«, fragte sie.

»Sobald es geht. Hier ist es ruhig.«

»Ich habe Angst«, sagte sie. Ich auch, dachte er, sagte aber nichts.

Inspektor Mauritz saß neben Sen Wu an Horns Schreibtisch und half ihm, einen Verbrecher zu zeichnen. »Einen echten«, sagte der Inspektor und grinste. Die Person, die ihn geschlagen habe, sei nämlich kein echter Verbrecher, habe Sen gemeint. Horn betrachtete das Bild. Böse Augen, ein Tuch vor Nase und Mund, einen Revolver in der Hand, einen im Gürtel. Der Inspektor war dabei, dem Mann Stiefel anzuziehen, der Bub gab dem Tuch vor seinem Gesicht ein kariertes Muster. »Ihr Sohn wird's einmal gut haben«, sagte Horn. »Warum?«, fragte der Inspektor. »Weil er einen Vater hat, der weiß, wie ein Verbrecher aussieht.«. Der Inspektor lachte. »Wissen ist immer relativ«, sagte er. Als die beiden fertig waren, fragte Horn, ob er die Zeichnungen behalten dürfe. Der Bub legte die Blätter nebeneinander auf und betrachtete sie. Den Stock nicht, antwortete er schließlich, den Stock wolle er selbst haben.

Vor der Tür roch es nach Mittagessen. Horn kollidierte beinahe mit Hrachovec, der auf dem Gang daherschoss. »Was ist los?«, fragte er. »Nichts, nur Margot Frühwald«, sagte Hrachovec, »man soll sich eben nicht zu früh freuen.«

Der dicke Inspektor und Horn gingen gemeinsam in Richtung Ausgang und sprachen über Sen Wus Vorsicht, über seine Klugheit und Wissbegier und über die Frage, was ihm derartige Angst mache. In Bezug auf die Persönlichkeit und das Motiv des Täters kamen sie auf keinen grünen Zweig. Wenn man die Absicht habe, jemanden zu verletzen, sagte der Inspektor, sei es jedenfalls wenig effizient, einen Bambusstab zu verwenden, es sei denn, man spitze ihn an, um zuzustechen. Bambusspeere – davon habe er in seiner Jugend gelesen, sagte Horn, er glaube, bei Thor Heyerdahl. »Bei wem?«, fragte der Inspektor. »Einer, der mit dem Floß übers Meer gefahren ist und mit dem Bambusspeer Fische erlegt hat«, antwortete Horn – er sei dafür wohl ein wenig zu jung. Der Inspektor lachte. Vielleicht werde er mit seinem Sohn einmal mit dem Bambusspeer auf Fische gehen, am besten ins Schilf gleich unterhalb des Krankenhauses, aber das sei noch nicht dringend. Apropos Fische: Sen Wu habe in der Zeit, in der er, Horn, telefoniert habe, erzählt, dass der Wels auf dem Bild ein siamesischer Ringelwels sei, der zumindest ein Dreihundert-Liter-Becken brauche, sich am liebsten in Höhlen verstecke und einmal über Nacht alle

Neons gefressen habe. Sein Vater sei so wütend geworden, dass er den Fisch beinahe im Klo runtergespült hätte, aber er habe sich dazwischengeworfen und gesagt, er schenke dem Vater alle seine Fahnenbarsche, wenn er wolle. Daraufhin habe der Vater gesagt: Okay, und der Wels dürfe jetzt uralt werden. Ansonsten habe der Bub auf Horns Frage, wer noch einen Bambusstock bekommen werde, eine eigenartige Antwort gegeben. Er habe gesagt: Die wilden Achtundachtzig, vielleicht auch: Die verrückten Achtundachtzig – etwas, das ganz nach kindlicher Phantasie klinge, nach den *Fünf Freunden*, nach *SpongeBob* oder nach *Harry Potter*. Horn blieb stehen und streckte den rechten Arm schräg nach vorne, als versuche er etwas einzufangen. Es gelang ihm nicht.

Sie verabschiedeten sich und er schaute dem riesenhaften Mann zu, wie er sich schnaufend in einen alten silberfarbenen Renault quetschte. Er ist gerne Vater, dachte er, und sein Sohn wird gerne Sohn sein. Er wird gegrillte Marshmallows essen und wissen, dass der Popocatepetl ein Vulkan ist.

Horn presste den Daumen gegen die Seitenwange des Vorderreifens. Der Druck war okay. Ein dunkelblauer Lexus ragte mit der Schnauze auf den Fahrradabstellplatz. Horn ärgerte sich und trat im Vorbeirollen gegen das Vorderrad.

Während er die Achenallee nach Westen fuhr, dachte er an Tobias, an seine Lethargie, an die Verachtung, die er Erwachsenen entgegenbrachte, und daran, dass er Eier zerquetschte, wenn es drauf ankam. Er stellte sich vor, wie er im Volvo saß, eine Landstraße entlangbretterte, das Gaspedal immer wieder durchtrat und wie links und rechts die Obstbäume vorüberflogen. Er stellte sich Wut und Triumph in seinem Gesicht vor. Wer hat ihm Auto fahren beigebracht?, fragte er sich und fand keine Antwort. Er selbst war es nicht gewesen, Irene mit Sicherheit auch nicht. Am ehesten jemand aus der Kifferclique, in der er sich herumtrieb. Vielleicht hat er Schulden und setzt den Volvo als Pfand ein, dachte er, vielleicht gehört es sich einfach, dass man zum Dealer mit dem Auto fährt. Dann fiel ihm der Satz *In einem stinkenden alten Auto sitzt ein stinkender junger Mann* ein, einfach so, und er musste dermaßen lachen, dass er für eine Sekunde gegen den Gehsteig schlingerte. Eine Frau mit grauem Trachtenhut riss ihren Pudel an der Leine zurück und schaute ihm böse nach.

Irene kam ihm über den Vorplatz des Hauses entgegen. »Haben sie ihn schon?«, fragte sie. »Wer hat wen?«, antwortete er und fuhr auf die Garage zu. »Die Polizei«, rief sie und lief ihm nach, »hat sie ihn schon?« Die Polizei müsse die Informationen erst einmal weitergeben, sagte er, bevor etwas in Richtung Fahndung passiere.

»Wer weiß, wo er bis dahin ist?!«

Horn stieg vom Rad und sperrte es ab. Weit werde er mit diesem Auto sowieso nicht kommen, sagte er, der Tank sei zuletzt knapp halbvoll gewesen und wie er seinen Sohn kenne, habe er kein Geld dabei. Er ging auf sie zu. Sie wich zurück. Sie finde seine zynische Gelassenheit unmöglich, sagte sie. In diesem Fall sei er für die Gelassenheit zuständig und sie für die Panik, antwortete er, das verhalte sich ähnlich wie mit Rationalität und Idylle. »Hast du ihn wenigstens angerufen?«, fragte sie. »Er fährt Auto«, sagte er, »überlege einmal.« Sie blieb auf dem Kiesweg stehen, blickte ihn an und begann zu weinen. Ich spiele ihr etwas vor, ich lasse sie mit ihrer Angst allein, ich erzeuge Schuldgefühle in ihr und ich fühle mich nicht schlecht dabei, dachte er, ich liebe meine

Frau und zugleich muss ich sie bestrafen. Er ging auf das Haus zu. »Was machst du?«, rief sie. »Ich ziehe mich um und schneide die Kletterhortensie«, sagte er, »dabei kann ich nachdenken.« Er hörte, wie sie hinter ihm stehen blieb. Er wandte sich nicht um.

Als er dann mit Gartenschere und Pflanzdraht auf der Leiter stand, fiel ihm der Tag ein, an dem er mit Tobias Rad fahren gelernt hatte, seine Bockigkeit, seine Tendenz, nach links zu fallen, sobald er ihn losließ, und der Triumph in ihnen beiden, als er die Pedale rundherum trat und erst nach einer Weile realisierte, dass er nicht mehr gehalten wurde. Die Dezemberwochen in der dritten Volksschulklasse fielen ihm ein, als Tobias ohne Begründung den Schulbesuch verweigerte, die Geburtstagsfeier ein paar Monate danach, bei der er alle seine Freunde angestiftet hatte, sich gegenseitig mit belegten Brötchen und Tortenstücken zu bewerfen, und seine elende Verfassung, nachdem ihm vor einem Jahr beim Fußballspiel der Meniskus gerissen war. Er hatte ihm das Knie in Eis gepackt, eine Dose Cola und zwei Tabletten Diclofenac verordnet und die Operation erklärt, die ihn erwartete. Erst dann hatte er ihn ins Auto verfrachtet.

Er stieg von der Leiter, sammelte die Hortensienzweige in einem Henkelkorb und trug sie auf den Feuerplatz hinter der Scheune. Die Luft war feucht und roch nach Gras. Über dem See lag ein grünlich trüber Schimmer, wie eine Scheibe Mattglas. Bei einem bestimmten Sonneneinfallswinkel war das so. Die Kammwand hatte einen Saum aus kleinen weißgelben Wolken. Er fragte sich, was Tallahassee wohl für eine Stadt war und wo sie lag, vielleicht an einem See. Dann erinnerte er sich an den Tag, an dem der Bruder seines Vaters auf einem Ausflug in die oberösterreichischen Kalkalpen die Tür seines hellblauen Opel Kadett geöffnet und gesagt hatte: »Du fährst.« Er war sechzehn gewesen.

In der Küche war es still. Ab und zu schaltete sich der Kühlschrank ein. Er rief nach der Katze, aber sie kam nicht. Ostern ist in Sichtweite, dachte er, und ich merke nichts davon. Das Ostereiersuchen fiel ihm ein und die Art, in der Tobias den Schokoladehasen die Ohren abgebissen hatte. Er ist älter als ich damals war, dachte er, und er kann offenbar Auto fahren.

Schwarz mit ein paar Molekülen Zucker, so hatte sie es gern. Horn stellte die beiden Tassen auf das Tablett und ging in Richtung Stall. Sie spielte lange tiefe Töne, erst absteigend, dann wieder rauf. »Klingt wie ein Didgeridoo«, sagte er und stellte ihr den Kaffee hin. Sie senkte den Bogen und schwieg.

Er habe nachgedacht, sagte er, und es sei ihm tatsächlich eingefallen, wann er Tobias ein zweites Mal geschlagen habe. Es sei an seinem eigenen Geburtstag passiert, sie könne sich sicherlich erinnern. Er habe einen Tisch in der *Piccola Cucina* reserviert gehabt, extra wegen der Buben und der Pizza Diavolo, die es dort gebe. Tobias sei im Wohnzimmer vor dem Fernseher gesessen und habe gesagt, es komme jetzt *Mr. Bean* und das ganze Geburtstagsessen könne ihm sowieso gestohlen bleiben. Daraufhin habe er noch einmal gefragt, ob das heiße, dass er lieber *Mr. Bean* schaue, als den Geburtstag seines Vaters zu feiern, und Tobias habe gesagt, ja, genau.

Sie kippte ihre Tasse, stellte sie auf den Boden und legte ein Notenblatt auf. Horn setzte sich auf einen der Stühle, die an der Wand standen, und hörte zu. Manchmal war es beruhigend, zu spüren, dass man sich nicht dauerhaft wie ein Arschloch benehmen musste.

Der Anruf kam etwa eine halbe Stunden später. Horn kramte das Handy aus seiner Hosentasche. Irene, die mehrmals hintereinander ein kleines wildes Stück, das Horn nicht kannte, gespielt hatte, brach mitten im Ton ab. Es war Michael. Tobias sei vor kurzem bei ihm in der Firma aufgetaucht, mit dem Volvo und mit der Katze. Da er momentan nicht nach Hause wolle, werde er ihn in seine Wohnung bringen. »Mit der Katze?!«, fragte Horn. Ja, mit der Katze, aber das sei eine längere Geschichte. Er sei jedenfalls wohlauf, außerdem werde Gabriele demnächst von der Arbeit kommen und sich ein wenig um ihn kümmern.

»Kümmern? Um Tobias?!«

Ja, kümmern, das habe er sichtlich notwendig, und nein, er habe weder einen Unfall gehabt, noch sei er von der Polizei erwischt worden. Achtzig, er sei in Summe etwa achtzig Kilometer gefahren. Ja, ein kurzes Stück auch Autobahn. Nein, er wolle jetzt nicht mit den Eltern sprechen.

»Ist er bekifft?«, fragte Horn. »Entschuldige, aber spinnst du?!«, sagte Michael. Horn schaute zu Irene, als sei sie für die Antwort zuständig. Sie saß da und weinte. Zwei Brüder, dachte Horn, nur diese beiden Worte. »Entschuldige«, sagte er, »aber darf ich dich noch etwas fragen? Hast du ihm das Autofahren beigebracht?«

»Wer sonst?«, sagte Michael.

Fünfzehn

Um zwei Uhr nachts war im April Sommer. Ludwig Kovacs stand auf dem Flachdach, den Kopf im Nacken. Corona Borealis befand sich im Zenit, unmittelbar westlich davon der rote Arcturus, im Osten das Sommerdreieck: Deneb im Schwan, Wega in der Leier und Atair im Adler. Auf den Himmel ist Verlass, dachte er, alles steht zur rechten Zeit am rechten Ort. Er legte sein Auge ans Okular des Fernrohrs und schwenkte auf Albireo, den Kopf des Schwans, einen Doppelstern, von dem der eine Partner orange, der andere blau strahlte. Nördlich von Deneb fand er Lacerta, die kleine Eidechse, ein Sternbild, das nur bei wirklich guten Bedingungen auszumachen war. Er freute sich und fror. Im Sommer holte er sich manchmal Matratze und Decke aufs Dach und nächtigte im Freien. Marlene hatte er noch nie dazu bewegen können. Jetzt lag sie wohl in diesem seltsamen Futonbett in ihrer Wohnung und schlief. Die erste Nacht solle Charlotte allein mit ihm sein, hatte sie gesagt, und niemand in ihrer Nähe, der einer Stiefmutter ähnle. Sie sei doch keine Stiefmutter, hatte er gesagt und sie hatte geantwortet: Doch, eine Art von. »Ich hätte dich aber trotzdem gerne hier«, hatte er gebettelt und sie hatte gesagt: »Du bist so ein feiger Vater.« Nun war er tatsächlich mit seiner Tochter allein in der Wohnung, fühlte sich unsicher und bedrängt und schaute in die Sterne. Von Schlaf war keine Rede.

Er dachte an Marlene, an die beiden Haarwirbel in ihrem Nacken, die er vor der Nase hatte, wenn er sich von hinten an sie legte, an ihre Leidenschaft für altes Zeug und an die Anflüge von Eifersucht, die ihn manchmal überfielen. In Wahrheit hätte ich sie gern als Mutter und nicht als Stiefmutter meiner Tochter, dachte er, aber das ist ungefähr so kitschig wie die pausbäckigen Porzellanfiguren in ihrem Geschäft. Er dachte an die Dinge, die sie aus ihrer Ehe erzählt hatte, über die Spielsucht ihres Mannes, über seine Untreue und über seine Verzweiflungsanfälle. Sie hatte Verständnis aufgebracht, gebürgt und gezahlt und er war am Nachmittag in die Spielerberatung gegangen und am Abend ins Kasino. Letztlich hatten sie sich scheiden lassen, sie hatte vierzigtausend Euro Schulden mitgenommen und er war kurze Zeit später von einem Tag auf den anderen verschwunden, einfach so, Adressat verzogen, die Nummer, die Sie gewählt haben, ist ungültig. Sie hatte sich geschworen, nie wieder einen Mann an sich heranzulassen, und das Ganze auch zwei Jahre lang durchgehalten. Dann war dieser Einbruch passiert.

Am Geschäftsportal war keine Spur von Gewalt sichtbar gewesen, nicht einmal ein Kratzer. Die Täter hatten ein Renaissanceschränkchen mit Alabasterintarsien mitgenommen und den kleinen Safe aus der Wand gestemmt, der im Büro hinter dem Schreibtisch eingemauert gewesen war. In ihm hatten sich ein paar Armbanduhren und Schmuckstücke befunden, die aus Verlassenschaften stammten und von den Erben in Kommission zum Verkauf gegeben worden waren. Marlene war im Kreis durchs Geschäft gerannt, wieder und wieder, daran konnte er sich erinnern, und hatte in einem fort gesagt: »Ich bringe ihn um. Ich bringe ihn um.« Er hatte eine Weile fotografiert und Notizen gemacht, Mauritz verständigt und ihr schließlich vom Café schräg gegenüber einen großen Mokka mit Schlagobershaube gebracht. Sie hatte ihn aus großen Augen angeblickt und er hatte gesagt: »Starker Kaffee ist gut, wenn einem jemand eine geknallt hat, und Schlagobers ist sowieso gut.« Plötzlich hatte sie gelacht und sich hingesetzt, um mit ihm die Fakten aufzunehmen. Zwei Tage später hatte er gewusst, dass sie am liebsten bunte Unterwäsche trug und wie es sich anfühlte, wenn sie ihm zwischen die Beine griff.

Eine Handbreit über den Hügeln im Norden stand leuchtend gelb Capella, der Kopf des Ziegenböckchens auf der Schulter des Fuhrmanns. Zwischen die Brüste der Kassiopeia schob sich langsam das Blinklicht eines Flugzeugs. Weiter westlich störte die Nachtbeleuchtung des Holzwerks die Sicht. Kovacs steckte die Schutzkappe aufs Okular.

Eyltz hatte ihm eine Szene gemacht, als er bei ihm gewesen war, um Lipp anzufordern: Was denn das für eine Truppe sei, die für etwas derart Läppisches Verstärkung brauche, und ob Demski wieder einmal universitär privatisiere. Demski vernetze sich international, sexualstraftätermäßig, hatte Kovacs gesagt, und das Läppische sei zugleich das Schwierige – keiner nehme die Angelegenheit ernst und trotzdem rege sich jeder darüber auf. Er solle Demski aus Berlin zurückholen, hatte Eyltz angeordnet, auf einen Tag mehr oder weniger könne es nicht ankommen und Furth sei ja nun wirklich nicht das Zentrum der Kinderpornographie. Michaela Moor, sage er nur, hatte Kovacs geantwortet, und Eyltz hatte gesagt, ja, aber der Fall liege neun Jahre zurück, der Täter sei ein Finanzbeamter aus Wels gewesen und auch sonst habe das Ganze nichts Internationales an sich gehabt – Internetabsprachen oder dergleichen. Mit dem Internet und dergleichen kenne er sich immer noch nicht aus, hatte Kovacs gemeint und war aufgestanden, er wisse, dass das schlecht sei. Eyltz hatte ihm hinterhergerufen, er bekomme Lipp, wenn er ihm verspreche, dass er den Täter bis Ostern habe. »Welches Jahr?«, hatte Kovacs gefragt, aber das hatte Eyltz mit Sicherheit nicht mehr gehört. Er trägt ein neues Sakko, hatte Kovacs im Weggehen gedacht, brauner Tweed mit Lederknöpfen, und er hatte sich vorgestellt, wie Eyltz auf einer dieser Hebrideninseln erst Enten oder Wildziegen schoss und sich dann die Jacke anmessen ließ.

Er klappte das Stativ zusammen, legte es sich auf die Schulter und stieg die gewendelte Eisentreppe in die Wohnung hinunter. Er lehnte das Fernrohr ins Schlafzimmer und versuchte erst gar nicht, sich noch einmal hinzulegen. Im Wohnraum blieb er stehen und lauschte zur Galerie hin, auf der Charlotte schlief. Nichts. »Wie schläft man als Punk?«, hatte er sie gefragt, sie hatte gesagt: »Im Stehen – damit der Iro nicht kaputt wird.« Er hatte es ihr im ersten Moment geglaubt. Sie hatten Käse und Oliven gegessen und Zitronenlimonade getrunken. Er hatte ihr die Schwarze-Glocke-Geschichte erzählt und danach, wie sich die Hände ihres Großvaters in seinem Gesicht angefühlt hatten und dass es ihn heute noch durcheinanderbrachte, wenn es um so ein Thema ging. Sie hatte ihn skeptisch angeblickt und gesagt, es sei krank, Kinder zu schlagen, egal, ob mit Bambusstöcken, Hosenriemen oder mit der flachen Hand. »Und?«, hatte er gefragt. Sie hatte sich gleich ausgekannt. »Ja, einmal«, hatte sie gesagt.

»Wann?«

»Du warst betrunken.«

»Du täuschst dich. Ich habe erst getrunken, als ihr weg wart.«

»Du täuschst dich.« Er sei heimgekommen und habe gesagt, der alte Strack sei ein Nazi und habe keine Ahnung von Ermittlungsarbeit, aber saufen könne er, dass einem die Ohren schlackerten. Dabei sei er durch die Wohnung geschwankt, von einer Wand zur anderen, und sie habe sich wild gefürchtet. Als er dann aufs Klo gegangen sei und beim Pinkeln die Tür offen gelassen habe, habe sie zu ihm gesagt: »Das macht man nicht«, und er habe sofort zugeschlagen. Einmal flach, linke Wange, sie wisse es noch genau und sie wisse auch, dass sie bald danach in der Schule über die Wirkungen von Alkohol und Nikotin gelernt hätten und wie schuldig sie sich dabei gefühlt habe. Erste Klasse, diese Dinge lerne man in der ersten Klasse, hatte sie gesagt und er hatte gedacht, dass das offenbar ein gutes Alter war, um geschlagen zu werden. Er hatte sich nicht entschuldigt. So lange im Nachhinein wäre ihm das blöd vorgekommen.

Er steckte den Wasserkocher an, gab einige Blätter getrocknete Minze in ein Teeglas und goss auf. Der Iro habe gar nichts mit Verwahrlosung zu tun, hatte Charlotte erklärt, ganz im Gegenteil, er müsse täglich frisiert und gesteift werden, was ohne Hilfe einigermaßen gehe, solange er nicht höher als eine Handbreit sei. Nein, von ihrer Mutter habe sie da null Unterstützung zu erwarten, auch nicht bei der Anschaffung von Klamotten übrigens, schwarzes Leder mit Nieten halte sie für höchst verzichtbar. Kovacs war hundertprozentig sicher, dass Yvonne selbst nach wie vor ab April beige Kostüme mit knielangen Röcken und Riemchensandalen trug und ab Oktober graue Hosenanzüge; er hatte aber nichts gesagt.

Wer schlägt siebenjährige Kinder?, dachte er – Väter, die beim Pinkeln die Klotür offen lassen. Er nahm den ersten

Schluck Pfefferminztee und verbrühte sich die Zungenspitze. Das war normal.

»Du solltest dir etwas Bequemeres ins Büro stellen.« Ein grauhaariger Engel weckt mich, dachte Ludwig Kovacs und achtete darauf, sich nicht zu bewegen – antrazithfarbener Rollkragenpullover, ein schmales Gesicht voller Klugheit und Güte und eine Hand, die sich auf meine Schulter legt und den Schmerz, der gleich kommen wird, hinweghebt. »Das tut ja beim Zuschauen weh«, sagte Eleonore Bitterle, » – wie du dasitzt.« »Dann schau weg«, sagte Kovacs, stützte sich auf die Armlehnen seines Drehstuhls und hievte sich langsam in die Senkrechte. »Bist du die Erste?«, fragte er.

»Ja, aber die anderen werden gleich da sein. Was ist das? Ein Beweismittel?« Sie deutete auf den Schreibtisch.

»Ja, für meine Ahnungslosigkeit.« Es sei ein Geschenk, das er nun doch nicht überreichen werde. »Für Marlene? Tut mir leid. Ich meine, es geht mich nichts an …«, sagte Eleonore Bitterle.

»Ist schon gut. Es ist auch nicht für Marlene.«

»Sondern?«

»Für Charlotte.«

»Für deine Kartoffelsacktochter?«

Genau. Seine Kartoffelsacktochter habe nämlich seit neuestem eine knallgrüne Irokesenfrisur, zu der ein sonnengelber Gürtel beim besten Willen nicht passe, mit oder ohne Strassbesatz. Da habe er recht, sagte sie, »hat sie ein Foto geschickt?«

»Ja, hat sie.«

»Hast du's bei dir?«

»Nein«, sagte Kovacs. Warum lüge ich?, fragte er sich.

Sabine Wieck und Florian Lipp trafen gemeinsam ein, kurze Zeit später kam Mauritz mit dem Frühstücksgebäck. Er summte die ganze Zeit. »Guten Sex gehabt?«, fragte Wieck. Mauritz lachte. »Nein«, sagte er, »ich meine, schon auch, aber Nikolaus hat sein erstes Wort gesprochen: *Papa*.« »Mit zehn Monaten? – Na sicher!« Sabine Wieck tippte sich an die Stirn. Mauritz schaute beleidigt. Lipp klopfte ihm auf die Schulter. »Sie verstehen uns einfach nicht – merkst du's? Und mit zehn Monaten fängt das an.« »Ihr könnt ja Elisabeth fragen«, sagte Mauritz. Sabine Wieck grinste. »Bezüglich Sex oder *Papa*?« Mauritz warf einen Schuh nach ihr.

Sie begannen mit der Bestandsaufnahme, während sie Kaffee tranken und Nussschnecken aßen. Lipp fühlte sich sichtlich wohl. Bei den Uniformierten gab es keine Nussschnecken zum Frühstück, außerdem konnte er dort nicht neben Sabine Wieck sitzen. Wie ein Pubertierender, dachte Kovacs, die abgebissenen schwarzen Haare, die Pickelnarben und die Art, wie er strahlt und zugleich nervös herumzuckt, wenn er sie anspricht. Lipp war vierundzwanzig, Badmintonspieler und offenbar doch nicht schwul, wie Kovacs vor einem Jahr noch gewettet hätte.

Was wir haben, schrieb Kovacs auf das Whiteboard und setzte sich. »Einen siamesischen Ringelwels«, sagte Mauritz mit vollem Mund. »Einen was?«, fragte Sabine Wieck. Mauritz winkte ab. »Später«, sagte er.

Eine Art Alarmzustand in der Bevölkerung, begann Eleonore Bitterle, Hysterie in den Medien und taktische Überlegungen bei den Politikern, hauptsächlich aber drei Kinder, die nach dem gleichen Muster geschlagen worden seien, zwei Siebenjährige, ein Achtjähriger, ein Mädchen, zwei Buben. Alle gingen in dieselbe Volksschule, die beiden Siebenjährigen in eine Klasse. Dem ersten, Felix Szigeti, sei es mitten am Vormittag passiert, genauer zwischen zehn Uhr vierzig und elf Uhr fünfundzwanzig, während des katholischen Religionsunterrichtes, an dem er nicht teilnehme. Britta Kern und Sen Wu seien jeweils nach dem Unterricht überfallen worden, Britta an einem Freitag zwischen halb zwölf und halb eins, Sen Wu am Dienstag darauf zwischen halb eins und halb zwei, vermutlich beide auf dem Heimweg von der Schule.

Warum sie von einem Überfall spreche, fragte Florian Lipp dazwischen. Wovon sonst, sagte Eleonore Bitterle. Man habe den Kindern ja nichts weggenommen, sagte Lipp und Bitterle antwortete, das sehe sie anders.

Das Schema der Schläge sei gleich: Rücken, Schulter, Kopf, als Schlaginstrument kämen die Hand und ein Bambusstock in Frage. Die Wucht der Schläge scheine nicht allzu hoch zu sein. Die Verletzung Sen Wus sei vermutlich nicht beabsichtigt gewesen; von seiner Krankheit hätten nur die Familie, seine Ärzte und die Schule gewusst. Den Begriff *schwarze Glocke* als Bezeichnung des Täters habe Britta Kern aufgebracht, verbal und in Form eines Wachsmalkreidenbildes. Die anderen beiden hätten den Namen mehr oder minder deutlich bestätigt. Was *mehr oder minder* heiße, fragte Lipp und Bitterle sagte: »Sie sagen nichts.« Der Psychiater, mit dem gemeinsam man die Befragung der Kinder durchgeführt habe, sage, es handle sich nicht um eine posttraumatische Reaktion, auch nicht um einen selektiven Mutismus, sondern um Auskunftsverweigerung infolge einer ganz konkreten Befürchtung. »Wenn ich etwas sage, passiert mir das Gleiche«, sagte sie. »Welches Gleiche?«, fragte Lipp. »Super Frage«, sagte Mauritz.

Kovacs ertappte sich dabei, wie er während Eleonore Bitterles Vortrag die beiden Techniken des Nussschneckenessens studierte. Sabine Wieck und er selbst rollten ab, das heißt, aßen die Schnecke von ihrem äußeren Ende zur Mitte hin auf. Die anderen bissen hinein, Mauritz nur wenige Male. Sabine Wieck stieß ihn in die Seite: »Hallo, Herr Chef, wohin schweifen deine Gedanken?« Kovacs blickte in die Runde. Vom Rand zur Mitte, das habe er gerade gedacht, sagte er. »Super Symbol«, sagte Mauritz.

Wieck und Bitterle waren dabei, die Ergebnisse ihrer beiden Termine mit den Jugendamtssozialarbeiterinnen zu referieren, die überraschend hohe Überlappung ihrer Daten, die Unterschiede zwischen impulsiven Vätern und überforderten Müttern, die Gründe, warum manche Übergriffe gegen Kinder bewusst nicht angezeigt wurden, und die Tatsache, dass man einen echten Psychopathen am ehesten daran erkannte, dass man nach einem Kontakt mit ihm das Bedürfnis hatte, sich die Hände zu waschen. In diesem Moment trat Christine Strobl mit einer Telefonnotiz in den Raum. »Erstens: George hat angerufen. Er ist völlig von der Rolle, schwafelt von etwas Großem und sagt, wir sollen uns möglichst nicht rühren. Er wird das Kommando geben. Und zweitens: Ein Vater aus Sankt Christoph, Peter Ludwig, Peter der Vorname, achtjährige Tochter, Julia, ist gestern geschlagen worden, kann heute nicht zur Schule gehen, sagt, es war die schwarze Glocke.« Mauritz bekam einen Hustenanfall. Lipp knallte ihm die flache Hand zwischen die Schultern. »Ja, ja, die Sache geht weiter«, sagte er. Aber deswegen ersticke er nicht, antwortete Mauritz.

»Sondern?«

Demski gehe ihm fest auf die Nerven, sagte Mauritz, zuerst veranlasse er ihn beinahe, auf ein Baugerüst zu klettern, dann erteile er Stillhaltebefehle aus Berlin. Er griff zu einer zweiten Nussschnecke. Drei Bisse, dachte Kovacs, maximal vier. »Ich rufe ihn an«, sagte er, »und bezüglich des Baugerüstes sei du bitte ganz still.« Kovacs erhob sich. »Was tust du?«, fragte Sabine Wieck. »Ich fahre nach Sankt Christoph«, sagte Kovacs.

»Allein?«

»Nein, mit dir.«

Florian Lipp hob protestierend den Arm. Halt, da sei noch etwas mit einem Fisch gewesen, sagte er. »Mit einem siamesischen Ringelwels«, sagte Mauritz und wischte sich über den Mundwinkel.

»Und?«

Siamesische Ringelwelse seien vor allem davon bedroht, im Klo runtergespült zu werden, habe Sen Wu gesagt.

Er müsse wegen eines neuen Dienstwagens mit Eyltz reden, sagte Kovacs, während sie auf der Grazer Straße nach Süden fuhren, der Vectra sei wirklich unzumutbar und den Puch G beanspruche Eyltz ja inzwischen exklusiv für sich. Sabine Wieck zuckte mit den Schultern. »Hauptsache, er fährt«, sagte sie. Zum Portal des Kammwandtunnels hinauf stand eine Autokolonne. Reinigungsarbeiten, zwanzig Minuten Wartezeit. Kovacs schaltete das Blaulicht ein und Sabine Wieck hielt dem Typen, der mit der Kelle an der Fahrbahnabsperrung stand, ihren Ausweis hin. »Alles ist dringend«, sagte Kovacs, als sie ihn ein wenig seltsam ansah.

Die Serpentinen nach Sankt Christoph hinunter lagen in der Sonne. Kovacs mochte diesen Teil der Strecke, die Felsen neben der Straße, den Blick auf die Dächer und den See und das Quietschen der Reifen, wenn er aus der letzten Kurve herausbeschleunigte. Der Parkplatz an der Ortseinfahrt war etwa zur Hälfte belegt. Zu Ostern kamen die Touristen. Er fragte Sabine Wieck, ob sie mit sechzehn irgendeiner Gruppe angehört habe, Hooligans oder so. Sie lachte. Sie sei eine Zeitlang zu den Pfadfindern gegangen, sagte sie, aber dort sei es ihr bald zu eng geworden. »Was hättest du dir mit sechzehn gewünscht?«, fragte er. »Einen Prinzen und ein Pferd«, sagte sie. Nein, er meine zu Weihnachten oder zum Geburtstag. »Geld«, sagte sie, »möglichst viel Geld.«

»Wofür?«

»Für ein Pferd.«

»Und was würdest du heute einem Punk-Mädchen schenken?«

»Geld«, sagte sie. Ob auch für ein Pferd, fragte er und sie sagte, nein, einfach so, Geld gehe immer.

Die Ortsdurchfahrt war halbwegs frei, sie mussten nur den Pony-Express, der jedes Jahr in der Karwoche seine Tätigkeit aufnahm, überholen. Mit Ausnahme eines älteren Paares, das im letzten der drei Waggons saß, war er leer. Sie fuhren das Seeufer entlang in Richtung Mooshaim bis zu einem Weidenwäldchen. Dahinter führte eine schmale Stichstraße den Hang empor auf ein kleines Plateau. »Schöner Blick«, sagte Sabine Wieck, als sie ausstiegen.

Das Haus, ursprünglich eines der für die Gegend typischen Holzknechthäuschen, war offenbar erst jüngst renoviert worden. Die Steinmauern hatte man zur Gänze abgeschlagen und rund um die Fenster neu verputzt und an der Schmalseite hatte man einen großzügig verglasten Zubau angefügt. Jemand, der es schätzt, keine Nachbarn zu haben, dachte Kovacs, und jemand, der gern zu Hause ist. »Schöner Vorgarten«, sagte Kovacs. »Na ja«, sagte Sabine Wieck.

»Wieso *na ja*?«

Zu exakt, sagte sie, die Rasenbegrenzung, die Anordnung der Rosen, die Pflasterung des Weges zum Biotop – mehr Mathematik als Natur. Er verstehe nichts von Gärten, sagte Kovacs, auf dem Flachdach über seiner Wohnung wachse in einem Holzkübel ein Olivenbaum, das sei alles. Ein Freund habe ihm den Baum zur Scheidung geschenkt – damit er weiterhin etwas zu versorgen habe. »Olivenbäume sind frostempfindlich«, sagte sie und drückte auf die Klingel. Sie kennt sich aus und sie traut mir zu, dass ich ihn erfrieren lasse, dachte Kovacs.

Der Mann trug ein frisch gebügeltes Hemd. Er war klein und dünn, Mitte dreißig und hatte einen kaum verkrusteten Kratzer über der rechten Augenbraue. »Obstbaumschneiden«, sagte er, als er Kovacs' Blick bemerkte. Er führte sie in den Glasanbau. Sie nahmen in einer funkelnagelneuen Rattangarnitur Platz. »Es ist gut, dass Sie kommen«, sagte der Mann. »Wo ist Ihre Tochter?«, fragte Sabine Wieck. Julia sei mit seiner Frau in ihrem Zimmer. Als sie von der Verständigung der Polizei gehört habe, sei sie gleich noch einmal zusammengebrochen. Was er unter *zusammengebrochen* verstehe, fragte Sabine Wieck. Der Mann schaute sie groß an. Heulen, Brüllen, Panik, sagte er, man müsse bedenken, sie sei eben erst massiv geschlagen worden.

Julia habe am Vortag eine Schulfreundin besucht, die im Ort wohne, erzählte er, er selbst habe sie kurz nach zwei hingebracht. Sie hätten erst mit der Mutter der Freundin Ostereier bemalt, danach eine Stunde lang auf der PlayStation *Pokémon* gespielt. Um fünf habe Julia gesagt, sie wolle jetzt nach Hause gehen, und da ihr die Strecke auf dem oberen Promenadenweg, für die man längstens zehn Minuten brauche, absolut vertraut sei, habe man sie gehen lassen. Um halb sechs sei sie dann zu Hause aufgetaucht, in einem desolaten Zustand, verdreckt, Kleider zerrissen, verschwollenes Gesicht. Er habe gedacht, er laufe Amok, habe sie ständig gefragt: Wer war's? Natürlich habe er sie bedrängt, das sei ihm schon klar, er habe sie an den Schultern gepackt und geschüttelt, aber welcher Vater tue das nicht in so einer Situation. Schließlich habe es ihr herausgestoßen: *Die schwarze Glocke*, und als seine Frau sie ebenfalls gefragt habe, habe sie es wiederholt. Er sei mit ihr sofort zum Hausarzt in den Ort gefahren. Der Doktor habe keine schweren körperlichen Verletzungen festgestellt, lediglich ein Hämatom an der linken Wange und eins am Brustkorb. Psychisch hingegen sei sie absolut durch den Wind. »Würden Sie sie bitte holen«, sagte Sabine Wieck. Er werde es versuchen, sagte der Mann und erhob sich zögernd.

»Es gibt Menschen, da will man sich die Hände waschen, noch bevor sie den Mund aufmachen«, sagte Sabine Wieck und schüttelte sich. Kovacs war erstaunt über ihre Vehemenz. Er registrierte, dass ihn selbst der Mann völlig kaltließ. Nicht einmal, wenn ich die Geschichte höre, die er über seine Tochter erzählt, bewegt mich das, dachte er. »Weißt du, was komisch ist«, sagte er unvermittelt, »ich glaube, ich habe in meinem Leben noch nie ein Osterei bemalt.«

Das Mädchen, das von der Mutter in den Raum geschoben wurde, hatte die Hände vors Gesicht geschlagen. Der Vater ging vorneweg und setzte sich wieder in seinen Stuhl. »Das ist Julia«, sagte die Mutter. Sie war höchstens einen Kopf größer als ihre Tochter, dunkelblond und rundgesichtig und trug eine Latzhose aus Jeansstoff. »Der Abstellraum ist noch auszumalen«, sagte sie entschuldigend, »ich habe die Risse verspachtelt.«

»Hast du deiner Mutter geholfen?«, fragte Sabine Wieck. Das Mädchen schüttelte den Kopf.

»Sondern?«

»Sie hat mit ihren Pokémon-Karten gespielt«, sagte die Frau. Mit Pokémon kenne sie sich nicht aus, sagte Sabine Wieck. »Aber ich«, sagte Kovacs. Alle schauten überrascht. Genau genommen kenne er sich mit einem einzigen Pokémon aus, ob sie wissen wolle, mit welchem. Julia nickte. Mit Relaxo, sagte Kovacs, er habe von einer Schulklasse, der er etwas über die Arbeit der Polizei erzählt habe, einen Plüsch-Relaxo geschenkt bekommen. Das Entscheidende für ihn sei, dass Relaxo eigentlich nur schlafe.

»Stimmt nicht.« Das Mädchen stemmte für eine Sekunde die Hände in die Hüften. Seine linke Gesichtshälfte war auberginefarben, die Abdrücke der Finger sah man aus mehreren Metern Entfernung. »Stimmt nicht, er beherrscht verschiedene Psycho-Attacken.« »Tut das weh?«, fragte Kovacs und deutete auf das Hämatom. Das Mädchen versuchte die Hände wieder hochzuheben. Die Mutter hinderte es daran. Sein Vater habe erzählt, dass es misshandelt worden sei, sagte Kovacs, ob das stimme. Das Mädchen rührte sich nicht. »Sag schon«, drängte der Mann. Die Frau blickte abwechselnd auf ihn und in den Garten hinaus. Es gebe Menschen, die ein Vergnügen daran hätten, Kinder zu schlagen und zu erschrecken, sagte Kovacs, es sei Aufgabe der Polizei, so etwas zu verhindern. »Verstehst du das?« Das Mädchen nickte. »Wie hat die schwarze Glocke ausgesehen?«, fragte Sabine Wieck. Der Mann stand auf, nahm ein Blatt Papier aus dem Regal und reichte es den beiden. Eine einzelne dunkle Welle mit einem runden Kopf obenauf. »War sie groß?«, fragte Sabine Wieck. Das Mädchen nickte.

»Sehr groß?« Das Mädchen nickte noch einmal.

»Größer als Relaxo?«, fragte Kovacs. Das Mädchen blickte hilfesuchend zu seiner Mutter. Die Frau zuckte mit den Schultern.

Kovacs erhob sich plötzlich. »Würden Sie Ihrer Tochter bitte noch einmal sagen, wofür die Polizei da ist«, sagte er zu der Frau. »Zu unserem Schutz«, sagte sie.

»Muss man sich vor der Polizei fürchten?«

»Nein, muss man nicht.«

Kovacs trat auf Julia zu. Er werde ihr jetzt etwas ins Ohr sagen, das für niemand anderen bestimmt sei, sagte er, er wünsche, dass sie es sich anhöre. Die Mutter gab dem Mädchen einen Schubs. Kovacs nahm es an der Hand und ging mit ihm in eine Ecke. »Was tun Sie?«, fragte der Mann. Sabine Wieck hob abwehrend die Hand. Kovacs begab sich in die Hocke und flüsterte dem Mädchen etwas ins Ohr. Das Mädchen flüsterte zurück. »Wir gehen kurz zum Auto«, sagte er dann, »wir müssen etwas holen.« Das Mädchen hatte einen erwartungsvollen Ausdruck im Gesicht, als die beiden den Raum verließen. Die Frau stand reglos auf ihrem Platz. Der Mann saß in seinem Rattanstuhl und wippte mit der Fußspitze. »Ich hoffe, sie hält das aus«, sagte er. »Kinder halten einiges aus«, sagte Sabine Wieck.

»Sind Sie als Kind eigentlich geschlagen worden?«, fragte Kovacs, als die beiden zurückkamen. Der Mann stand langsam auf. »Wie meinen Sie das?«, fragte er. »Wir kennen diese Geschichten«, sagte Kovacs, »man wird geprügelt, Länge mal Breite, die ganze Kindheit hindurch, man nimmt sich vor, es bei den eigenen Kindern nicht zu tun, und dann passiert es doch.« »Wie meinen Sie das?«, wiederholte der Mann. Er war bleich geworden. Seine Frau bewegte sich in kleinen Schritten rückwärts, so dass man es kaum merkte. Frau Weinfurter vom Jugendamt sei schon unterwegs, sagte Kovacs, sie werde der Familie die Beratung organisieren, die sie brauche. Er verbuche die Amtshandlung unter dem Titel Einvernahme nach Selbstanzeige, damit sei sichergestellt, dass die Sache außergerichtlich geregelt werde und er keine Strafe ausfasse. Ob ihm das recht sei. Der Mann sagte nichts. Das Mädchen stand zuerst einige Augenblicke unschlüssig da, dann trat es auf die Mutter zu und sagte halblaut: »Ich geh jetzt rauf.« Die Frau nickte.

Sie habe sich gleich nach der Ankunft des Jugendamtes die Hände waschen müssen, erzählte Sabine Wieck auf der Rückfahrt, noch auf der Toilette dieses Hauses, obwohl die sich auch irgendwie verseucht angefühlt habe. Weder die Einsicht des Mannes habe etwas daran ändern können noch ihr Mitleid mit Mutter und Tochter noch die Tatsache, dass diese Sozialarbeiterin eine ausgesprochen vernünftige Frau zu sein scheine. Außerdem habe er ein Scheißhemd getragen. Das aber gebügelt gewesen sei, sagte Kovacs. Seines Erachtens sei der Mann einer dieser Neurotiker, deren Aktionen in erster Linie die Selbstbestrafung zum unbewussten Ziel hätten, sagte Kovacs. Sabine Wieck blickte ihn erstaunt an. Im Lauf der Zeit lerne auch er seine Psycho-Lektionen, sagte er.

»Apropos«, sagte sie, »wie groß ist eigentlich dieser Relaxo?« Im Beiheft zu seiner Plüschpuppe sei von zwei Metern und tausend Kilo die Rede, sagte Kovacs. Das habe ihn fasziniert, mehr noch die Bezeichnungen der Attacken, die er beherrsche: Kopfstoß, Bodyslam und Amnesie.

»Und damit hast du auch die Kleine zum Reden gebracht?«, fragte sie.

»Womit?«

»Mit Bodyslam und Amnesie.«

»Nicht direkt.« Es sei viel einfacher gegangen.

»Nämlich?«

»Mit Geld.«

Sie fuhr herum. »Das ist aber nicht dein Ernst?!«

»Doch«, sagte Kovacs, »fünf Euro für Pokémon-Karten und sie hat geredet wie ein Wasserfall.« Sie selbst habe doch gesagt, Geld gehe immer. Sie schüttelte den Kopf und wandte sich ab. »Du kannst so arg sein«, sagte sie.

Der Kammwandtunnel war diesmal unbehindert befahrbar. Bei Kilometer zwei Komma zwei flackerte über vielleicht fünfzig Meter hinweg die Deckenbeleuchtung. Die Reinigungsfahrzeuge waren verschwunden. »Es ist alles genauso dreckig wie vorher«, sagte Kovacs.

Die Kleine hatte anfangs noch verschreckt gewirkt und sich ständig umgeblickt. Als er ihr die Digitalkamera und das Diktiergerät erklärt hatte, war sie etwas ruhiger geworden, und sobald er begonnen hatte, über seine eigene Tochter zu sprechen, hatte sie sich zusehends entspannt. Er hatte von Charlottes Spielgewohnheiten erzählt, von ihren Puppenhäusern, von Lego und den alten Kleidern ihrer Mutter, die sie tagelang getragen hatte. Julia hatte zugehört und am Nagelbett ihres Daumens gezupft. Besonders die Sache mit den alten Kleidern hatte sie interessiert und sie hatte wissen wollen, ob ein hellblaues mit weißen Streifen darunter gewesen sei. Er hatte sich nicht erinnern können. Zwischendurch hatte er sie gefragt, ob anderswo an ihrem Körper ähnliche blaue Flecken seien wie im Gesicht und, womit er sie geschlagen habe. Sie hatte ihren Pullover und ihr Unterhemd hochgezogen und gesagt: »Nur mit der Hand.« Daraufhin hatte er sie direkt gefragt, ob das dem Vater schon öfter passiert sei, und sie hatte gesagt: »Nein, noch nie.« Er hatte versucht, auf seinem Notizblock einen Relaxo zu zeichnen, was ziemlich verunglückt war, und dann hatte er ihr die fünf Euro gegeben. Auf die Frage, warum der Vater sie geschlagen habe, hatte sie gesagt: »Weil ich frech war.« »Was hast du gesagt?«, hatte er gefragt und sie hatte geantwortet: »Du kannst ja nicht einmal Geld verdienen.«

Sabine Wieck saß neben ihm, weiterhin zum Fenster gewandt, und sagte nichts. Er spürte kurz den Impuls, hinüberzugreifen und sie zu berühren, tat es dann aber nicht. »Muss ich mich schlecht fühlen?«, fragte er, als sie nach dem Stift in die Seestraße einbogen. »So etwas hast du mich noch nie gefragt«, gab sie zur Antwort.

Kovacs sah die untersetzte Frau mit der Kurzhaarfrisur, noch bevor er aus dem Wagen stieg. Sie lehnte an der Wand neben dem Eingang zum Kommissariat, hielt ihr Gesicht in die Sonne und kam ihm bekannt vor. Blumenbilder fielen ihm ein, ein eigenartiger Springbrunnen, ein Schuhlöffel. Dann hatte er es: ein nussbraunes Klavier, auf dem ein Bild von Thelonious Monk stand. Er ging auf sie zu. »Wollen Sie zu mir, Frau Weghaupt?« Sie nickte und begann in ihrer Handtasche zu kramen.

Sabine Wieck verabschiedete sich und ging ins Haus. Im Vorbeigehen sagte sie etwas zu ihm. Es blieb am Rand seines Bewusstseins hängen.

Gerlinde Weghaupt zog ein Blatt Papier hervor, faltete es auseinander und reichte es ihm. »Ich habe es ausgedruckt«, sagte sie. »Ein Song-Text?«, fragte er. Sie schüttelte den Kopf. Er dürfe jetzt nicht schlecht von ihr denken, sagte sie, aber wenn einem ein Kind sterbe, tue man sonderbare Dinge: Man lege sich auf sein Bett, man rieche an seinen Kleidern und man bewahre die Kontaktlinsen auf, die täglich in seinen Augen geschwommen seien. Daher habe sie sowohl die Anrufliste des Handys als auch den Computer ihres Sohnes durchgeschaut, vor allem seine E-Mails. Sie habe beschlossen, alle für sich zu behalten oder zu löschen, jedenfalls keinem anderen zu zeigen, nur bei dieser einen dürfe sie das wohl nicht. Kovacs warf einen kurzen Blick darauf. Was das heiße, sie dürfe es nicht. »Ich glaube, es ist eine Art Abschiedsbrief«, sagte sie. »Von Ihrem Sohn?«, fragte er.

»Nein, an ihn«, sagte sie. Dann begann sie zu weinen.

Kovacs las den Brief zweimal. »Ich verstehe alles, nur die Adresse des Absenders nicht«, sagte er, nachdem sich Gerlinde Weghaupt ein wenig beruhigt hatte. »Dark Fire«, sagte sie, »so heißt sein Instrument. Es ist alles, was er hat.«

Sie unterhielten sich über die Mitglieder der Band ihres Sohnes, ihre Erwartungen, ihre Verletzlichkeit und ihre Familien, schließlich, wie spröde die fünf gewesen waren, wenn man gesagt hatte, man wolle bei einer ihrer Proben zuhören. Es ist komisch, dachte Kovacs, der eine will sterben und es gelingt ihm nicht, der andere stürzt zu Tode, obwohl er nicht sterben will, und der Abschiedsbrief, den der Erste geschrieben hat, findet weder Erfüllung, noch kommt er rechtzeitig an.

»Er liegt im Krankenhaus«, sagte Gerlinde Weghaupt.

Manchmal habe er sich seltsam verhalten, so, als wolle er mit den anderen Menschen nichts zu tun haben. Sie glaube trotzdem, dass Florian sein bester Freund gewesen sei.

Er blickte der Frau hinterher. Sie ging langsam und ihre Knie streiften aneinander. Er erinnerte sich, wie sie an der Wand gelehnt war, das Gesicht in der Sonne. Als sie verschwunden war, fiel ihm ein, was Sabine Wieck vorhin im Vorbeigehen gesagt hatte: »Die Antwort ist: ja.«

Sechzehn

Switi ist weg. Ich bin von dieser tausendmal beschissenen Sprachwoche zurück, gehe ins Wohnzimmer und sage: »Switi ist weg.« Die Verrückte schaut mich an und fragt: »Wie nennst du sie?« Ich sage: »Switi«, und sie sagt: »So heißt sie aber nicht.« Ich sage, sie ist meine Schwester und ich nenne sie, wie ich will. Sie sagt: »Sie ist nicht deine Schwester«, und ich sage, natürlich ist sie meine Schwester, was sonst. Sie springt auf und will mich fressen, aber ich bin schneller als sie.

In ihrem Zimmer ist alles weg: das Puppenhaus, das große und das kleine Einhorn, Betty, das Stoffhuhn, der Elefant, der in Griffweite neben dem Bett stehen muss und nur *Elefant* heißt, die Schachtel mit den Playmobil-Figuren, die Pinwand mit den Zeichnungen. Das Bett ist abgezogen. Auf dem Kopfpolster sieht man hundert Speichelflecken. Die Matratze ist aus Schaumstoff und diagonal braun-weiß gestreift. Auf ihr sieht man gar nichts. Es war immer eine Kautschukauflage drüber. Ich öffne den Schrank. Er ist leer. Die Kleider sind weg, der blaue Pullover mit den Silberfäden, die karierte Hose, die aussieht wie von einem Clown, der grüne Regenmantel, die Steppjacke mit den Eisbären drauf. Sogar die Badeanzüge sind weg, die Unterhosen sowieso. Ich strecke meinen Arm in das Fach, in dem sie sich manchmal einrollt. Nichts.

Ich setze mich neben das Bett, dorthin, wo sie immer liegt. »Sei froh, dass du nicht auf Sprachwoche warst«, sage ich. Ich erzähle von diesen gebückt gehenden Gasteltern, von dem Geruch nach Sellerie in ihrem Haus, vom Hund, der ein Rüschenkleid tragen muss, und davon, dass sie mich ständig *our little brown girl* genannt haben. Ich erzähle von Selina, die sagt, ich habe eine Haut wie die Mondoberfläche, ich rieche komisch und ich spreche mehr indisch als englisch, und von Verena Steinmetz, die Cedric, dem langhaarigen Typen aus der Sprachschule, nachgeschaut hat, als wäre er Gott. Schließlich erzähle ich ihr von dem Tag, an dem mir am Morgen meine Gastmutter vorgehalten hat, wegen meiner Haare sei die Dusche verstopft. Zu Mittag hat mir einer meiner ultranetten Klassenkollegen das Manikürset aus der Tasche gestohlen und während des Nachmittagsausfluges nach Canterbury hat Philipp Denck im Bus neben mir sein Ding ausgepackt – ich glaube, es war eine Wette. Ich stelle mir vor, wie Switi ihren Satz sagt: »Einmal beiße ich hinein, so fest, dass er ab ist«, und wie sie ein wenig lacht und zugleich dreinschaut wie eine alte Frau. Es ist jedenfalls der beste Tag auf diesem super Sprachaufenthalt.

Als ich runterkomme, ist der, den ich Bill nenne, auch da. Ich sage: »Switi ist weg!«, und noch einmal ganz laut: »Switi ist weg!« Er fragt: »Wie nennst du sie?«, ich sage: »Ich kann meine Schwester nennen, wie ich will«, und er sagt: »Wir haben sie zurückgeschickt. Es ist nicht mehr gegangen.« Er trinkt dabei Wasser aus einem Glas, in dem eine Zitronenscheibe schwimmt, und plötzlich ist es, als würden die beiden Dinge zusammengehören, Switi zurückzuschicken und eine Zitronenscheibe im Glas zu haben. Ich höre die beiden mit seltsamen Stimmen reden, ganz hoch und wie durch Watte. Für einen Moment glaube ich, jetzt lache ich los, dann muss ich mich total zusammennehmen, um nicht umzufallen.

Ich gehe langsam in mein Zimmer. Ich lege mich aufs Bett und versuche einzuschlafen. Es funktioniert nicht.

Nach einer Weile höre ich die Haustür ins Schloss fallen. Er hat wichtige Kunden, sie fährt auf Tour. Ich liege noch ein paar Minuten reglos da und schaue an die Decke. Dann hole ich den Schlüssel aus der Zuckerdose.

Das Bild mit dem Igel und der Eule ist noch da, das Schlüsselloch auch. Die Matratzen liegen in den Zimmern. Ich zähle sie durch, alles stimmt. Sie sind ein wenig anders gestapelt als sonst, die geblümten zwei auf zwei, aber das ist manchmal so. Die Kameras stehen im gestreiften Zimmer und sind gegen die Wand gerichtet. Das sieht ein wenig komisch aus. Ich schnuppere. Die Luft riecht ganz frisch, wie vom Wasserfall genommen und hereingeblasen. Ab und zu sitzen dort kleine Vögel auf den Zweigen, mit schwarzen Kappen und gelben und roten Punkten auf den Flügeln. An die denke ich.

Im Schlafzimmer der beiden halte ich aus Gewohnheit die Luft an. Das geht nur kurz. Ich lege mich auf den Bauch und schaue unters Bett. Die Lurchwolken vor meinem Gesicht erinnern mich an die Gestrüppkugeln, die im Film über amerikanische Landschaften rollen. Unter dem kleinen rotgelben Teppich vor dem Bett finde ich eine Fünfzig-Cent-Münze. Ich lasse sie liegen.

Die rechte Seite der begehbaren Garderobe gehört ihm, die linke ihr. Die Kleider in ihren Hängeelementen sind gelb, schwarz oder grau; eins ist großgeblümt und bunt, eins lila mit aufgenähten Metallplättchen. Aus einer grauen Wolljacke mit schwarzen Punkten fliegt eine Motte auf, als ich sie zur Seite schiebe. Ihre Strumpfhosen sind alle zu Knoten gebunden, blödsinnigerweise. Er hat jede Menge

Jeans und Sakkos und Hemden mit Knopfkragen. Switi ist nirgendwo, weder links noch rechts.

Zwischen seinen beiden Nadelstreifenanzügen finde ich die Cuculla. Ich habe mir den Namen gemerkt, weil er klingt wie ein Nest voller junger Igel. Er hat sie uns vor Jahren gezeigt. Sie ist das Festtagsgewand von Mönchen. Er hat gesagt, er war selbst einmal für kurze Zeit bei so einem Verein. Er hat sie einfach mitgenommen, weil sie ihm gefallen hat. »Was mir gefällt, das nehme ich« – das sagt er immer noch manchmal. Jetzt nehme ich sie mir. Sie gefällt mir auch – wegen der vielen Falten.

Ich gehe in den Keller, in die Garage, in den Schuppen, dann drehe ich noch eine Runde durchs Erdgeschoß. Ich schaue hinter jede Tür, in jede Lade, in jedes Fach, so, als könne sie plötzlich geschrumpft sein und irgendwo versteckt drinliegen, zum Beispiel hinter den Teetassen oder zwischen den Rollen mit dem Geschenkpapier.

Im Arbeitszimmer öffne ich den Wandschrank und ziehe die Hängemappenladen raus. Nichts als Bewerbungsschreiben. Fotos von Leuten, die alle gleich ausschauen. Die Schreibtischtüren sind versperrt; die Mittellade ist es nicht, aber in ihr finde ich nur Stempel, Büroklammern, Radiergummis und so Zeugs. Ich schiebe den Drehstuhl nach hinten, knie mich hin und krieche unter dem Schreibtisch vor bis zur Wand. Dort befindet sich der Safe. Zwei Buchstaben, drei Ziffern – es ist so primitiv, dass ich mich fast geniere. Im Safe ist sie auch nicht, haha. Eine Mappe mit Dokumenten, die ich nicht verstehe, Bank, Notar und Grundbuch, eine Schatulle mit einer Perlenkette, mehreren Ringen und zwei kleinen Goldbarren, ein Kuvert mit fünfzehntausend Euro in bar und zwei Sparbüchern. Auf dem einen liegen dreiundvierzigtausend Euro, auf dem anderen einhundertzwölftausend. Ein schmaler Ordner, in dem nur vier Blätter hängen; auf jedem stehen ein paar Namen, Adressen und Mobiltelefonnummern. Ein Stapel mit DVD-Hüllen, insgesamt acht Stück; auf allen dieselben Worte: *Eating Sweet Brownie*. Ich denke an England, an den Porridge zum Frühstück, an den Hund mit dem Rüschenkleid und den Geruch nach Sellerie. Das Wattegefühl ist wieder da. Die Dinge beginnen sich zu drehen.

Fluchtweg Nummer vier, umgekehrte Richtung. Raus durch die Garage, auf der Fürstenau in Richtung Walzwerksiedlung, vor Halle B hocken Hakan und das Schulgespenst, sie quatscht mich an, ich schaue zu Boden, sie lässt mich in Ruhe. Runter zur Bahn, unter dem Schranken durch, aus einem Fiat ruft jemand *Das ist gefährlich*, die Stiftsallee nach rechts, rüber auf die andere Seite, den Besucherparkplatz entlang bis zum Garteneingang, zwischen den beschnittenen Thujen durch, vorbei am Brunnen mit den pseudogriechischen Figuren, hinter das Gewächshaus. Die Tür zum Wirtschaftskorridor, bei der man den feststehenden Flügel nur ein wenig nach innen drücken muss, der Gang, durch den man besser in Socken geht, weil er so hallt, die schmale Treppe neben dem Papierlager, hinauf in den ersten Stock.

Dämmerung liegt in der Klasse. Wenn ich mich auf meinem Platz zur Seite drehe und auf die Europakarte blicke, die an der Wand hängt, kann ich einige Dinge gerade noch lesen: Gibraltar, Ceuta, Tanger, Rabat, alles am unteren Rand. An der Tafel stehen die Gleichungen, die Altmann in der letzten Mathematikstunde vor unserer Sprachwoche hingeschrieben hat. Keiner hat sie weggelöscht. Das fühlt sich komisch an.

Ich nehme die Doppel-DVD aus meinem Rucksack. Die eine Hälfte ist rot, die andere gelb. Unter der roten DVD steckt noch eine. Ich fahre den Computer hoch und lege die DVD ein. Ich weiß sofort, wo wir uns befinden. Breite blaue und schmale gelbe Streifen. Hundertsechzig mal zweihundert. Jemand atmet.

Siebzehn

Die Schier, die Stöcke, den Rucksack, die Schuhe – sie trägt die Sachen ins Vorzimmer und stellt sie neben die Eingangstür. Parallel dazu hakt sie ihre innere Checkliste ab: Sonnencreme, Apfelsaft, Handschuhe, Mütze, Brille, Lawinenpieps. Sie geht ins Bad, steht kurz vor dem Spiegel und schneidet eine Grimasse. Danach öffnet sie den Schrank, langt hinter einen Handtuchstapel, holt eine Bündelpackung Rasierklingen hervor, fünfzig Stück, und steckt sie ein. Dann geht sie.

Er wartet an der Severinstraße, wenige Meter neben dem Haupteingang des Stiftes. Er trägt eine dunkelgraue Tourenhose und eine Fleecejacke, die auf und auf völlig verfilzt ist. »Zu heiß gewaschen?«, fragt sie. Er nickt. Irma, die Wirtschaftshelferin, weigere sich, ihren grauen Star operieren zu lassen, daher passierten solche Dinge. »Eingecremt?«, fragt sie. Er lacht. »Die personifizierte Ordnung«, sagt er. Hast du eine Ahnung, denkt sie.

Sie fahren das Nordufer des Sees entlang, an Waiern vorbei, etwas später links ab nach Mooshaim, durch den Ort und aufwärts ins Lassacher Tal, das nach Südwesten in Richtung Niedere Tauern zieht. Er hat sichtlich sein Vergnügen daran, den Ellbogen beim offenen Fenster rauszustrecken. »Wie früher«, sagt er. Sie fragt, was er mit früher meine, und er sagt, die Zeit, in der er noch nichts dabei gefunden habe, einmal am linken Rand zu fahren und einmal am rechten oder gleich in Schlangenlinien. »Und jetzt?«, fragt sie. Jetzt fahre er rechts, antwortet er – zumindest sage er das dem Amtsarzt, wenn der über seine Verkehrstauglichkeit zu befinden habe.

Der Parkplatz ist gut gefüllt. Wiener, Grazer, mehrere Autos mit bayrischem Kennzeichen. »Osterferien«, sagt er, »wahrscheinlich lauter Lehrer.« Sie steigt in ihre Schitourenschuhe. »Bitte keine Lehrer«, sagt sie, versucht zu lächeln und merkt zugleich, wie sie zittert. Ab und zu passiert ihr das. »Du magst Ferien nicht«, sagt er. »Du auch nicht«, sagt sie.

Die Route führt durch lockeren Lärchenwald, vorbei an einer Handvoll isoliert aufragender Felsblöcke, bis zu einer Steilstufe, die in kurzen Serpentinen überwunden wird. Ab diesem Punkt weitet sich das Tal trogförmig und sammelt wie ein Parabolspiegel die Wärme. Der Harschdeckel auf dem Schnee trägt noch gut, stellenweise beginnt er aufzufirnen. Er geht die meiste Zeit vor ihr her, manchmal zieht er das Tempo plötzlich an und manchmal lässt er sich zurückfallen, geht eine Zeitlang neben ihr und erzählt ihr eine Geschichte. Sie mag die Leichtigkeit, in der er sich bewegt und nie außer Atem gerät, das Geräusch, wenn seine Fersen auf den Schi schlagen, und die Selbstverständlichkeit, in der er in einem Satz von der Poesie des Mönchstums spricht, von der Angst vor Zerstückelung und vom Geruch, den sie zwischen Ohrläppchen und Schlüsselbeingrube verströmt, wenn sie sich anstrengt.

Der Himmel ist locker bewölkt. Das Licht flutet in Wellen über die Schneefläche hinweg. Sie horcht auf das Schleifen der Steigfelle und versucht in einem konstanten Rhythmus zu bleiben. Allmählich beginnt sie sich zu entspannen. Er singt vor sich hin. *Ain't talkin', just walkin'*, wieder und wieder. Es stammt ebenfalls aus Gottes vorletztem Album; die Schlussnummer.

Die Spur wendet sich nach rechts, einem flachen Sattel zu. Ein Stück oberhalb sieht sie ein Pärchen in gelben Softshelljacken. Sie erinnert sich an die Zeit, in der sie die gleichen Sachen tragen musste wie Nora, ihre jüngere Schwester. Ihre Mutter hatte das so bestimmt. »Ich möchte etwas trinken«, sagt sie plötzlich und bleibt stehen.

Sie blicken über die Vorberge in Richtung See. Er spricht davon, wie sehr er in den Ferien die Kinder vermisst, ihre Geräusche, ihre Sätze und ihre raschen Bewegungen, wie er nicht anders kann, als sie anzusprechen, wenn er sie auf der Straße trifft, und wie er spätestens Anfang August beginnt auseinanderzubrechen. Er erzählt von den Routen, auf denen er durch die Nächte läuft, manchmal unter Sternen, manchmal durch Regen und Sturm, und davon, dass er es am liebsten hat, wenn die Blitze in den See fahren und der Donner von den Graten der Kammwand fällt. Das halte ihn noch eher zusammen als Wochen grenzenlosen Schönwetters. Zu Schulbeginn sei er dann in der Regel vollgestopft mit Neuroleptika und trotzdem unterwegs wie ein Asteroidenschwarm, rasend und in tausend Fragmente zerschlagen. Er holt einen Schokoriegel aus dem Rucksack, teilt ihn und reicht ihr die Hälfte. »Schokolade hilft auch«, sagt sie. »Nicht gegen alles«, sagt er. »Doch«, sagt sie, obwohl sie weiß, dass er recht hat.

Als die gelben Jacken verschwunden sind, gehen sie weiter. Sie denkt an Natalie mit den altmodischen Zöpfen, die mehrmals gesagt hat, dass Eier so teuer sind, und an ihre Mutter, die Bundfaltenhosen aus Wollstoff trägt und Natalies kleinen Bruder in einem Kinderwagen durch die Gegend fährt, der auf Speichenrädern läuft und sicher vierzig Jahre alt ist. Sie denkt an Britta und Günseli, die ebenfalls total ernste Mädchen sind, und an die dicke Vanessa, die zumindest ab und zu lacht. Dann denkt sie an Roswitha, ihre Nichte, die damals ihre Schleppe getragen und nach der Trauung auf dem Vorplatz der Kirche Pfingstrosenblätter gestreut hat. Sie war fünf, dunkelblond, in einem weißen Kleid, und er hat sie mit einem Lächeln hochgehoben und auf seinen Arm gesetzt, für den Fotografen. Sie hat dieses Lächeln in Erinnerung, seine Augenbrauen, seine breiten Finger und die Frage, die er ihr hintennach gestellt hat: »Wem gehört dieses Mädchen?«

»Bei manchen Menschen kriegt man Angst, wenn sie nachdenken«, sagt er plötzlich. Sie erschrickt. Er behauptet, es gibt Leute, die eine Handbreit über dem Boden dahinschweben, denkt sie, lautlos, wie auf einem Luftkissen, und in Wahrheit gehört er selbst dazu. »Du kommst daher wie ein Geist«, sagt sie. Er lacht und zieht sich das Hemd über den Kopf. »*Spirit on the water*«, singt er. »Gib das Hemd wieder runter«, sagt sie.

»Warum?«

»Ich möchte dein Gesicht sehen.«

»Wovor fürchtest du dich?«, fragt er. Sie schüttelt den Kopf, sagt nichts und erhöht ihr Tempo. »Das hältst du nicht durch«, sagt er. »Und ob«, sagt sie. Sie weiß, dass sie schnell sein kann, wenn es drauf ankommt. Erst nur die Frequenz erhöhen, dann allmählich die Schrittlänge, nur nicht umgekehrt. Er folgt ihr mit Leichtigkeit. In der dritten Spitzkehre rutscht sie ein Stück zurück. »Wovor läufst du davon?«, fragt er. »Nicht vor dir«, keucht sie.

»Sondern?«

»Ich kann das nicht erzählen.« Ab einem gewissen Punkt verschwimme ihr alles, Fremdes und Eigenes, sie könne zwischen sich, den Kindern und den Menschen ringsum nicht mehr unterscheiden, und plötzlich sei die ganze Welt hinter ihr her, eine Armee aus großen dunklen Männern.

»Er?«

Sie nickt. Sie sei viel zu jung gewesen, sagt sie, viel zu vertrauensselig, selbst noch ein Kind, und er habe dieses Lächeln gehabt und seine großen ruhigen Hände.

Sie mag den Moment, in dem der Blick plötzlich über die Grathöhe reicht und nach Süden fällt, in die obersteirischen Kalkberge und in die Tauern. Der Wind trifft sie mit Wucht. Auch das mag sie, die Notwendigkeit, die Schultern nach vorn zu stemmen, das Brennen am Kinn und die Kälte, die sich die Nase hochschiebt wie zwei Eiszapfen. Sie steigen direkt den schmalen Rücken empor, an einer Felsschulter vorbei, umgehen südseitig eine Wechtenreihe, dann sind sie oben.

Manche Menschen sind so, habe der Psychiater zu ihr gesagt, und auf ihre Antwort, dass sie das auch wisse: *Warum haben Sie ihn dann geheiratet?* Sie habe gesagt, sie werde ihn vorbeischicken, vielleicht verstehe er es dann, woraufhin es der Psychiater offenbar mit der Angst zu tun bekommen und gemeint habe, das sei nicht notwendig, er könne ihn sich auch so vorstellen. Sie bezweifle das, habe sie gesagt, und der Psychiater habe beleidigt geantwortet: *Sie vertrauen mir gar nicht.*

»*Schnalzen*«, sagt sie, »es gibt verschiedene Worte dafür. Auf das, was er mit mir getan hat, trifft am ehesten *schnalzen* zu: die scharf durchgezogene flache Hand oder der Lederriemen, die beim Auftreffen auf die nackte Haut ein klatschendes Geräusch erzeugen.« »Er hat dich geschnalzt?«, fragt er. »Ich nenne es so«, sagt sie. »Wie schlimm?«, fragt er. Sie sagt nichts. Wenn sie die Augen zusammenkneift, wird das Glitzern der Schneekristalle bunt. Die Welt wird durch die kleinen, kindischen Dinge erträglich, denkt sie, durch das Zusammenkneifen der Augen im Schnee, durch Mönche, die nicht stillsitzen können, und durch bestimmte Sätze, zum Beispiel: *Du magst Ferien nicht*, oder: *Der Mond wird durch die Sonne zum Leuchten gebracht.* Er zieht die Steigfelle von den Schiern, bringt die Bindungen in Abfahrtsposition und überprüft die Schraubfixierungen der Teleskopstöcke. »Warum musst du ständig etwas tun?«, fragt sie. »Weil die Glocken davongeflogen sind«, sagt er, »da ist es so unerträglich still.« Sie tippt sich an die Stirn. Zugleich beunruhigt sie etwas. Sie weiß nicht, was es ist. Manchmal übersieht man Dinge, denkt sie.

Zehn Schwünge kurz, vier lang – der Firn im ersten Hang nach dem Gratabbruch ist knapp knöcheltief. Er fährt vor ihr her, zieht den Schwung extrem auf der Kante und singt laut *O Haupt voll Blut und Wunden.* Als ihre Oberschenkel zu brennen beginnen, schwingt sie ab und brüllt ihm nach, er habe ja so einen Knall. Er scheint nichts zu hören und fährt weiter. Sie streift den Rucksack von den Schultern, greift in die untere der beiden Außentaschen, nimmt das Päckchen mit den Rasierklingen raus und wirft es in hohem Bogen von sich, obwohl sie weiß, dass es nichts nützen wird.

An der Stelle, an der er wartet, beginnt der Harsch zu brechen. »Pass auf deine Knochen auf«, sagt er. »Mich irritiert etwas«, sagt sie und keucht, »es hat mit Glocken zu tun.« Er lacht: »Wundert's dich?«

Er fährt. Sie hängt im Beifahrersitz, zittert, und ihre Lungen brennen. Dreihundert Höhenmeter Springen im Bruchharsch, mehrere Stürze, am Schluss ein blankgescheuerter Güterweg. Er wirkt wie nach einem Spaziergang. »Ich laufe«, sagt er, als müsse er sich entschuldigen, »ständig, jeden Tag.« Sie nickt und sagt nichts.

Sie nehmen die Südstrecke, die Lawinengalerie zwischen Mooshaim und Sankt Christoph, den Kammwandtunnel. In den Kehren, die zum Westportal hinaufführen, schläft sie ein. Sie träumt von ihrer Mutter, die in doppelter Ausfertigung vor einem riesigen Kleiderschrank steht, Mäntel anprobiert und mit sich selbst spricht. Als etwas Dunkles aus dem Schrank tritt, schrickt sie hoch und meint, ihr Handy habe geläutet. Er sagt, es sei vielleicht das Quietschen der Bremsen gewesen. »Wo sind wir?«, fragt sie. »Ich habe eine Idee«, sagt er.

»Wollten wir nicht zu mir fahren?«

»Es dauert nicht lange.«

Er hilft ihr aus dem Auto. »Du kannst alles hierlassen«, sagt er. Er geht vor ihr her, in großen, elastischen Schritten. Die Schultern tun ihr weh, die Waden und das Kreuz. Das angelehnte Gittertor, daneben die Platane, der Schleichweg, nur in umgekehrter Richtung. Die Treppe hoch, die Stahltür mit dem Mattglas. Die großen Blumentöpfe auf dem Gang des Klausurtraktes, Weihnachtskakteen, Azaleen, ein Zitronenbäumchen. Siebenundzwanzig Schritte, sie weiß das inzwischen. Das Fenster steht weit offen. Eine seiner fixen Ideen ist es, ein Vogelpaar dazu zu bringen, in seinem Zimmer ein Nest zu bauen; am liebsten Rauchschwalben, sagt er.

Er führt sie mitten in den Raum. »Bleib stehen«, sagt er.

Er geht in die Knie und öffnet Gürtel und Zipp ihrer Tourenhose. Sie merkt, wie die Angst in ihr hochquillt. »Was willst du?«, fragt sie und versucht ihn wegzuschieben. »Nicht das, was du fürchtest«, sagt er, »ich schwöre es.« Er zieht ihr die Hose runter bis zu den Knien, dann auch die Strumpfhose. »Mir wird kalt«, sagt sie und legt die Hände flach auf ihre nackten Oberschenkel. »Gleich«, sagt er und schiebt einen der beiden Stühle, die im Zimmer stehen, hinten an sie ran, »setz dich.« Er zieht ihr alles aus, Schisocken, Hose, Strumpfhose. »Eine Sekunde«, sagt er und verschwindet ins Badezimmer. Sie schaut aus dem Fenster und hat plötzlich das Bild geflügelter Glocken vor sich, die sich in Formation über den Himmel bewegen wie Zugvögel. Dann versucht sie sich zu erinnern, welche Mäntel ihre Mutter tatsächlich getragen hat. Einer aus grauem Wollstoff fällt ihr ein, grob gewebt mit großen schwarzen Knöpfen.

Die emaillierte Waschschüssel, die er vor sich her trägt, ist weiß und hat einen feinen dunkelblauen Rand. Als er sie abstellt, schwappt Schaum auf den Holzboden. »Was hast du vor?«, fragt sie. Er lacht, hebt mit einer Hand ihre Unterschenkel hoch, schiebt mit der anderen die Schüssel an den Stuhl und senkt ihre Füße langsam ins warme Wasser. Er zieht einen Badeschwamm unter der Achsel hervor, tränkt ihn und presst ihn an ihren Waden aus. Früher habe er eine Frau gehabt, die nur in seinem Kopf existiert habe, sagt er, »und jetzt habe ich eine, der ich am Gründonnerstag die Füße wasche.« Sie schließt die Augen und stellt sich vor, wie zwei kleine geflügelte Glocken in dem Winkel zwischen Wand und Decke ein Nest bauen. »Warum lachst du?«, fragt er. »Weil du so pathetisch spinnen kannst«, sagt sie.

Achtzehn

Es war weit nach Mitternacht, und Raffael Horn hatte Sehnsucht nach einer Insel, auf der er noch nie gewesen war. Er stellte sich die Küstenstraße vor, die Heidekrauthügel, die Bäche, die in den Basaltgrund schnitten, und direkt am Meer die Dörfer mit den weiß gekalkten Mauern der Destillerien: Port Ellen, Port Askaig, Bowmore.

Er stellte sich endlose Schafherden vor, Regengüsse, Feuer im Kamin und wie er in einer Tweedjacke über der Brandung stand und auf den Atlantik hinausblickte. *Männerkitsch,* würde Irene sagen und Tobias irgendetwas von *Eskapismus*; das war seit neuestem sein Lieblingswort. Er selbst würde sich ein weiteres Glas Laphroaig eingießen und alles von sich abprallen lassen.

Horn saß am Schreibtisch und ging den Bericht durch, den er aus den Protokollen seiner Gespräche mit den drei Kindern verfasst hatte. Zwei Buben mit familiärem Migrationshintergrund, der eine ein verträumter Drachenkämpfer, der andere erbkrank und in der Lage, alle Hauptstädte der Welt auswendig aufzusagen. Ein Mädchen, schüchtern, Meerschweinchenmutter, mit einem gewissen Zeichentalent. Alle drei unauffällig in ihrer Basisausstattung, normal intelligent, affektiv gut schwingend, adäquat im Kontakt, zurückhaltend und dennoch interessiert. Alle drei deutlich irritiert durch ein jeweils ähnliches Erlebnis, misstrauisch hinsichtlich der ereignisbezogenen Fragen, offensichtlich verängstigt durch etwas, das sie *das Gleiche* nannten, dessen

Natur sie allerdings nicht preisgaben. Kein krankheitswertiges Störbild, insbesondere kein Hinweis auf posttraumatische Belastungsstörung. Er schloss das Dokument. Posttraumatische Störungen zeigten sich mitunter erst Monate oder gar Jahre nach dem Ereignis, insofern war es von höchst eingeschränktem Wert, was er da geschrieben hatte, aber das wusste nur jemand, der sich auskannte. Er stand auf, verließ das Büro und trat vors Haus. Es nieselte leicht. Am Morgen würde Nebel über dem Further Becken liegen. Üblicherweise strich in solchen Situationen die Katze um seine Knöchel. Momentan war sie bei Tobias, Tobias war bei Michael, immer noch, genauso wie der Volvo. Er war blöd genug gewesen, zu sagen, er brauche das Auto nicht. Söhne nützten so etwas aus.

Im Stall brannte Licht. Irene saß in einem der Fauteuils und hörte Musik. Jemand sang Barockarien, eine Stimme, die in der Tiefe offen und rauh wurde. »Das ist aber kein Cello«, sagte er. Sie hatte die Augen geschlossen und schwieg. Er kam sich blöd vor.

»Ein Countertenor?«, fragte er, »Kowalski? Scholl? Einer von den Engländern?« Sie schüttelte den Kopf und wies auf die CD-Hülle, die auf dem Verstärker lag. Ein schmales Gesicht, dunkles kurzes Haar, abstehende Ohren, ein Hauch von Skepsis im Gesicht. Marijana Mijanovic, las er. »Nie gehört.« »Aber sie müsste dir gefallen«, sagte sie. »Die Stimme?«, fragte er. »Die ganze Frau«, sagte sie, »die Ohren, der kritische Blick, natürlich die Stimme.« Sie hat recht, dachte Horn, klarerweise; wer sollte sonst wissen, was mir gefällt. Er fragte sie, warum sie das höre, und sie sagte, weil ihr die Frau auch gefalle, erstens, und weil sie, zweitens, singe, wie sie selbst gern Cello spielen würde, sanft und wild und passagenweise so ungezügelt, dass man die Zunge vibrieren höre.

Sie richtete sich auf und winkte ihn zu sich heran. »Ich möchte dich etwas fragen«, sagte sie, »ganz leise.« Er stützte sich auf die Lehne des Fauteuils und beugte sich zu ihr hinab. Sie flüsterte ihm etwas ins Ohr. »Jetzt?«, fragte er, »hier?« Sie nickte.

»Es ist das Einzige, was mich beruhigt.«

»Aber ihr spielt doch nur das Bruckner-Te-Deum«, sagte er. Sie schüttelte den Kopf. »Nicht nur. Aber wenn ich davon spreche, macht mich das noch nervöser.« Sie hob entschuldigend die Schultern. Er strich mit dem Zeigefinger ihren Nasenrücken entlang. »Meine dumme Perfektionistin«, sagte er. Sie zog ihn erneut an sich. »Holst du uns die Decken?«, flüsterte sie, »es ist kühl.«

Marijana Mijanovic sang irgendwas von *vago e bello* und *fiore* und *prato*, während Irene in der Art auf ihm lag, die sie *ganze Länge* nannte: Alles berührte sich, Zehenspitzen, Schenkel, Bauch, Brust, Hände, Kinn, Mund, Nase, Stirn. Er tastete mit der Zungenspitze ihre Schneidezähne ab, roch die Schärfe in ihrem Duft und spürte, wie ihr Zittern langsam nachließ. »Was wirst du spielen?«, fragte er. Sie legte ihren Kopf in seine Halsgrube, nagte an seinem Schlüsselbein und sagte nichts.

Später lagen sie auf dem Teppich, eine Daunendecke als Unterlage, die andere als Zudecke, und er erzählte von Felix, Britta und Sen Wu, von ihrer Offenheit, ihrer Neugier und von den Rätseln, die sie aufgaben. Er sagte, dass die Gerechtigkeit in der Welt sofort zu existieren aufhöre, sobald man die Lebensgeschichten von Kindern vergleiche, und sie antwortete, das brauche er gerade ihr nicht zu erklären. Tobias werde dafür sorgen, dass sich die Sache mit Michael einrenke, sagte er, und sie antwortete, Tobias sei seit einigen Tagen weg, das solle er bitte nicht vergessen. »Apropos Tobias weg«, sagte er, »– fährst du mit mir im Sommer nach Schottland?« »Apropos Männerphantasien«, antwortete sie, »– weißt du, für wen Händel all das geschrieben hat, was die Mijanovic da singt?« Er zuckte mit den Schultern. »Für einen Kastraten«, sagte sie. Da sei er also doch nicht so falsch gelegen mit seiner Countertenor-Vermutung, sagte er. Ein Countertenor sei, bitte sehr, kein Kastrat, gab sie zur Antwort, »und by the way« – einem Buben die Eier abzuschneiden, sei noch schlimmer, als ihn zu schlagen.« »Wenn man sucht, gibt es immer etwas Schlimmeres«, sagte er.

Während Irene neben ihm immer ruhiger atmete, dachte er an Blumenwiesen, an Lisbeth Schalk und Leonie Wittmann, daran, dass für gewisse Kollegen eine Frau als Begleitung auf einer wissenschaftlichen Tagung schlicht *Kongressunterlage* hieß, und an seine Söhne, die möglicherweise genau in diesem Moment beisammensaßen und über ihre Eltern herzogen, Michael bei einem Glas Wein, Tobias mit einem Joint zwischen den Fingern. Er fragte sich, wann der eine dem anderen das Autofahren beigebracht hatte und wie eng der Kontakt zwischen den Brüdern die ganze Zeit über gewesen war, ohne dass Irene und er etwas gemerkt hatten. Er blickte durch eins der Dachflächenfenster in den Himmel. Es waren keine Sterne zu sehen. Er fragte sich wieder einmal, ob er in diesem Haus richtig war, am Waldrand, im Einzugsbereich einer Kleinstadt, und dann fragte er sich, welche Leute ihn bieder fänden, wüssten sie, dass für ihn der Sex mit seiner Ehefrau noch immer das Beste war, das es gab.

Der Anruf kam knapp vor sechs. Im Stall lag weißes Morgenlicht. Irene hatte sich zur Seite gerollt und schnarchte leise. Er langte nach dem Mobiltelefon, das er auf ihrem Bugholzstuhl abgelegt hatte. Es war Christina. Günther habe sie soeben aus dem Spital angerufen, sagte sie. Margot Frühwald krampfe seit einer halben Stunde. Gerlinde Schäfer, der Welt ehrgeizigste Turnusärztin, glaube wie immer, sie müsse alles allein bewältigen, und kriege die Sache nicht in den Griff. Horn schälte sich aus der Decke. »Kannst du mich abholen?«, fragte er, »mein Sohn hat mir mein Auto gestohlen und ich weiß nicht, ob Irene das ihre nicht braucht.« »Ich hätte auch gern einen Sohn, der mir mein Auto stiehlt«, sagte Christina. Dann legte sie auf.

Raffael Horn sammelte seine Kleider ein. Direkt über ihm raschelte es in der Dachschräge. Ein Siebenschläfer oder ein Marder. Irene kam mit dieser Art von Haustieren besser zurecht als er selbst. Lass sie, sie tun uns nichts, sagte sie, wenn er laut über Fallen oder Giftköder nachdachte. Sie fressen uns nur die Dachisolierung weg, sagte er, und du frierst wieder. Sie lachte dann einfach, zuckte mit den Schultern und streichelte Mimi, die auch nicht die Absicht zu haben schien, es sich mit einem Marder anzulegen. Er dachte dann etwas wie *Pazifistenweiber*. »Gute Generalprobe, toi, toi, toi«, sagte er halblaut in Irenes Richtung, bevor er ging. Sie grunzte und hob einen Finger.

»Wie geht es Dolores?«, fragte Horn, als er zu Christina ins Auto stieg. »Sie kann ihren Vornamen schreiben und wird im Herbst eingeschult«, antwortete sie. Vielleicht werde sie ihr auch einmal das Auto stehlen, sagte Horn. Christina erwiderte, er solle das blöde Gerede lassen, sie kenne keinen Menschen mit Downsyndrom, der den Führerschein gemacht habe, und Horn sagte, seinen Sohn habe der fehlende Führerschein auch nicht gehindert. Am Beginn der Kurven zur Schnellstraße hin nahm er wahr, dass er sich mit seiner nächtlichen Nebelahnung geirrt hatte. Hohe Schichtbewölkung lag über dem Talkessel. Der See war grau. Karfreitag, dachte er und er stellte sich vor, wie das Krankenhaus zu Mittag nach Fisch riechen würde. »Wo ist deine Tochter eigentlich jetzt?«, fragte er. Christina deutete mit dem Daumen nach hinten. Er wandte sich um. Das Mädchen lag eingerollt auf dem Rücksitz und schlief.

»Bringst du sie im Pyjama in den Kindergarten?«, fragte Horn. »Sie bleibt bis zwölf bei mir im Büro«, sagte Christina, »dann fahre ich heim. Heute ist ein halber Feiertag. Und Kleider habe ich dabei, falls dich das beruhigt.«

Christina trug ihre Tochter über den Parkplatz, am Portier vorbei zum Lift. In der Kabine wachte das Mädchen auf und sagte: »Drücken.« Wie alle Kinder, dachte Horn, und Christina sagte: »Wie sonst?«

Margot Frühwald war blassviolett im Gesicht und atmete schnappend. »Es kann jeden Moment wieder losgehen«, sagte Günther, der Horn zuerst wahrnahm. Horn fragte, wie lange es schon gehe. Günther sagte, vierzig Minuten, und Karin, die auch am Bett stand: »Vielleicht schon länger.« Gerlinde Schäfer war eben dabei, die Sauerstoffbrille auf Margot Frühwalds Nase zu applizieren. Wenn man die krampffreien Intervalle subtrahiere, sagte sie, komme man auf eine Nettokrampfzeit von maximal zwanzig Minuten. Horn blickte sie forschend an. Sie war blass und zitterte. In Wahrheit habe das Ganze knapp nach Mitternacht begonnen, erzählte Karin. Beim Kontrolldurchgang sei Frau Frühwald plötzlich aufrecht im Bett gesessen, habe ins Leere gestarrt und laut vor sich hin gezählt: *Siebzehn, achtzehn, neunzehn, zwanzig, einundzwanzig*, verschiedene Zahlenreihen. Zwischendurch habe sie immer wieder gesagt: *Eins fehlt*, oder: *Gunde, eins fehlt*. Dabei habe sie mit den Armen bizarre Bewegungen vollführt, teils wischend, teils, als wolle sie einen Apfel aus der Luft pflücken, teils auch, als winke sie jemandem. »Was heißt *Gunde*?«, fragte Horn. Friedegund Mayerhofer sei die Leiterin des alten städtischen Kindergartens gewesen, der jetzt Kindergarten Furth I heiße, sagte Günther, sie sei von ihren Kolleginnen *Gunde* genannt worden. Er wisse das genau, er habe sie selbst als Kindergärtnerin gehabt.

»Was haben Sie ihr alles gegeben?«, fragte Horn. Gerlinde Schäfer sagte nichts. Er sah, wie ihr Tränen in die Augen stiegen. »Einen Infusomaten, Clonazepam-Ampullen, Lösungsmittel, das Pulsoxymeter«, sagte er zu Karin und Günther. Als die beiden draußen waren, setzte sich die stämmige junge Frau auf den Stuhl am Fenster und begann zu weinen. »Sie sind nicht schuld«, sagte er. »Doch«, schluchzte sie.

»Warum?«

Sie habe gedacht, Margot Frühwald höre Stimmen und sehe Gestalten, daher habe sie ihr Risperidon gegeben, und zwar in einer nicht zu knappen Dosis. Horn begann zu begreifen. »Und Sie meinen, damit haben Sie den Anfall ausgelöst?« Gerlinde Schäfer zog die Tränen durch die Nase auf und nickte. Er spürte den Impuls, vor ihr in die Knie zu gehen wie vor einem kleinen Kind und ihr die Hand auf den Oberschenkel zu legen. Frau Frühwald habe offenbar einen Temporallappenanfall erlitten, sagte er, der typischerweise lang gedauert habe und am Ende in einen Grand-Mal-Anfall übergegangen sei. Die stereotypen Bewegungen und Sprachäußerungen hätten daher zwar mit Halluzinationen im psychiatrischen Sinne nichts zu tun, sie habe aber mit dem Neuroleptikum unter Garantie auch nichts angerichtet.

»Manchmal ist die Medizin weniger schädlich, als sie selbst glaubt«, sagte er. Gerlinde Schäfer blickte ihn zweifelnd an. »Und sie wird nicht sterben?«, fragte sie. »Nicht jetzt«, sagte er.

Sie hängten Margot Frühwald an den Clonazepam-Tropf und verabreichten ihr ein Entwässerungsmittel zur Hirnödem-Prophylaxe. Dann griff Horn zum Telefon und ließ sich mit der neurologischen Überwachungsstation verbinden. Zwei Betten waren frei.

Dolores saß im Sozialraum auf Christinas Schoß und stopfte einen Briochezopf in sich hinein. »Bist du nicht zu schwer für deine Mutter?«, fragte Horn. Das Mädchen schüttelte den Kopf. »Sie quält Christina jedes Mal, wenn sie hier sein darf«, sagte Karin. »Nein!«, protestierte Dolores und prustete dabei eine Wolke Brösel und Hagelzucker in den Raum. »Doch«, sagte Horn. Sie trat nach ihm. In fünfzehn Jahren wird sie den Führerschein machen und auf der Autobahn hundertsechzig fahren, dachte er. »Nein«, sagte Dolores. »Wird sie nicht«, sagte Christina. Wenn ich zu früh geweckt werde, ist es am schlimmsten, dachte Horn und hielt sich die Hand vor den Mund.

»Schickst du sie nach Hause?«, fragte Christina. »Die Schäfer? Nein. So etwas muss sie aushalten. Außerdem vertragen sich Ehrgeiz und Schonung nicht«, sagte Horn. Er sei brutal, sagte sie. Sei er nicht, erwiderte er, und wie er den

Herrn Kollegen Hrachovec kenne, werde er sich augenblicklich um die Arme kümmern, wenn er um acht daherkomme. »Der Held im weißen Mantel«, sagte Christina.

»Der das schwache Weib rettet.«

Das funktioniere offenbar immer noch, sagte sie – es sei denn, das schwache Weib habe ein behindertes Kind, dann werde die Zahl der Helden übersichtlich. »Noch eins«, sagte Dolores und griff nach einem zweiten Briochezopf.

Sie hat ein behindertes Kind und ihren Richard, dachte Horn, von einem Helden keine Spur. Richard Gassner aus der EDV-Abteilung war definitiv kein Held. Er war klein, bärtig und schüchtern und besuchte Christina ab und zu, um mit ihr zu schlafen. Ansonsten ließ er sie in Ruhe. Das sei ihr das Wichtigste, sagte sie.

Bei der Morgenbesprechung saß Gerlinde Schäfer eng neben Hrachovec. Sie schien sich beruhigt zu haben. Abgesehen vom Zwischenfall mit Margot Frühwald gebe es aus dem Dienst noch zwei berichtenswerte Dinge, sagte sie. Erstens habe man mitten am Nachmittag Sabrina völlig nackt in Marcus' Zimmer angetroffen. Ihm sei das offenbar ziemlich peinlich gewesen und er habe beteuert, es sei eh nichts passiert. Sie hingegen habe gesagt, sie wolle schon seit längerem ein Kind und habe sich daher die Gelegenheit nicht entgehen lassen können. Was wirklich geschehen sei, könne keiner sagen, denn Sabrina habe genialerweise die Optik der Überwachungskamera vorher mit Nagellack überpinselt. »Verhütet sie?«, fragte Horn. Niemand wusste es. »Verhütet er?«, fragte Leonie Wittmann. Er könne sich nicht vorstellen, dass jemand, der vor kurzem mit der Schlinge um den Hals von der Decke gefallen sei, an Verhütung denke, sagte

Horn. Genauso wenig wie eine junge Frau, die regelmäßig ihre Haut mit Rasierklingen penetriere, sagte sie.

Apropos Schlinge, sagte Gerlinde Schäfer, das zweite Berichtenswerte sei Marcus' Abschiedsbrief. Eine Kriminalpolizistin, die behauptet habe, sie sei vor kurzem mit Felix Szigeti und Britta Kern an der Abteilung gewesen sei, habe ihn vorbeigebracht. Genau genommen sei es der Ausdruck einer E-Mail, die Marcus an seinen besten Freund gerichtet habe. Sie habe das Schreiben der Krankengeschichte beigelegt. Bei jenem Freund handle es sich um Florian Weghaupt, einen jungen Mann, der unlängst durch einen Sturz von einem Fassadengerüst zu Tode gekommen sei. Sogar das Fernsehen habe darüber berichtet. Der Brief sei voller Vorwürfe der Welt gegenüber und offenbar zu einem Zeitpunkt geschrieben worden, zu dem Weghaupt bereits tot gewesen sei. Er beginne mit dem Satz: *Flo, du warst immer schon der Konsequentere von uns beiden.* Mehr habe sie sich nicht gemerkt.

Horn dachte an Tobias und seine Variante von Konsequenz, an den Zusammenhalt zwischen Brüdern und an ein neues Auto. Dann dachte er an den frühen Morgen, an das weiße Licht im Stall, an das Rascheln des Marders in der Dachisolierung und daran, wie Irene an seinem Schlüsselbein genagt hatte. »Magst du Barockmusik?«, raunte er Leonie Wittmann zu. »Nicht so besonders«, antwortete sie, »warum?« »Einfach so«, sagte er.

Sie waren dabei, über jene Menschen zu sprechen, die sich Zuwendung wünschten, aber selbst nur Sex beherrschten, als plötzlich Kurt Frühwald in der Tür stand. Alle verstummten. Frühwald war kreidebleich. Seine rechte Wange zuckte ununterbrochen. »Wo ist sie?«, fragte er leise. Horn erhob sich und trat auf Frühwald zu. »Kommen Sie«, sagte er. Frühwald blickte an ihm vorbei. »Wo ist sie?«, brüllte er. Horn packte ihn am Arm und zerrte ihn aus dem Raum. »Auf der Neuro-Intensiv«, sagte er, »von dort wurden Sie auch angerufen.«

»Niemand hat mich angerufen!«

»Warum kommen Sie dann her?«

Kurt Frühwald stand da, die Fäuste geballt, und gab keine Antwort. Aus Christinas Büro klang das Lachen ihrer Tochter. Horn stellte sich vor, wie Dolores auf den Gang lief, einem Spielzeugauto hinterher, wie sie stehen blieb und sie beide anstarrte und wie Frühwald plötzlich die Arme nach vorn streckte. Er stellte sich vor, dass sie erstaunt den Mund öffnete, so, dass man ihre Zunge sah, dass sie für eine Weile zu atmen vergaß und dass sie ihre kurzen dicken Finger spreizte wie ein kleiner Wassermann. Er stellte sich schließlich vor, dass Kurt Frühwald innehielt, die Arme wieder senkte und mit dem rechten Fuß auf das Spielzeugauto trat, so, als habe er es nicht gesehen.

Kurt Frühwald sprach kein einziges Wort, während sie in Richtung N 31 gingen, nicht in der Vorhalle, nicht auf der Treppe und nicht an der Schiebetür, vor der sie schließlich warteten. Horn dachte an die Sommerlinde vor Frühwalds Haus, an Margot Frühwalds Gesicht mit dem Pfauenfedernbettzeug drum herum und daran, wie ihr Mann die Magnetverschlüsse an den weißen Gurten geöffnet hatte. Die große dunkelhaarige Schwester, die hinter der Mattglasscheibe hervortrat, sagte, es tue ihr leid, aber seiner Frau werde gerade ein Halsvenenkatheter gesetzt, um im Notfall einen besseren Zugang zu haben, er solle bitte frühestens in einer Stunde wiederkommen. Frühwald blickte eine Weile gegen die Wand, dann wandte er sich zum Gehen. Im Lift drückte er auf den Knopf. »Mir wird meine Frau weggenommen, täglich, seit elf Jahren«, sagte er, bevor er im Erdgeschoß in Richtung Ausgang ging.

Er habe nichts mit ihr gehabt, Ehrenwort, sagte Marcus Lagler, und richtete seinen Blick hilfesuchend auf Herbert. Sie sei erst auf den Tisch geklettert und habe das Kameraauge bemalt, was mit dem winzigen Nagellackpinselchen ziemlich langwierig gewesen sei, dann habe sie sich vor ihn hingestellt und ein Kleidungsstück nach dem anderen abgelegt, nicht wie eine Striptease-Tänzerin, sondern eher wie vor dem Schlafengehen. Er habe für einen Moment gedacht, dass ihr Körper ganz hübsch sei, doch dann habe er diese Narben und Schnitte gesehen, dicht an dicht, überall. Dass es das an den Unterarmen gebe, habe er gewusst, aus Zeitschriften und aus dem Fernsehen, doch auf den Beinen, auf dem Bauch, auf den Brüsten – auf so etwas sei man nicht vorbereitet. Also, an Sex sei von seiner Seite aus nicht zu denken gewesen, und was sie gewollt habe, sei ihm in Wahrheit auch nicht klargeworden, denn sie sei einfach nackt vor ihm gestanden, mit Gänsehaut an den Oberschenkeln, und habe ihn angesehen, provokant und traurig zugleich.

Horn legte das Blatt auf den Tisch. »Darum geht es jetzt«, sagte er, die Sache mit Sabrina sei ihnen schon klar. Marcus drehte für einige Sekunden die Augen zur Decke. »Woher haben Sie das?«, fragte er. »Letztlich von Florian Weghaupts Mutter«, sagte Horn. »Blöder Trampel«, sagte Marcus. »Wie bitte?«, fragte Herbert.

»Nichts. Mütter sind halt so.«

»Wie sind Mütter?«

»Ignorant. Stumpfsinnig. Stöbern in E-Mails rum.«

»Wie Ihre eigene?«

»Ja, wie meine eigene.«

»Und interessieren sich nicht?«

»Wie meinen Sie das?«

Das schreibe er auch, sagte Horn, dass sich nicht einmal die engste Familie für seine Musik interessiert habe. »Für unsere Musik«, sagte Marcus, »für unsere wertlose, nichtswürdige Nachahmermusik.« Was er von ihm gehört habe, sei nicht im mindesten wertlos, sagte Herbert. Leider zähle seine Meinung rein gar nichts und auch nicht die Meinung von Freunden oder Gitarrelehrern, sagte Marcus, und Palkovits, der Produzent, bei dem sie gewesen seien, habe gesagt, das sei nettes Nachgeträllere, sonst gar nichts. Florian habe den Mut gehabt, zu fragen, wem sie seiner Ansicht nach nachträllerten, und dieser niedergefixte Typ mit den fetten Haaren habe gesagt, das sei uninteressant, es klinge hundertprozentig epigonal und aus. Monate intensiven Probens seien völlig für die Katz gewesen, nicht zu reden von der Arbeit des Textens und Komponierens. Der Mann habe sie nicht einmal vorspielen lassen, sondern gesagt, die Demo-CD genüge ihm, auf Wiedersehen. »Und ein paar Tage später ist Florian runtergefallen«, sagte Herbert. Ja, damit sei für ihn dann alles vorbei gewesen, sagte Marcus, er habe die Welt wahrgenommen, als betrachte er eine Reihe von Videoclips, mit denen er nichts mehr zu tun habe, und aus diesem Zustand heraus habe er den Brief an Florian geschrieben, an den einzigen Menschen, der ihm wirklich etwas bedeutet habe. »Und dann ...«, sagte Herbert. »Habe ich mich aufgehängt«, so einfach sei das. Er sei in den Keller gegangen, mitten in der Nacht, zur ruhigsten Zeit, habe mit dem Holzbeil ein Stück von einem alten Kletterseil gehackt, drei, vier Meter vielleicht, und eine Schlinge geknüpft. Er habe keine Ahnung, von wem das Seil stamme; es hänge schon ewig dort rum, und nein, seine Mutter sei seines Wissens nie klettern gegangen, genauso wenig seine diversen Stiefväter. »Diverse Stiefväter?«, fragte Horn. Vier seien es bis jetzt gewesen, sagte Marcus, den letzten gebe es seit zweieinhalb Jahren. Sein leiblicher Vater sei unmittelbar nach seiner Geburt nach Südtirol abgehauen, woher er ursprünglich stamme, aber das alles habe er schon zirka hundertmal erzählt. Horn sah plötzlich all die Fragen, die in diesem Moment zu stellen gewesen wären, vor sich wie auf einer Schultafel: Haben Sie versucht, zu ihrem Vater Kontakt aufzunehmen? Wie stellen Sie ihn sich vor? Haben Sie ein Foto von ihm? Zu welchem ihrer Stiefväter hatten Sie die beste Beziehung? Treffen Sie ihn noch? Hat Sie der erste Stiefvater geschlagen? Der zweite? Der dritte? Der vierte wohl nicht mehr. Er kam sich total lächerlich vor und fragte nur eins: »Warum unter dem Luster?« Marcus Lagler drehte erneut die Augen zur Decke, dann blickte er Horn an. Es sei irgendwie kindisch, sagte er, aber er habe sich das schön vorgestellt: Die Mutter drücke auf den Schalter und er hänge ganz friedlich da, das Licht über seinem Kopf wie ein Heiligenschein.

Manchmal hatte Raffael Horn mitten am Tag Lust auf Alkohol, das beunruhigte ihn. Wenn es im Team Konflikte gab, war das so, wenn Irene eine ihrer unnahbaren Phasen hatte und wenn ihm Krenn, der kaufmännische Direktor, mit Personalkürzungen drohte. Darüber hinaus existierte noch diese seltsame psychische Fläue, das Gefühl, etwas

Wichtiges übersehen zu haben, ohne dass in der Realität etwas vorhanden gewesen wäre, das man übersehen hätte können. Du spinnst, sagte er zu sich selbst, die Welt ist nicht mehr, als was sie ist. Trotzdem war er in diesen Situationen froh, kein Bier zur Hand zu haben und keinen Schnaps. Er ging zur Wasserleitung und trank, bis ihm der Magen wehtat. Dann öffnete er das Fenster, in der Hoffnung, etwas Starkes zu riechen, Flieder zum Beispiel oder fauliges Schilf. Er roch jedoch nichts.

»Die Welt ist immer mehr, als was sie ist«, sagte Leonie Wittmann und lehnte sich mit der Schulter gegen die Wand. Ab und zu passierte das: Nach der Visite lehnte sich jemand gegen die Wand, es formierte sich eine Gruppe, und direkt aus der Alltagsroutine heraus wurden sonderbare Sätze gesagt. Ob das mit der Welt nicht banal sei, fragte Hrachovec, und Leonie Wittmann sagte, einerseits schon, aber andererseits sei das Banale auch das wirklich Entlastende, zum Beispiel die Erkenntnis, dass man nie alles erfasse und immer etwas übersehe, oder eben, dass jedes Konkrete zugleich auch etwas Symbolisches sei, die Schlinge, die vom Lusterhaken baumle, der Schnitt in die eigene Haut oder der nackte Körper, den man dem anderen präsentiere. Oder die Ohrfeige, die man einem Kind gibt, dachte Horn. »Genau«, sagte Wittmann.

Sie sprachen über die Metaphorik des Körpers, über die Frage, wie man ein Kind behandeln müsse, damit es sich später selbst verletzte, und über die lustvolle Vorstellung, Sabrinas Vater die Faust ins Vordergebiss zu dreschen. Am Ende sprachen sie über unbewusste Motive hinter der Wahl eines Musikinstruments, Hrachovec sagte, seiner Ansicht nach dürfe Musik nie der Grund für einen Suizidversuch sein, und Herbert erwiderte, daraus spreche das romantische Pathos des absolut Ahnungslosen. Musiker brächten sich ständig um, vor allem Gitarristen, und eigentlich erwarte man es von ihnen geradezu. Horn dachte an die Durchlässigkeit seiner Frau, an ihre roten Wangen, wenn sie übte, und daran, dass sie immer wieder davon sprach, ein Musiker müsse um sein Leben spielen, wolle er wirklich glaubwürdig sein.

»Ist dein komisches Gefühl weg?«, fragte Leonie Wittmann, bevor sie auseinandergingen. Er horchte eine Sekunde in sich hinein, dann schüttelte er den Kopf. Es habe vermutlich mit seiner etwas zwanghaften Schottland-Fixierung zu tun, sagte er, mit sonst gar nichts.

Der grauhaarige Mann erwartete ihn vor dem Treppenabgang. »Possner«, sagte er, »Armin Possner.« Horn solle sich nichts draus machen, er habe offenbar einen Namen, der ständig vergessen werde; er kenne den Blick der Leute inzwischen, manche sagten dann *Possnik* oder *Posch*. Seine Firma habe er *Apollo* genannt, A von Armin und Po von Possner, *Apollo Personalleasing*, damit hätten die Menschen weniger Schwierigkeiten. *Herr Apollo* komme daher auch gelegentlich vor. Es sei ihm klar, dass er besser anrufen hätte sollen, er entschuldige sich für sein Versäumnis, aber er brauche einen kurzen Rat.

Horn betrachtete den Mann, den akkuraten Haarschnitt, die geputzten Schuhe und den mehrfach gefalteten Notizzettel. Eine schizophrene Ehefrau, die in Graz behandelt wird, fiel ihm ein, und dann fragte er sich plötzlich, ob alle Krawatten von links oben nach rechts unten gestreift waren.

Seine Tochter sei am Vortag verschwunden, sagte der Mann, einfach weg, wie ein Phantom, ohne irgendetwas zu hinterlassen, einen Hinweis oder eine Botschaft. Sie sei dreizehn und während des letzten halben Jahres sehr schwierig gewesen – er habe das zuletzt kurz angedeutet. Was feststehe, sei, dass sie aus seinem Büro Geld genommen habe, mehrere tausend Euro, was aber nicht die Hauptsache sei, denn gestohlen habe sie schon die ganze Zeit. Mehr Sorge bereite ihm, was sie ihm und seiner Frau in einer geradezu manischen Fixiertheit vorgeworfen habe: dass sie sie damals in Wahrheit nicht in Pflege genommen, sondern ihren indischen Eltern abgekauft hätten, dies in erster Linie zum Zweck der kurzfristigen Weitervermietung – so habe sie es genannt. Er selbst versuche sich nicht zu ärgern, sondern an die Traumen ihrer Kindheit zu denken, an die Waisenhausjahre und an die Zeit auf der Straße, was auch immer ihr dort widerfahren sei. Er komme auf diese Weise mit ihrem Verhalten halbwegs zurecht, seine Frau hingegen sei völlig durch den Wind, schlafe nicht mehr, spreche mit dem Fernseher und behaupte seit dem Vortag, ihre Tochter sei mit Sicherheit tot.

»Wie heißt sie?«, fragte Horn.

»Wer? Meine Frau?«

»Nein, Ihre Tochter.«

Fanni, sagte der Mann, seine Pflegetochter heiße Fanni. Anfangs sei sie ein ruhiges, angepasstes Mädchen gewesen, doch das habe sich sukzessive geändert. Jetzt sehe er sich allein nicht mehr raus und wolle die Sache dem Jugendamt melden, die Abgängigkeit und die Vorwürfe, die von ihr zu erwarten seien. Das sei das Erste, worum er ihn, Horn, habe bitten wollen – ihm eine Kontaktperson am städtischen Jugendamt zu nennen, jemanden, dem man so eine Geschichte gefahrlos erzählen könne. »Gefahrlos?«, fragte Horn. »Sie wissen schon«, sagte der Mann, »ohne die üblichen Ressentiments.« Es handle sich schließlich um ein ausländisches Mädchen, das ziemlich exotisch aussehe. Was nicht einmal in Furth ein Problem darstellen dürfe, sagte Horn. »Ihr Wort in Gottes Ohr«, erwiderte der Mann.

»Und das Zweite?«, fragte Horn. »Würden Sie sie behandeln?«, fragte der Mann.

»Sie ist ja nicht einmal da.«

»Wenn sie dann da ist – würden Sie sie behandeln? Sie ist wirklich verrückt. Sie müssen mir glauben.«

Der Mann sah erschöpft und ängstlich aus. Manchen Menschen bürdete das Schicksal eine schizophrene Ehefrau auf, zusätzlich eine Pflegetochter, die von zu Hause weglief, und sie schafften trotzdem messerscharfe Bügelfalten an ihren Hosen. Horn blickte hinab auf die ausgebeulten Knie seiner Jeans und dachte daran, dass Tobias Eier zerdrückte, Katzen entführte und Kraftfahrzeuge widerrechtlich in Betrieb nahm. Dann dachte er an Irene, die in manchen Phasen kaum schlief, unter Garantie mit ihrem Cello sprach und immer wieder den Tod ihrer Söhne vor sich sah. Trotzdem hatte er es gut erwischt, eindeutig.

»Welche Art von Personal kann man eigentlich bei Ihnen leasen?«, fragte er. Der Mann blickte ihn überrascht an, dann lächelte er. In erster Linie Bauarbeiter, sagte er, Maurer, Zimmerleute, Kranfahrer, auch in großem Umfang, wenn es nötig sei, mehrere hundert auf einmal. Er habe aber auch höher qualifizierte Kräfte an der Hand, Software-Entwickler, IT-Ingenieure oder Experten in Objekt- und Personenschutz. Falls er so etwas brauche, könne er jemanden buchen, der ihm eine Theaterbühne aufbaue, eine Rede schreibe oder unter Wasser einen Haikäfig zusammenschweiße. Ich möchte den Haikäfig, dachte Horn. Dann fragte er, woher er all die Leute habe, und der Mann sagte, aus der ganzen Welt.

Horn machte kehrt, betrat die Leitstelle und griff zum Telefon. Leuweritz hob ab. »Operierst du gar nicht?«, fragte Horn.

»Rufst du mich an, um dich an der Faulheit der Unfallchirurgen zu freuen?«

»Noch schlimmer. Ihr habt doch sicher Schnaps an eurer Abteilung?«

»Na, was heißt!?«, sagte Leuweritz. Horn legte auf. In der Luft lag ein Rest von Andrea Emlers Parfum – Miyake, wenn er sich recht erinnerte. Ein Halbsatz von Leuweritz fiel ihm ein: *Die Spitze des Zaunpfahles, die den Herzbeutel berührt.*

Neunzehn

Eine gelbe Playmobil-Insel mit Palmen drauf war das Erste, was er sah. Sie lag auf dem Waschbetonpflaster vor dem Portal, wenige Meter von der Gartenmauer entfernt. Sprünge verliefen vom Rand zur Mitte und ein keilförmiges Stück war herausgebrochen. Offenbar war jemand draufgetreten. In den Kriechwacholderbüschen seitlich des Zugangsweges hingen ein Waschbär aus Plüsch und ein rotes Puppenbett. Ludwig Kovacs hob den Waschbären auf und nahm ihn mit.

Neben dem Eingangstor standen zwei Frauen. Die eine, hager, grauhaarig, die Frisur etwas seltsam, weinte. Die andere, klein und rund, in einem mintgrünen Popeline-Mantel, hielt ihre Hände und sprach begütigend auf sie ein. »Wer von Ihnen hat angerufen?«, fragte Kovacs. »Ich«, sagte die kleinere, »sind Sie von der Polizei?« Er nickte. »Und wer sind Sie?«, fragte er. Die hagere Frau schluchzte auf. Das sei Lea Wirth, die Leiterin des Kindergartens, sagte die andere. Sie habe die Sache von ihr erfahren.

Der Anruf beim Journaldienst der Further Polizei war um sechs Uhr vierunddreißig eingelangt und ordnungsgemäß aufgezeichnet worden. Sie heiße Erika Oleschowsky, hatte die Frau gesagt, und sei eine notorische Frühaufsteherin, egal, ob es sich um einen Wochentag handle, um einen Sonntag oder eben um Karsamstag. Sie bewohne eines der Reihenhäuser in der Zsigmondygasse, jenes mit der Nummer achtzehn, und habe von ihrem Schlafzimmer aus einen direkten Blick auf die Hinterseite des städtischen Kindergartens, auf den Spielplatz und auf die Terrasse. Als sie am Morgen auf den Balkon getreten sei, habe sie anfangs lediglich das unbestimmte Gefühl gehabt, es sei etwas anders als sonst. Erst dann habe sie gesehen, dass sämtliche Seile am Spielplatzklettergerüst durchgeschnitten gewesen seien. Strickleitern, Schaukelsitze, Ringe – alles sei auf dem Boden gelegen. Über den Rasen habe der Wind eine Menge bunter Fetzen geweht, unregelmäßig geformt, von unterschiedlicher Größe; sie habe sie nicht identifizieren können. Schließlich sei der Ausgang zur Terrasse sperrangelweit offen gestanden. Da alles nach einem Einbruch ausgesehen habe, habe sie sofort zum Telefon gegriffen.

Jürgensen, ein absoluter Neuling im Dienst, hatte in seiner Überforderung Töllmann angerufen und Töllmann hatte gesagt, da gehe es um Kinder, folglich sei die Zuständigkeit klar.

Ludwig Kovacs hatte sich aus Marlenes Umarmung gerollt, ihr einen Speicheltropfen von der Wange gewischt und sich aus der Wohnung gestohlen. Im Stiegenhaus war er kurz stehen geblieben, hatte an Charlotte gedacht, die auf der Galerie schlief, und aus unerfindlichen Gründen die feinen Äderchen auf Marlenes Brüsten vor Augen gehabt. Er hatte sich wohl gefühlt und das hatte ihn gewundert. Es war immerhin Karsamstag, zeitig am Morgen, und das Frühstück zu dritt konnte er vergessen.

»Soll ich aufsperren?«, fragte Lea Wirth. Sie hatte den Schlüssel auf der flachen Hand liegen. Irgendwie sieht sie aus wie ein geschrumpfter Prinz Eisenherz, dachte Kovacs. Er griff nach dem Arm der Kindergärtnerin und führte sie zur Tür. Ja, sie solle bitte aufsperren, sagte er. Kovacs spürte, wie es sie schüttelte, nachdem sie den Schlüssel ins Schloss gesteckt hatte. »Es ist offen«, sagte sie, »warum bitte ist offen?!« Er sagte nichts und zog die Tür auf.

Im Vorraum lagen nebeneinander zwei zertrümmerte Waschbecken, mehrere umgekippte Garderobenelemente und eine große, braune Bodenvase mit Weidenzweigen. Lea Wirth schnappte nach Luft. »Halten Sie es aus?«, fragte Kovacs. Sie starrte mit offenem Mund in den Raum und machte winzige kreisende Handbewegungen. Er ließ sie los und stellte eines der Garderobenelemente auf. »Setzen Sie sich«, sagte er, »Frau Oleschowsky wird bei Ihnen bleiben.« Er fragte, wie viele Räume es insgesamt gebe, und Erika Oleschowsky sagte, zwei Gruppenräume, das Büro, die Waschräume, einen Besprechungsraum, einen Ruheraum für die Kleinen. Lea Wirth saß da und zitterte.

Mauritz hob gleich ab. »Wer stört?«, fragte er. »Na wer?«, sagte Kovacs. Ihm sei klar, dass er vermutlich gerade vor dem zweiten Spiegelei sitze und sich mit seiner Frau darüber freue, dass Nikolaus endlich eingeschlafen sei, aber es sehe leider nach einem gewissen Spurensicherungsbedarf aus. Ob es sich vielleicht wieder um ein Baugerüst handle, fragte Mauritz und Kovacs sagte, nein, um einen Kindergarten, er müsse ihn enttäuschen, lupenrein ebenerdig, vier Stufen zum Haupteingang, aber selbst da gebe es eine behindertengerechte Auffahrtsrampe.

»Darf ich den Sportteil noch zu Ende lesen?«

»Nein«, sagte Kovacs, und er solle das Absperrband und den Reserveakku für die Kamera nicht vergessen. »Blut?«, fragte Mauritz. Soweit er es bisher beurteilen könne, kein Blut, sondern nur viele zu Bruch gegangene Dinge, erwiderte Kovacs. »Wer macht einen Kindergarten kaputt?«, fragte Mauritz.

Kovacs ging langsam von Tür zu Tür. Es war, als ob eine Windhose durch die Räume gezogen wäre oder ein Trupp Hooligans. Umgekippte Regale, Schränke, aus denen der Inhalt herausgefegt worden war, entleerte Duplo- und Lego-Kartons, von der Wand gefetzte Zeichnungen, ein zertretenes Piratenschiff mit echter Totenkopfflagge, eine Hasenfamilie aus dunkelgrauem Cordsamt, der man alle Ohren abgerissen hatte. Im Waschraum hing das dritte Waschbecken an seiner linken Verankerung schräg nach unten. Die Spiegel waren zerschlagen, der Kinderhocker, der offenbar als Werkzeug benutzt worden war, lag neben der Tür. Lediglich im Büro und Besprechungsraum wirkte alles unberührt. Zwei Ordner mit der Aufschrift *Personal* lagen auf dem Schreibtisch. Ein Forsythienzweig, auf dem einige bemalte Ostereier hingen, steckte in einem Wasserkrug.

»Die habe ich aus dem Garten«, sagte Kovacs und hielt Lea Wirth mehrere bunte Kunststofffetzen hin, »können Sie damit etwas anfangen?« Die Kindergärtnerin nickte. »Das ist von einem unserer Planschbecken«, sagte sie, »aber die werden üblicherweise erst Mitte Mai aufgestellt.« Es sei zerschnitten worden, sagte Kovacs, am ehesten mit einem Stanley-Messer. Lea Wirth dachte nach, dann schüttelte sie den Kopf. »Was ist los?«, fragte er. Nichts, sagte sie, die Planschbecken lägen zusammengefaltet im Gartenabstellraum, hinter der Schlauchrolle und den Tontöpfen, kaum jemand wisse das. Ob der Raum ebenfalls aufgebrochen worden sei. »Aufgebrochen? Wieso aufgebrochen?« »Na, was sonst?«, fragte Lea Wirth. An der Terrassentür gebe es keine Einbruchsspuren, sagte Kovacs, und die Eingangstür habe sie ja selbst gesehen. »Haben Einbrecher Schlüssel?«, fragte sie. Nachschlüssel, Dietriche, alles, sagte er und Erika

Oleschowsky fragte, welchen Vogel ein Mensch haben müsse, der ein Planschbecken zerschneide.

Kovacs bat die Oleschowsky, ihnen einen Kaffee zu bringen. In Wahrheit gingen ihm ihre Neugier und ihr grüner Mantel auf die Nerven.

»Kennen Sie eigentlich Felix Szigeti?«, fragte er. Natürlich kenne sie ihn, sagte Lea Wirth, und auch Britta Kern, wenn er darauf hinauswolle, nur Sen Wu nicht, der habe den Zweier-Kindergarten in Furth Nord besucht. Felix und Britta seien jedenfalls entzückende Kinder gewesen, beide einigermaßen versponnen, Felix manchmal auch ein wenig impulsiv. Nur ein Mensch mit einer schweren psychischen Störung könne ihres Erachtens solche Kinder schlagen. Sie zögerte einen Moment. »Sie glauben doch nicht, dass das eine ...« »Nein, glaube ich nicht«, sagte Kovacs.

Er stellte die typischen Polizeifragen, obwohl er wusste, dass sie zu nichts führen würden: Gibt es jemanden, dem Sie das zutrauen? Wurden Sie oder Ihre Kolleginnen in letzter Zeit bedroht? Vielleicht früher einmal? Gab es unangenehme Auftritte mit Eltern? Mit Großeltern? Fühlen sich Nachbarn durch den Lärm, den die Kinder verursachen, gestört? Lea Wirth schüttelte in einem fort den Kopf. Die letzte Meinungsverschiedenheit habe es vor einer Woche gegeben, sagte sie schließlich. Ein viereinhalbjähriger Bub habe einem gleichaltrigen Mädchen beim Doktorspielen in der Puppenecke angeboten, es dürfe seinen Penis anfassen, woraufhin die Mutter des Mädchens einigermaßen empört von sexuellem Missbrauch und Vernachlässigung der Aufsichtspflicht gesprochen habe. Komischerweise sei die Frau am Ende vor allem durch das Argument zu beruhigen gewesen, es schade gar nichts, wenn ein Mädchen zeitgerecht wisse, wie sich ein Penis anfühle, das stärke das Selbstbewusstsein. Kovacs merkte, wie ihn die Routine, in der diese ältliche Kindergärtnerin über Sexualität sprach, irritierte, und er versuchte sich einen Mann neben ihr vorzustellen. Dann fragte er sich plötzlich, ob Charlotte schon jemals einen Penis in der Hand gehabt hatte.

Mauritz traf gleichzeitig mit Erika Oleschowsky ein. Er war knallrot im Gesicht. »Was ist los? Du kriegst ja noch weniger Luft als sonst«, sagte Kovacs. »Ein schneller Kaffee geht sich aus«, antwortete Mauritz und stützte sich an der Wand ab. Er wolle jetzt bitte nichts hören von Verspätung oder *noch ein Spiegelei*, sagte er, dies sei ein Scheißkarsamstag, ganz eindeutig. Die beiden Damen nickten bestätigend. Erika Oleschowsky goss Kaffee in Plastiktassen. Ansonsten trinken Kinder draus, dachte Kovacs, und danach bauen sie Lego-Häuser, frisieren Puppen und lassen Pokémon-Figuren aufeinander losgehen.

Er sei durch die Seestraße in Richtung Rathausplatz gefahren, erzählte Mauritz, gemächliches Tempo, feiertagsadäquat sozusagen, und plötzlich sei da dieses Auto in der Spielwarenhandlung Ellert gestanden. Autos stünden in großer Regelmäßigkeit in Spielwarengeschäften, sagte Kovacs, sogar er habe als Kind in der Spielwarenhandlung Heinisch in Bruck an der Mur einen grünen Matchbox-Lamborghini gekauft. Er habe mit einem aus der Geldbörse seines Vaters gestohlenen Zwanzig-Schilling-Schein bezahlt, und obwohl er ewig von Schuldgefühlen geplagt worden sei, habe er den Wagen geliebt. »Es ist eine Art Kleintransporter«, sagte Mauritz und rührte Zucker in den Kaffee, »unmögliche Karosserie, hässliche Farbe, Behindertenplakette, eine hydraulische Plattform im Heck.« Das Auto sei offenbar mit großer Wucht im Rückwärtsgang durch die Glasfläche der Straßenfront gefahren worden und erst mitten im Geschäftslokal zum Stehen gekommen. Es scheine allerhand zerstört zu haben, aber er habe keine Zeit gehabt, sich den Schaden im Detail anzuschauen. Er habe das Band gespannt, mehrfach, und das Wachzimmer angerufen. Keiner habe bis dahin den Unfall gemeldet gehabt. »Unfall?«, fragte Kovacs. »Unfall, Vorfall, Einbruch, ist doch egal«, sagte Mauritz. Jürgensen sei gekommen, er habe ihn gerade noch erwischt, bevor er außer Dienst gegangen sei. Er stehe jetzt dort herum, schlafe im Stehen und warte, dass jemand den Tatort aufnehme. Erst Unfall, dann Tatort, das sei inkonsequent, sagte Kovacs. Mauritz kippte seine Tasse und drückte sie Frau Oleschowsky in die Hand. »Du bist ein Wortklauber!«, beschwerte er sich, »willst du ihn sehen?«

»Wen?«

»Den Tatort.«

»Gewisse Zufälle gibt es nicht«, sagte Kovacs, bevor sie in Mauritz' Renault stiegen. »Du meinst Kindergarten plus Spielwarenhandlung zum selben Zeitpunkt?«, fragte Mauritz. »Wer macht so etwas?« Kovacs dachte an das frisch gebügelte Hemd in dem renovierten Haus bei Sankt Christoph, an den lila Abdruck im Gesicht des Mädchens und an Relaxo. Dann dachte er an die exakt begrenzten Blumenbeete in dem Vorgarten und daran, wie Sabine Wieck sich danach die Hände waschen musste. »Einer, der Probleme mit seiner Kindheit hat«, sagte er.

»Ich war immer der Dicke«, sagte Mauritz nach einer Weile. »Was heißt *war*?«, fragte Kovacs. Mauritz lachte. Er meine seine Kindergartenzeit. Er sei immer der Dicke gewesen und von Anfang an *Mauritz*, so, als sei das sein Vorname. *Mauritz kann nicht so schnell, wartet bitte auf Mauritz* – das seien die Sätze gewesen, die er aus dem Mund der beiden Kindergärtnerinnen gehört habe, täglich. Tante Frieda und Tante Berta, genau. Wie heißt er verdammt noch mal mit Vornamen?, überlegte Kovacs. Natürlich habe ihn das manchmal gestört, sagte Mauritz, aber die Verwüstung seines Kindergartens aus Rache sei nie wirklich in Frage gekommen. Außerdem sei er einmal schneller oben auf dem Klettergerüst gewesen als Christian Rametsteiner. Der sei mit seiner Hose an einem Holzspan hängen geblieben, aber da habe er halt Pech gehabt. Engelbert, dachte Kovacs, so heißt er, Engelbert.

Die Fahrzeugbesitzererhebung laufe übrigens noch, erzählte Mauritz, es gebe die üblichen feiertagsbedingten Schwierigkeiten. Abgesehen davon könne man mit einiger Wahrscheinlichkeit davon ausgehen, dass der Wagen gestohlen sei. »Warum?«, fragte Kovacs.

»Stellst du dein eigenes Auto in einem Spielzeuggeschäft ab?«

»Einen apfelgrünen Lamborghini Miura«, sagte Kovacs.

Die Zahl der Schaulustigen hielt sich in Grenzen. Der junge Jürgensen ging auf und ab und versuchte streng zu wirken. Als er Kovacs und Mauritz kommen sah, zog er einen Zettel aus der Jackentasche. Erstens: Die Besitzer des Geschäftes seien auf dem Rückweg aus einem Italienurlaub und würden am Abend eintreffen, das habe er bei den Nachbarn erhoben, und zweitens: Das Computersystem funktioniere zwar noch immer nicht, sagte er, aber einer der Passanten habe das Fahrzeug identifiziert. Es gehöre einem gewissen Kurt Frühwald, einem Versicherungsmakler, dessen Frau unter einer Lähmung an den Beinen leide; daher diese

Rollstuhlplattform hinten drin. Wenn er Genaueres wissen wolle – er habe den Mann gebeten, zu warten.

Der Mann saß im Inneren des Geschäftes auf einem blauen Kinderstuhl und mühte sich mit einem Steckspiel aus Holz ab. Er sei ganz sicher, dass es sich um Kurt Frühwalds Wagen handle, sagte er. Er habe bei Frühwald vor gut einer Woche seine beiden Pferde versichern lassen und sei zu diesem Zweck mit ihm zum Reitstall gefahren, in genau diesem senfgelben Auto, um dort den Fachgutachter der Versicherung zu treffen. Frühwald habe ihm von der Rollstuhlpflichtigkeit seiner Frau erzählt und auch davon, dass sie derzeit nicht ganz richtig im Kopf sei. »Haben Sie das alles aufgenommen?«, fragte Kovacs. Jürgensen nickte eifrig. Der Mann blickte auf das Geduldspiel in seiner Hand, schien einen Augenblick lang zu überlegen, ob er es einstecken solle, legte es dann aber ins Regal zurück. Kein Mensch denkt darüber nach, dass man auch Pferde versichern muss, dachte Kovacs. Dann griff er zum Telefon.

Wobei er ihn gerade störe?

Beim Ostereierbemalen – na sicher!

Er sei doch Experte für Menschen, die nicht richtig im Kopf seien.

Was er mache, heiße Vorbeireden? Er verstehe. Ob er jemanden mit dem Namen Frühwald kenne. Genau, Frau gelähmt.

Und ob? Was heiße *und ob*?

Warum er all das frage? Ob er wisse, welches Auto Frühwald fahre.

Gegenfragen seien unzulässig? Nicht für die Polizei.

Einen senfgelben Kleintransporter. Warum nur anderen Menschen ganz locker das Wort *senfgelb* einfalle.

Psycho-was-Anfälle? Gut, müsse er nicht verstehen. Wer? Die Frau? Der Mann sei wie? Eingeengt?

Was habe er mit ihr gemacht? Magnetverschlüsse? Er verstehe kein Wort.

Ein Unfall? Vor elf Jahren? Wo?

Eine schwierige Beziehung zu Kindern?

»Über den Rand des Planschbeckens, sagst du? ... Blumentröge aus Waschbeton? Die sind weg.«

Kovacs sah die Pirateninsel vor sich, die Hasen mit den abgerissenen Ohren und die bunten Plastikfetzen, die der Wind über den Rasen trieb. Er stellte sich diese Frau mit der Prinz-Eisenherz-Frisur vor, wie sie Knöpfe an Puppenkleider nähte, wie sie Burgen baute und wie sie Kinder beim Doktorspielen erwischte und dabei ziemlich cool blieb. Am Ende stellte er sich vor, wie sie den Kindern im Garten nachlief, mitten durch das Planschbecken, und dabei lachte und schrie.

Ja, nur das Auto. Kurt Frühwald selbst sei weg.

Ob er irgendeine Idee habe ...? Ja? Was mache er?

Noch einmal, bitte!

Biologen seien zwangsläufig freundliche Menschen, sagte Veronika Bayer, während sie das Bootshaus aufschloss. Jede Menge frische Luft und der regelmäßige Umgang mit Pflanzen und Tieren, die einen nie unter Druck brächten – das lasse einen auch lächeln, wenn man am Karsamstag früh aus dem Bett geholt werde. Sie war eine große Frau mit breiten Schultern und markanter Nase. Ihr eigentliches Spezialgebiet seien Eulen, erzählte sie, doch in letzter Zeit beschäftige sie sich vor allem mit den Anomalien im Vogelbestand, mit Irrgästen aus dem Osten, Seidenschwänzen zum Beispiel, mit den Auswirkungen der Ansiedlung von Steinadlern im Lungau und mit Zugsverweigerern. »Womit?«, fragte Kovacs. »Mit Zugsverweigerern«, sagte sie. Es gebe immer wieder Einzelindividuen oder kleine Gruppen, die aus unterschiedlichen Gründen nicht am Vogelzug teilnähmen. Die meisten von ihnen überstünden den Winter nicht, einige entwickelten jedoch erstaunliche adaptive Mechanismen. »Sie holen sie nicht ins Haus?«, fragte Kovacs. Veronika Bayer lachte. Nein, sagte sie, damit wäre niemandem gedient.

»Sie schauen ihnen beim Sterben zu?«

Das Sterben gehöre zu ihrem Job. Mit einer Stange schob sie das wasserseitige Tor auf. Ein Stockentenpärchen flüchtete unter Protest.

Mauritz betrachtete das Boot. »Soll ich nicht hierbleiben?«, fragte er. Es sei für acht Personen zugelassen, sagte Veronika Bayer und zog das Kabel aus der Ladestation. Unter den Sitzbänken gebe es außerdem Schwimmwesten. »Die passen mir niemals«, sagte Mauritz.

Sie fuhren ein Stück die Schilfzone entlang, dann in einem südwärts gerichteten Bogen auf den See hinaus. Der Himmel war bewölkt, der See graublau. Dort und da tanzten Sonnenreflexe übers Wasser. Kovacs, der mit dem Fernglas im Bug saß, bekam ab und zu einen Gischtspritzer ab. Er mochte das.

Es habe Zeiten gegeben, erzählte Veronika Bayer, da sei Frühwald täglich geschwommen, und da er stets vom Biologensteg gestartet sei, habe man sich zwangsläufig immer wieder gesehen. *Kennengelernt* sei zu viel, er habe nicht viel geredet. Auch auf dem See seien sie ihm manchmal begegnet, insofern sei der Gedanke, dass ihm das Elektroboot vertraut sei, natürlich richtig. Wenn er ihn sehe, könne es trotzdem sein, dass Frühwald Panik bekomme oder den Drang, zu fliehen, sagte Mauritz. Dann solle er sich ducken, sagte Kovacs. »Ducken – ich?«, sagte Mauritz und tippte sich gegen die Stirn.

Sie sprachen über den Fischbestand, über die Schönheit des Saiblings, über die Felchenschwärme vor Waiern und darüber, dass am Mooshaimer Ende alljährlich im Mai die Äschen aus der Ache in den See wanderten. Kovacs erzählte von seinem Döbelfang und Mauritz sagte, sobald Nikolaus eine Angel halten könne, werde er es mit ihm ausprobieren.

Kovacs stellte sich Charlotte im Heck des Bootes vor, in der Hand eine kurze Spinnrute und auf dem Kopf den Iro, der weit über den See leuchtete, dann Marlene mit ihrem verächtlichen Blick und am Ende, wie sie beide beim Frühstück saßen und einander misstrauisch beäugten.

»Und du traust diesem Psychiater?«, fragte Mauritz. »Schaue ich aus wie jemand, der einem Psychiater traut?«, antwortete Kovacs.

»Und warum sind wir dann hier?«

Weil er genau zwei alternative Bilder vor sich sehe, sagte Kovacs, entweder hänge der Mann irgendwo an einem Strick oder er sei gerade dabei, ein Kind zu schlagen. Veronika Bayer blickte ihn groß an: »Sie meinen, er ...?« Kovacs zuckte mit den Schultern. »Er oder nicht er – ich habe keine Ahnung«, sagte er.

»Haben Sie Kinder?«, fragte sie. Kovacs nickte. Eine Tochter, sagte er, und ja, auch er habe sie einmal geschlagen. In letzter Zeit komme es ihm vor, als wolle die ganze Welt wissen, ob er seine Tochter geschlagen habe. Wolle sie aber gar nicht, sagte Veronika Bayer – seine Tochter sei sicher ganz wunderbar. Ja, sei sie, sagte Kovacs, früher ein Kartoffelsack, jetzt ein Indianer.

»Meiner heißt Nikolaus«, sagte Mauritz und strahlte.

»Links vorne«, sagte Veronika Bayer. Kovacs brauchte einige Zeit, dann war er überrascht, wie nahe sie dem Mann gekommen waren, ohne ihn zu bemerken. Er hob das Fernglas an die Augen. »Glatze und Schwimmbrille«, sagte er, »und er ist schon auf dem Rückweg.« Frühwald schwamm lange, ruhige Brusttempi und tauchte bei jedem Armzug bis zum Unterrand der Brille ein.

Sie zogen einen Bogen in Richtung Fürstenauufer und näherten sich dem Mann von hinten. »Haben Sie eigentlich eine Waffe dabei?«, fragte die Biologin plötzlich. Kovacs schüttelte den Kopf. »Haben Sie Angst?«, fragte Mauritz. Sie grinste. »Nein«, sagte sie.

Als sie auf gleicher Höhe waren, warf ihnen Frühwald einen kurzen Blick zu. Kovacs war klar, dass er wusste, wer sie waren. »Was tun wir?«, fragte Mauritz. »In den nächsten Minuten gar nichts«, sagte Kovacs.

In einem Abstand von fünf, sechs Metern eskortierten sie Kurt Frühwald bis knapp vors Ufer. Am Schluss drehte Veronika Bayer den Regler maximal hoch, so dass sie etwas vor ihm am Steg ankamen. Sie ließ Kovacs und Mauritz aussteigen und vertäute das Boot.

Kurt Frühwald trug einen knielangen Neoprenanzug mit kurzen Ärmeln. Er wisse, das sehe an einem Mann seines Alters ein wenig lächerlich aus, sagte er, aber für Ostern sei das genau richtig, ein bisschen Isolierung und viel Bewegungsfreiheit. Er zog sich die Schwimmbrille vom Kopf.

»Sie sind von der Polizei, nehme ich an«, sagte er. Kovacs nickte. Mauritz hüstelte verlegen. Er bestreite gar nichts, sagte Frühwald, er habe das alles getan, sowohl die Sache im Kindergarten als auch in der Spielwarenhandlung, und es sei ihm klar, dass er es besser bleiben lassen hätte sollen, aber das sei ihm nicht möglich gewesen. Elf Jahre habe er stillgehalten, dann sei er eine halbe Stunde lang laut gewesen. »Man hat mir vor elf Jahren meine Frau genommen, verstehen Sie«, sagte er, »und jetzt nimmt man sie mir wieder.« Er stand da, rote Abdrücke rund um die Augen, und tropfte. Ob es ihnen etwas ausmache, wenn er sich ein Badetuch hole, er habe seine Tasche unter den Zugangssteg des Bootshauses gestellt.

Sie gingen hinter ihm her. O-Beine, Krampfadern und ein Gang wie ein Mensch, der viel getragen hat, dachte Kovacs. »Sie haben eine Menge hinter sich«, sagte er. Frühwald bückte sich und zog die Tasche hervor. »Ja«, sagte er, »dreieinhalb Kilometer bei knapp fünfzehn Grad.« Er rubbelte sich Kopf, Arme und Beine trocken und faltete das Badetuch wieder zusammen. »Sie können sich drinnen umziehen«, sagte Veronika Bayer. Er mache das lieber an Ort und Stelle, erwiderte Frühwald und begann sich aus dem Neopren-Shorty zu schälen.

»Warum die Kinder?«, fragte Kovacs unvermittelt. Frühwald hielt inne. »Wie meinen Sie das?«, fragte er.

»Warum Felix Szigeti, warum Britta Kern, warum Sen Wu?«

Kurt Frühwald ließ die Arme sinken und starrte Kovacs fassungslos an. Dann begann er schallend zu lachen. »Wissen Sie«, sagte er schließlich, »Sie sind ein Trottel, aber ich bin kein Psychopath.«

Es kam nicht oft vor, dass Ludwig Kovacs eine tiefe Zufriedenheit empfand, wenn jemand sagte, er sei ein Trottel. Diesmal war es so.

Zwanzig

Ich erkläre ihr den Weg. Ich sage: »Faistauergasse, Ruderclubweg, Fürstenaustraße«, und sie sagt: »Stimmt.« Ich sage: »Ein Zug fährt durch den Berg.« Sie bleibt stehen, horcht und sagt: »Falsch.« Ich sage: »Der Felsen, der aussieht wie eine Eule«, und sie sagt: »Den habe ich noch nie gesehen.« Dann lachen wir. Ich sage: »Vorbei am Matratzenhaus.« Sie sagt: »Ein lustiger Name.« Ich sage: »Fluchtweg Nummer eins, Blumenhandlung, Sackgasse.« Sie hebt die Nase und sagt: »Blumenhandlung stimmt.« Ich sage: »Findus, ein Wombat.« Sie sagt: »Blödsinn.« Ich sage: »Gelbe Halle«, sie fragt mich, warum eine Sackgasse Sackgasse heißt. Ich sage: »Drahtfabrik, Sensenerzeugung, Galvanisierungsanstalt«, und sie fragt, warum überhaupt Fluchtweg. Zwischendurch sage ich: »Moped, Gehsteigkante, Plakatwand«, sie sagt: »Du lügst.« Ab und zu sage ich: »Volvo«, einfach so, und sie sagt gar nichts.

Lara ist mein Herold. Dafür habe ich sie ausgewählt. Würde ich Seppuku machen, wäre sie mein Kaishaku-Nin. Sie selbst hat einen Leibwächter, auch eine Art Kaishaku-Nin. So entsteht eine kleine Kette. Das gefällt mir. Lara ist in der Klasse direkt vor Switi gesessen. Switi hat ihr in den Rücken geatmet oder Brösel in den Nacken gespuckt. Deswegen habe ich sie genommen. Sie weiß, wie Switi gerochen hat. Außerdem ist sie aufmerksamer als der Rest der Welt.

Der Holunderstrauch, die Blechtonne, die drei Bretter. Der Leibwächter winselt leise. »Ruhig«, sagt sie. Wir steigen die schmale Treppe nach unten. In der rechten Hand führt sie die Leine, links stützt sie sich an der Wand ab. »Keine Angst, unten ist es hell«, sage ich. Wir lachen.

Ich führe sie an die Werkbank. Sie legt ihre Hand an die Kante. Ich zeige ihr mein Werkzeug, die Hämmer, die Feilen und den Ölschleifstein, den ich mir gekauft habe. Sie dreht an der Kurbel. Der Stein läuft ganz leicht. »Strom gibt es hier unten keinen«, sage ich. Ich bin trotzdem zurechtgekommen.

Longbottom sucht sich einen Platz unter dem Fenster und legt sich hin. Ich schiebe den alten Stuhl mit dem Eisengestell an sie ran und sage: »Setz dich.« Sie lässt die Fingerkuppen über die Tastatur gleiten, über das Touch-Pad, die Kanten des Displays entlang. »Das habe ich mir auch gekauft«, sage ich, »den Ölschleifstein und das Notebook. Es hat ein integriertes DVD-Laufwerk und einen Akku, der sechs Stunden hält.«

»Warte einen Moment«, sage ich. Ich gehe hinter die Plankenwand und schlüpfe in die Cuculla. Longbottom steht auf und brummt, als ich zurückkomme. Dann legt er sich wieder hin. »Du hast dich verändert«, sagt Lara. Ich trete an sie heran, nehme ihre Hand und lege sie auf den Stoff. Ihre Finger machen winzige Bewegungen. »Falten«, sagt sie, »ganz viele Falten. Total schön.« Ich sage ihr, dass es ein Festtagsgewand ist und dass ich es mir einfach genommen habe, weil es mir gefallen hat. »Von wem?«, fragt sie, und ich sage, von jemandem, der es nicht mehr braucht. Dann teste ich sie und frage: »Welche Farbe?« Sie tastet ganz konzentriert und sagt: »Dunkelblau, violett oder schwarz. Dunkel jedenfalls.« »Schwarz«, sage ich. Ich habe keine Ahnung, wie sie das macht.

Ich lege die Doppel-DVD auf die Werkbank. Ich erkläre ihr alles. »Die eine Hälfte ist gelb, die andere rot«, sage ich, »unter der roten DVD steckt noch eine.« Ich sage außerdem, dass der Film dreiunddreißig Minuten und achtundvierzig Sekunden lang ist und dass es keine Pause gibt und keine Unterbrechung. Ich sage, dass sie das aushalten muss, wenn sie Switis Freundin sein will und mein Herold, und ich sage, dass sie ja einen Leibwächter hat und mich. Bevor ich auf *Play* drücke, sage ich, dass ich die ganze Zeit hinter ihr stehen werde.

Aus. Es ist der Augenblick, in dem nichts mehr von ihr zu sehen ist außer den Blasen auf der weißen Brühe. Links oben ein Stück von dem Betondeckel mit dem Eisenring. Ein paar Grashalme. Alles steht still.

Longbottom steht neben Lara und leckt ihr die Hand. Sie ist ganz weiß im Gesicht und ruckelt auf dem Stuhl vor und zurück.

»Wer ist das?«, fragt sie, »wer ist das?« »Es sind drei«, sage ich und ich sage, dass ich sie nicht kenne und dass sie auf einer Liste stehen.

»Einer schafft an«, sagt sie. »Es ist der, von dem ich die Cuculla genommen habe«, sage ich.

Ich bücke mich und hole den Bambusstab unter der Werkbank hervor. »Dreh dich zu mir«, sage ich. Ich ziehe die Kapuze über den Kopf. Longbottom brummt erneut. »Ruhig«, sagt sie und legt ihm die Hand auf den Kopf.

»Du wirst mein Herold sein«, sage ich. Dann sage ich, dass ich stolz bin auf sie, weil sie Switis Freundin ist und nur elfmal *Was machen die da?* gefragt hat und nicht versucht hat, rauszurennen wie Sen Wu, und auch nicht erbrochen hat wie Britta Kern. Ich sage, dass sie einen Spezialauftrag hat und dass das jetzt ein wenig unangenehm werden wird, aber es muss sein.

Als ich den Bambusstab hebe, knurrt Longbottom. Ich habe ihn noch nie knurren gehört. Sie drückt ihm mit Daumen und Zeigefinger die Augen zu. »Es passiert nichts«, sagt sie.

Ich gehe um sie herum und schlage sie auf den Rücken, auf die Schultern und auf den Kopf, abwechselnd mit dem Stab und mit der flachen Hand. Ich schlage mittelfest und sage dazu meinen Satz: »Ich bin die schwarze Flocke, dunkler Schnee, der alles bedeckt.« Neunmal sage ich den Satz, dann dreimal, dann noch einmal dreimal, mit ein wenig Abstand dazwischen. Das ist das Ritual.

Lara zuckt ein bisschen, sonst nichts. Longbottom bellt am Schluss. Sie schließt die Hand um seine Schnauze. Ich sage, dass es vorbei ist.

Sie fragt, ob sie noch einmal die Cuculla anfassen darf. Ich halte ihr den Ärmel hin. Ihre Finger machen wieder diese ganz kleinen Bewegungen. »Flocke«, sagt sie, »alle glauben, es heißt Glocke.«

Ich öffne den DVD-Player. Das Bild mit der weißen Brühe und den Blasen verschwindet. Ich nehme die DVD raus und stecke sie unter die gelbe. Das ist der wichtigste Teil, sage ich. Ich schlüpfe aus der Cuculla und falte sie zusammen. Dann ziehe ich das Heft mit dem braunen Umschlag und die vier Papierblätter aus meiner Jackentasche. »Das Heft mit den Pelikan-Geschichten«, sage ich, »das gehört auch dazu. Und die Liste.« Ich schieb die vier Dinge in eine dunkelblaue Umhängetasche aus Planenstoff. Sie trägt den Aufdruck *Apollo*. Apollo ist der Gott der Jugend und der Dichtung, sage ich. Lara fragt, ob ich ihr eine Pelikan-Geschichte vorlese, und ich sage, vielleicht später.

Nein, ihr geschieht nichts, sage ich, das ist jetzt alles vorbei, und ich sage, sie soll den anderen dreien ausrichten, dass ihnen das Gleiche nicht mehr passieren wird. »Ihr seid die vier, die Bescheid gewusst haben«, sage ich, »und ich bin die schwarze Flocke.« Dann sage ich, dass ich tun werde, was Flocken meistens tun – mich auflösen.

Ich hänge ihr die Tasche um und lasse sie den Auftrag wiederholen. Sie kennt sich aus. »Ich spüre gar nichts mehr«, sagt sie. Longbottom schaut mich misstrauisch an.

Bevor wir gehen, hole ich das Hattori-Hanzo-Schwert aus der Werkzeuglade, lege es auf die Werkbank und schlage das Handtuch zurück, in das ich es gewickelt habe. »Jetzt ist es perfekt«, sage ich. Ich erzähle ihr, wie schwierig es war, das Stumpfe an der Außenkrümmung wegzukriegen, wie die Sache mit der Lötlampe nicht funktioniert hat und wie am Ende der Ölschleifstein die Lösung war. »Innen und außen gleich scharf«, sage ich und ergreife ihre Hand. »Willst du?«, frage ich. Sie zuckt zurück und schüttelt den Kopf. Sie fragt, ob sie das Schwert auch mitnehmen muss, und ich sage, nein, muss sie nicht.

Draußen stupst Longbottom mehrmals die *Apollo*-Tasche an. »Er kennt sie nicht«, sagt Lara. Dann beginnt er wild am Holunderbusch herumzuschnüffeln, der an der Längsseite der Halle wächst. »Er riecht Findus, den Wombat«, sage ich. »Blödsinn«, sagt sie.

Einundzwanzig

Er hat ihr vorne im Chorgestühl einen Platz reserviert, wenige Meter vom Orchester entfernt. Wenn die breitärschigen Pfarrgemeinderäte, die nichts tun als große Reden schwingen, da sitzen dürfen, dann darf sie es auch, hat er gesagt. Irgendjemand wird sich schon das Maul zerreißen, aber das ist ihr egal. Er ist in letzter Sekunde aufgetaucht, wie immer, in Wahrheit bereits während der ersten Töne des Mozart-Requiems, einen iPod-Stöpsel im linken Ohr, und sie hat sich für ihn geniert, als wäre sie seine Ehefrau. »Raus damit!«, hat sie ihm zugeraunt, und er hat gegrinst, *Spirit on the Water* gesummt und ihr gehorcht, erstmals.

Die Sache insgesamt war anfangs umstritten gewesen und hatte die Fundamentalisten in der Gemeinde aus ihren Löchern gelockt. Sogar die Zeitungen hatten darüber berichtet: *Kirche als Marktplatz?* Erst als Clemens in einem Rundschreiben alles auf sich zentriert und gesagt hatte, für ihn gebe es nichts Schöneres, als in einer wirklich vollen Kirche Auferstehung zu feiern, er finde daher ein Konzert vor der Osternachtsfeier eine hervorragende Idee, hatten die Kritiker aufgegeben.

»Kennst du die Solistin?«, hat sie ihn vor dem Mittelstück, einer Cellosonate von Benjamin Britten, gefragt. »Und ob«, hat er gesagt und gegrinst. Das Stück, zwei kurze wilde Sätze, erst Pizzicati, die geklungen haben wie winzige Explosionen, dann eine Folge kriegerischer Marschrhythmen, hat sie beinahe überrollt. Die Cellistin ist mit glühenden Wangen dagesessen, die Zungenspitze zwischen den Zähnen, und sie hat es wunderbar gefunden, dass jemand mit dermaßen abstehenden Ohren so schön sein kann.

Es sei die Ehefrau seines Psychiaters, hat er ihr vor dem Bruckner-Te-Deum zugeflüstert. Er habe seine Leute wohl überall sitzen, hat sie geantwortet, und er hat gesagt, sie solle sich doch über die Männer freuen, über den schwarzhaarigen Tenor und diesen bärtigen Bassbariton, der das *Tuba mirum* gesungen habe, als sei er selbst eine Posaune. Sie hat es versucht, aber es ist nicht recht gelungen. Ich freue mich in Wahrheit nur über ihn, hat sie gedacht und sich dabei höchst verwundbar gefühlt.

Nach der Speisenweihe drängt sie sich zwischen den Menschen durch zum linken Seitenaltar, um ihren Korb mit dem Schinken und den Eiern zu suchen. Etwas stupst sie in die Kniekehle. Sie denkt, es ist Bauer, und reagiert nicht. Es stupst sie noch einmal. »Lass das, ich suche unser Abendessen«, sagt sie. »Stella.« Sie wendet sich um. Es ist Lara.

»Hast du auch einen Korb hier vorne?«, fragt sie. Lara schüttelt den Kopf. In der letzten Schulstunde vor den Ferien habe sie, Stella, *Frohe Ostern* gesagt, sagt sie, und *Vielleicht sehen wir uns ja, zum Beispiel am Palmsonntag oder beim Auferstehungskonzert*, daher habe sie gewusst, dass sie hier sein werde. Longbottom finde jeden, den er kenne, mit Leichtigkeit. Lara nimmt die Tasche, die sie schräg über dem Oberkörper hängen hat, ab und hält sie Stella Jurmann hin. *Apollo,* liest sie. Es sagt ihr gar nichts. »Die soll ich dir geben«, sagt Lara. »Was ist das?«, fragt Stella Jurmann.

»Du sollst erst zu Hause hineinschauen«, sagt Lara.

»Von wem hast du die Tasche?«

»Von Fanni.«

Von welcher Fanni, fragt sie, und Lara sagt, von Susis Schwester. »Unsere Susi?«, fragt Stella Jurmann. Lara nickt und sagt nichts. Stella Jurmann klappt den Deckel der Tasche hoch. »Nein!«, sagt Lara, »bitte nicht!« »Ist schon gut«, sagt Stella Jurmann und legt ihre Hand auf Laras Schulter, »ich schaue erst zu Hause.« Longbottom brummt. Das tut er immer, wenn jemand Lara berührt.

Bauer wartet an der Brüstung der Außentreppe. »Warum brauchst du so lange?«, fragt er. Sie habe das Abendessen gesucht, sagt sie, außerdem habe ihr Lara ein Geschenk überreicht. Sie klopft auf die Tasche, die sie über der Schulter hängen hat. »*Apollo*«, liest er, »was ist da drin?« Er greift danach. Sie dreht sich weg. »Erst zu Hause«, sagt sie. »Ich will auch ein Geschenk«, sagt er. Sie lacht. »Wo ist dein iPod?«, fragt sie. Er zuckt mit den Schultern. Nach der Auferstehungsfeier brauche er ihn nie, sagt er.

Der Südwind treibt sie an. Am Himmel sind dort und da Sterne zu sehen. Sie denkt an die Selbstverständlichkeit, mit der Lara sich bewegt, an ihre Position in der Klasse und an die Frage, ob es tatsächlich nur in den Köpfen der Sehenden schlimm ist, von Geburt an blind zu sein. »Was überlegst du?«, fragt er. »Dass die Welt ungerecht ist«, sagt sie, »Lara sieht zu wenig, du hörst zu viel.« Er knufft sie in die Seite. »Niveauloser Witz«, sagt er. »Ich weiß«, sagt sie.

Sie kommt mit dem Speisetablett aus der Küche und erschrickt. »Was soll das?«, fragt sie, »wir haben nicht Fasching.« Er breitet die Arme aus und dreht sich einmal rundherum. Die sei in der Tasche gewesen, sagt er. In seinem Schrank hänge das Gegenstück – eine Cuculla. »Eine was?!«, fragt sie, er sehe aus wie ein Gespenst und wie er überhaupt dazu komme, ihr Geschenk zu öffnen. Es tue ihm leid, sagt er, manchmal gingen die Dinge mit ihm durch, nach wie vor. Dann sagt er: »Cuculla, die Flocke, das mönchische Festgewand«, und weist gleichzeitig auf den Tisch. Das sei auch noch in der Tasche gewesen – ein Heft, ein paar Blätter Papier und eine Doppel-DVD. »Zieh das aus«, sagt sie. Er gehorcht.

Als sie das Heft aufschlägt und die erste Seite liest, wird ihr schwindlig. Sie setzt sich. »Was ist?«, fragt er. Sie schiebt es ihm hin. »*Switi und Fanni im Matratzenhaus*«, liest er laut, »und der zweite Satz: *Ich bin die schwarze Flocke, dunkler Schnee, der alles bedeckt.*« Er lehnt sich zurück. Er sei im Moment verwirrt, sagt er.

»Britta«, sagt sie nach einer Weile. Sie klopft mit den Fingernägeln auf den Tisch. »Wie bitte?«, fragt er. Britta Kern habe *swarze Slocke* gesagt, so einfach sei es.

Er blättert in dem braunen Heft. »Lauter Pelikan-Geschichten«, sagt er, »eins bis neun, am Ende ein einzelner anderer Text.« Er solle ihr eine Pelikan-Geschichte vorlesen, sagt sie. Welche, fragt er und sie sagt, die erste.

Er liest von einem Pelikan, der einen kleinen Elefanten zum Freund hat. Der Elefant ist ein wenig tolpatschig, wie Elefanten halt so sind, und bringt die ehrgeizigen Projekte des Pelikans regelmäßig zum Scheitern. Unter anderem schwimmt er ausgesprochen langsam, mag keinen Fisch und das Fliegen funktioniert überhaupt nicht, obwohl der Pelikan von einem kleinen Elefanten gehört hat, der das mit seinen riesigen Ohren gut konnte. Der kleine Elefant wird traurig, weil er merkt, dass er den Ideen des Pelikans nicht gerecht wird, und entschließt sich, den Pelikanfreund gegen einen anderen Elefanten zu tauschen.

»Aus«, sagt er. »Wie bitte?«, fragt sie. Die Geschichte ende so, es tue ihm leid, sagt er. »Noch eine«, sagt sie.

Die Eltern eines kleinen Pelikans werden von einem gefräßigen Seelöwen getötet. Der Pelikan beschließt erst, die Wohngegend zu wechseln, und zieht nach Afrika. Dort trifft er einen weisen Schimpansen, der ihm eröffnet, er werde erst Ruhe finden, wenn seine Eltern gerächt seien. Der Pelikan lernt daraufhin verschiedene Kampftechniken und transportiert ein ganzes Arsenal von Waffen zurück an seinen Strand. Er beginnt den Seelöwen zu bekämpfen, mit Schnabelangriffen, mit Wurfgeschoßen und mit vergifteten Fischen. Nichts führt zum Erfolg. Am Ende gibt ihm ein Kormoran den Tipp, den Pottwal zu fragen. Der Pottwal hört sich die Geschichte an, schwimmt an den Strand des Pelikans und frisst den Seelöwen auf.

»Und aus.« Schon besser, sagt sie, die wievielte sei das gewesen. »Die neunte«, sagt er, »die letzte.« »Lies jetzt, was nachher kommt«, sagt sie. Er blickt in das Heft. »Es trägt den Titel *Was ich mit ihm tun werde*«, sagt er. »Mit wem?«, fragt sie. Keine Ahnung, sagt er.

Ich habe sie studiert, beide. Ich habe lang genug Zeit gehabt. Ich kenne die Medikamente, die sie nimmt, und ich weiß, wann er Kaffee trinkt. Ich trete an ihn heran und flüstere ihm ins Ohr, dass ich mit ihm hinaufgehen will. Er ist überrascht und fragt, warum, und ich sage, weil ich bald eine Frau sein werde und weil ich es von ihm haben möchte, das ist er mir schuldig. Er grinst und steht auf. »Na, dann gehen wir«, sagt er, »wie in alten Zeiten.« Die Verrückte sitzt auf der Couch und glotzt nur. Die Treppe hoch, das

Schlafzimmer, das Luftanhalten, die Garderobe, das Bild mit dem Igel und der Eule, das Schlüsselloch. »Sperr du auf«, sagt er. Ich laufe durch die Zimmer, als würde ich mich umschauen. Dann sage ich: »Gehen wir ins weiße.« »Wohin auch immer du willst«, sagt er. Er lehnt am Türstock. Ich ziehe mich aus. Ich achte darauf, dass die Kameras ausgeschaltet sind. Was jetzt passiert, gehört nur mir. Ich zeige mit dem Finger zwischen meine Beine und sage: »Ich habe mich extra für dich glatt gemacht.« Ich gehe auf ihn zu und lasse ihn hinschauen. Er legt seine Hand auf mich. Es ist mir total egal. Er will sich hinlegen. Das heißt, die Weichmacher tun ihre Wirkung.

Er liegt auf dem Rücken, ich stecke an ihm. Ich beuge mich nach vorne und ein wenig nach rechts und ziehe das Hattori-Hanzo-Schwert unter der weißen Matratze hervor. »Ich bin dein Kaishaku-Nin«, sage ich. Er blickt mich aus großen Augen an und versteht gar nichts. Ich hebe das Schwert griffoben hoch, so weit ich kann, und stoße es senkrecht nach unten. Es gibt einen knirschenden Laut, als die Spitze die Wirbelsäule trifft. Er ächzt kurz auf. Ich führe die Klinge in einem Bogen zu seiner Leber hinauf, zügig und rasch, dann ziehe ich sie aus seinem Körper. In diesem Augenblick kommt das Blut. Ich beuge mich vor und stoße meine Hand mit gestreckten Fingern gegen seine Brust. Er lächelt schief und versucht ein Bein zu heben. Es geht nicht. Ich kopple mich von ihm ab und stehe auf. Ich schaue ihn nicht mehr an. Ich sage gar nichts.

»Was soll das?«, fragt er. Sie antwortet nicht. Er greift nach der DVD-Box, steht auf und geht aus dem Zimmer.

Sie nimmt eins der geweihten Eier vom Tablett, klopft es gegen die Tischplatte und beginnt es zu schälen. Sie spürt eine Kälte am Unterkiefer, die schon lange nicht da war. Sie streut Salz auf das Ei und beißt ab. Es schmeckt ihr. Das wundert sie.

Er ruft sie, als sie dabei ist, sich Schinken abzuschneiden. Sie geht ins Schlafzimmer. »Ich habe etwas gefunden«, sagt er und hält eine DVD hoch, »*Eating Sweet Brownie*.«

Einem Mädchen wird ein orangefarbener Schlauch in den Leib gesteckt. So beginnt der Film.

Blasen auf einer weißen Brühe. Ein Betondeckel. Ein paar Grashalme. So endet er.

Sie läuft ins Badezimmer, zerschlägt das Zahnputzglas im Waschbecken und greift nach der größten Glasscherbe. Sie zieht sie von der Ellenbeuge zum Handgelenk, wieder und wieder. Dabei schreit sie.

Zweiundzwanzig

»Weg da!«, sagte er und hatte eine Autorität in der Stimme wie noch nie. Horn trat einen Schritt zurück und lehnte sich neben Irene ans Fensterbrett.

Tobias öffnete zwei Brechampullen, eine mit Lösungsmittel, die andere mit einem weißen Pulver. Er zog das Lösungsmittel in einer Fünf-Milliliter-Spritze auf und ließ es langsam über das Pulver fließen. Er stach durch den Verschlussstöpsel eines Fläschchens mit Kochsalzlösung und spritzte die fertige Mischung hinein. Dann schloss er ein Infusionsbesteck an und drückte das Fläschchen Irene in die Hand. »In Augenhöhe«, sagte er. Sie reckte gehorsam den Arm hoch.

Er hob die Katze von der Bank und legte sie auf den Küchentisch. Sie versuchte zu flüchten. Er fixierte sie mit dem Unterarm. »Das sieht brutal aus«, sagte Irene. Sie müsse ja nicht herschauen, antwortete Tobias. Er steckte eine Subcutannadel an das Infusionsbesteck, zog die Schutzkappe ab, hob mit zwei Fingern eine Falte am Nacken der Katze hoch und stach hinein. Die Katze fauchte. »Auf«, sagte er. Horn drehte am Verschlussrädchen. »Langsam oder rasch?«, fragte er. »Rasch«, sagte Tobias. Er kraulte die Katze zwischen den Ohren und lockerte vorsichtig den Druck seines Arms. Er kann Auto fahren, ohne dass ich eine Ahnung davon habe, und er weiß, wie man eine Infusion zubereitet, dachte er.

»Woher kannst du das?«, fragte Irene. »Kiffer müssen das

können«, erwiderte Tobias, »sie brauchen es später ja.« »Sei nicht so blöd«, sagte Horn.

»Wer ist da blöd?!«

Noch in der Tierklinik habe man ihm die Handgriffe gezeigt, sagte Tobias, gleich nach dem MR. Der Tierarzt habe sich die Bilder angesehen, habe gesagt, was zu sagen gewesen sei, auch, dass man das Wachstum selbst nicht aufhalten, sondern nur die Hirnschwellung drum herum reduzieren könne, zum Beispiel mit Cortison-Infusionen. Er habe gefragt, wie das gehe, der Tierarzt habe das Zeug aus dem Schrank geholt und es ihn gleich selbst machen lassen, in aller Ruhe, da die Katze noch in der Narkose gelegen sei. Wie er überhaupt auf die Idee mit dem MR gekommen sei, fragte Horn, und Tobias sagte, ein wenig Internet-Recherche und außerdem sei er der Sohn eines Arztes, nur zur Erinnerung.

Nach den Infusionen werde sie sich am ehesten normal verhalten, habe der Tierarzt gesagt, fressen, herumlaufen, sich putzen, sonst nicht. Tobias hielt die Katze zwischen seinen Händen, bis die Flasche leer war. Dann zog er die Nadel ab, nahm das Tier auf den Arm und ging.

Seltsame Zeiten, dachte Horn und hob eine rote Nacktschnecke vom Rasen auf, mein Sohn stiehlt mir das Auto, meine Frau spielt Stücke, von denen ich nichts weiß, und mir versagt die Wahrnehmung. »Was meinst du damit?«, fragte Irene.

»Womit?«

»Dass dir die Wahrnehmung versagt.«

»Nichts Besonderes«, sagte er, »ich sehe und höre Dinge nicht und ich schätze Menschen falsch ein.« Sie fragte, wen, und er sagte, seine beiden Söhne und gewisse Männer, die sich Sorgen um ihre Frauen machten.

»Tust du das auch?«, fragte sie. Er fragte, was, sie sagte, sich Sorgen um sie machen, und er sagte, jetzt, da er den Tenor gesehen habe, nicht mehr. Sie lachte. »Wirf endlich die Schnecke weg«, sagte sie.

Sie sprachen über das Konzert, über seine Überraschung, als er das Programm gelesen hatte, über die Einsatzfehler der zweiten Geigen im *Lacrimosa* und über den übertriebenen Schmelz des Tenors bei *Sanguine, sanguine*. Dann sprachen sie darüber, dass es zwischen Geschwistern offenbar etwas gab, auf das die Eltern keinen Zugriff hatten, eine Art Geheimbeziehung, die mit Achtsamkeit zu tun hatte und mit Pflicht. Sie sagte, da sie selbst keine Geschwister habe, fehle ihr der unmittelbare Bezug, und ihm fiel das Tagebuch seiner Schwester ein, das er dann doch aufgebrochen und in dem er eine Passage gefunden hatte, in der es um die Frage gegangen war, ob sie ihren Brüsten Namen geben dürfe. Er hatte danach nie wieder darin gelesen.

»Weißt du, wohin Tobias gegangen ist?«, fragte sie. Seines Wissens liege er im Stall auf dem Teppich, die Katze auf dem Bauch, und höre unmögliche Musik. Weshalb sie ihn frage. »Ich würde gern einen Blick in sein Zimmer werfen«, sagte sie. Warum, fragte er, und sie antwortete, sie habe das Gefühl, dass das in Zukunft nicht mehr möglich sein werde. »Und du willst nicht einfach riechen, ob er gekifft hat?«, fragte er. Sie grinste. »Er kifft nicht«, sagte sie.

Sie gingen zwischen den Rhododendronbüschen und dem Beet mit den Pfingstrosen durch in Richtung Hinterhof. Sie blickten sich gleichzeitig um. »Er kommt nicht«, sagte Horn.

Irene drehte sich mitten im Zimmer ihres Sohnes langsam im Kreis. Das Bett war gemacht, es roch nach gar nichts. Auf dem Schreibtisch stand eine aus Fichtenbrettern gezimmerte Truhe mit Klappdeckel. Sie war gerade so groß, dass eine eingerollte Katze drin Platz hatte. »Wer hat die gemacht?«, fragte sie. »Michael, nehme ich an«, sagte Horn.

»Weißt du, wofür sie da ist?«

»Nein, weiß ich nicht«, log er.

Dreiundzwanzig

Der Himmel war knallblau. Der Frühling hat keine Ahnung, dachte Kovacs, weder von Vätern und ihren Töchtern noch von den wirklich schlimmen Dingen. Er zog mit dem Daumen eine Spur durch das Kondenswasser, das außen an seinem Bierglas haftete. Dann griff er in seine Jackentasche und schaltete das Mobiltelefon aus. Es reichte ihm.

Zuerst hatte Mauritz angerufen, um ihm zu sagen, dass sie das Ergebnis der chemischen Analyse dieses bonbonartigen Dings, das im Mund des Opfers gefunden worden war, völlig ratlos zurückgelassen habe. Es bestehe nämlich hauptsächlich aus Schlangengift. Er hatte geantwortet, ja, genauso, wie er, Mauritz, hauptsächlich aus Muskeln bestehe, und Mauritz hatte gesagt, er meine das ernst.

Dann war Demski dran gewesen, aus Berlin und trotz seiner überzogenen Abwesenheit ohne die Spur eines Schuldgefühls. »Wir haben ihn«, hatte er gesagt, »er ist eine Randfigur.« Kovacs hatte geantwortet: »Der, den wir haben, ist keine Randfigur«, und Demski hatte gesagt, der Mann, den er meine, trete unter dem Namen eines griechischen Gottes auf. Ich werde ihm seine Blechente stehlen, hatte Kovacs plötzlich gedacht und nach einer Weile war er darüber richtig glücklich gewesen.

Marlene betrat mit Charlotte und einem weiteren Mädchen die Terrasse. Kovacs brauchte einige Sekunden, bis er es erkannte. »Darf ich vorstellen – Isabella«, sagte Charlotte.

»Das Schulgespenst«, sagte Kovacs. Kartoffelsack, Schulgespenst – er könne sowas von grob sein. Das Schulgespenst grinste.

Was eigentlich sein Kratzer mache, fragte Marlene, setzte sich neben ihn und nahm einen Schluck von seinem Bier. Kovacs gab keine Antwort. »Weißt du, was das Schlimmste ist?«, sagte er, »dass man keine Ahnung hat. Von nichts. Und dann sitzt du da und fragst dich, wann du begonnen hast, die Dinge zu übersehen. Am Ende merkst du, dass du von Anfang an nicht dabei warst. Dann baust du dir eine Geschichte, irgendeine, und versuchst dir vorzustellen, wie es gewesen sein muss.«

Sie verstehe im Moment gar nichts, sagte Marlene, und Kovacs sagte, das sei kein Problem.

Er saß da, die Hände am Glas, und nippte ab und zu von seinem Bier. Neben ihm zwitscherten zwei Mädchen, eines mit einer grünen Irokesenfrisur und eines, das nicht zur Schule ging. Marlene wartete auf ihren Kaffee und war still. Vorn auf der Brüstung saß ein Gimpelmännchen und bearbeitete etwas mit dem Schnabel, einen Kuchenrest oder einen Kern.

Er stellte sich vor, wie dieses Mädchen im Flugzeug saß und aus dem Fenster blickte, wie es Orangensaft trank und die Bordzeitschriften las. Er stellte sich vor, wie es immer wieder den Reisepass und die Bordkarte betrachtete und wie es mit sich zufrieden war, weil es die ganze Zeit über angeschnallt geblieben war. Dann stellte er sich vor, wie es erstmals die Stadt sah und wie es *Dabhol* sagte, *Dabhol*, als müsse es ihr einen neuen Namen geben. Am Ende stellte er sich vor, wie es mit dem Bus in die Stadt hineinfuhr und wie der

Bus anhielt, um es aussteigen zu lassen, und wie es das Stück bis zum Strand zu Fuß ging.

»Woran denkst du?«, fragte Marlene.

»Warum?«

»Du schaust so komisch.«

»An einen Pelikan«, sagte er.